U0111112

責任編輯　　席若菲
書籍設計　　a_kun
書籍排版　　何秋雲

書　　名　香港語文研究文集

著　　者　田小琳

出　　版　三聯書店（香港）有限公司
　　　　　香港北角英皇道 499 號北角工業大廈 20 樓
　　　　　Joint Publishing (H.K.) Co., Ltd.
　　　　　20/F., North Point Industrial Building,
　　　　　499 King's Road, North Point, Hong Kong

香港發行　香港聯合書刊物流有限公司
　　　　　香港新界荃灣德士古道 220-248 號 16 樓

印　　刷　美雅印刷製本有限公司
　　　　　香港九龍觀塘榮業街 6 號 4 樓 A 室

版　　次　2024 年 1 月香港第一版第一次印刷

規　　格　16 開（165 × 230 mm）272 面

國際書號　ISBN 978-962-04-5386-1

© 2024 Joint Publishing (H.K.) Co., Ltd.
Published & Printed in Hong Kong, China

Essays on Chinese Language Studies
in Hong Kong

香港語文
研究文集

田小琳　著

目錄

序言

汪惠迪

　　田小琳教授一編就這本集子就發給我，要我寫序，給了我一個成為第一讀者、通讀全書的機會。本書彙篇 38 篇文章，好多篇在首發時我就拜讀過。這次重讀，依然饒有興致。

　　在《香港語文研究文集》中，我看到了香港回歸祖國後語文政策和語文教育的一幅幅逼真的圖像。

　　中國中央人民政府駐香港特別行政區聯絡辦公室首任主任姜恩柱先生，在初到香港之時，就曾感慨說，香港是一本深奧的書。這句話為香港媒體廣為報導；而 2002 年 9 月姜先生離港回京後，他再次向媒體表示，即使自己離開了香港，也仍在繼續讀這本書，而且在新的崗位上有新的感受。於是就有香港時事評論員撰文說，"香港是一本很難讀懂的書"。

　　"深奧" 也好，"很難讀懂" 也罷，筆者作為語文工作者，又是香港永久居民，總得設法 "讀懂" 才好。本書詳細解讀香港的語文政策，能幫助想讀懂 "香港全書" 的人讀懂其中的一個重要的章節 —— 香港的語文政策。

　　說到香港的語文政策，但凡關心香港的人都知道，祖國正式恢復對香港行使主權後，特區政府推行了兩大語文政策：母語教學政策和 "兩文三語" 政策。雖然母語通常指民族標準語，但香港指的卻是粵方言；"兩文" 指中文和英文，"三語" 指普通話、粵語和英語三種口頭語。

　　在中國內地、中國台灣地區、中國澳門地區以及新加坡、馬來西亞等東南亞國家的教育體制中，普通話（國語／華語）都不單獨設科，是中文（語文／國文／華文）課的教學語言。可是香港分科教學，二者不但不能互補，反而是中文課拆普通話課的台，因為學生上完普通話課接着上中文課，聽到的全是廣東話，校園用語也都是廣東話。

於是香港教育界人士花了整整 20 年的時間來探討到底哪一種語言教授中文可以提升學生的語文水平，是"普教中"呢，還是"粵教中"？亦即是用共同語呢，還是用方言？

香港語文教育及研究常務委員會（語常會）2015—2016 年的調查資料顯示：全面"普教中"的小學佔 16.4%，中學佔 2.5%；部分（年級或班級）"普教中"的小學佔 55.3%，中學佔 34.4%；全部"粵教中"的小學佔 63.1%，中學佔 28.3%。目前的情況估計，"普教中"的數字比這個數字更低，原因是不少原來"普教中"或部分"普教中"的學校，都走回頭路了，又"粵教中"了。出現反覆，是因為政策改變了。

"普教中"的學校的共同點是用普通話作為中文科的教學語言，不再另設普通話科，將中文科和普通話科合二為一，節省了大量的資源。2002 年香港特別行政區課程發展議會也曾編訂《中國語文教育學習領域課程指引（小一至中三）》，表示在中國語文課程中逐步加入普通話學習元素或嘗試用普通話作為教學語言。為此，語常會曾發表了《提升香港語文水平行動方案》，表示非常贊成課程發展議會發佈的"指引"，並鼓勵有條件的學校嘗試用普通話教授中文科。遺憾的是，20 年過去了，"普教中"這一目標，當局仍未定下實施的時間表和路線圖。儘管如此，觀察目前形勢，我們仍可對"普教中"的前景作樂觀預測，可能政府有關部門也在檢討這一工作，會有新的動作。大家都十分期盼。

由於中文教學不普遍實施"普教中"，社會上又不全面推廣普通話，因此香港的中文書面語又出現了香港特有的"港式中文"，其特點是夾用粵語詞句、英語詞句或文言詞句。港式中文大量流通於報紙刊物上或者文學作品裏。

2021 年 9 月北京商務印書館出版了《全球華語語法・香港卷》，這是部學術專著，書名說是 "華語語法"，描寫的卻是 "港式中文" 特有的語法現象。2022 年 7 月香港中華書局出版了《全球華語語法・香港卷》的繁體版，書名就點明是《港式中文語法研究》。當然，港式中文作為流通在香港社會的一種社區語體，從學術層面也是值得研究的。香港社會共識的書面語體規範和內地與台灣仍然是相同的。

至於寫字，由於香港不推行簡化字，民間就 "繁簡由之"：愛 "繁" 就 "繁"，愛 "簡" 就 "簡"；學術團體出版的刊物，有的實施 "一刊兩字"，作者來稿用繁體或簡體悉聽尊便，發表時不加統一。田小琳教授主編的《漢字字形對比字典》（香港中華書局，2022 年 5 月），對八千多個漢字規範用字的傳承字 / 繁體字，在中國內地、中國台灣地區和中國香港地區使用的字形同異做了細緻比較，真是一個大功夫，本文集的文章已有反映。

以上就是讀者可以在香港語文政策和語文教育的文章中看到的一道道風景。由是觀之，本書的可讀性是很強的。

本書還有兩個版塊："香港推普與社區詞研究" 及 "語文學人交往"。前者都是序文和後記，共有 15 篇；後者都是散文，共有 13 篇。序文和後記，文章雖短，內容充實，切實反映了這些著作的核心特點，不是虛應故事。而散文則飽含了作者的濃情厚意，真摯感人，作者的人品學養也都表露無遺。

田小琳教授是張志公先生主編的中央廣播電視大學教材《現代漢語》（上、中、下三冊）的編者之一。這套教材於 1982 年 11 月出齊，一年後，即 1983 年 7 月第 3 次印刷，上冊印數高達 541,500 冊。我是 1954 年上大學中文系時開始學習現代漢語的，大學畢業後分配到高校當助教，專業就是 "現代漢語"，因此我所置備的各種版本的《現代漢語》，包括高校內部出版的交流教材，林林總總，但我覺得電大版最合我的心意，因此田小琳教授的大名早就深深地印刻在我的腦海中。

巧的是我 1979 年 5 月舉家移居香港，而田小琳教授則於 1985 年 11 月移居香港，大家都是香港中國語文學會的會員，初次見面，一見如故。她現在是學會的副主席，長期以來，她為香港的中文教學、推廣普通話、普通話水平測試、普通話師資培訓等工作嘔心瀝血，馬不停蹄。她要出書，邀我寫序，我已推辭過一次，這次她再度開口要我寫，實在難以推辭，勉為其難，寫了這篇序言。我誠摯地向讀者推薦這本田小琳教授的新著，以期更多朋友關心香港的語文研究和語文教育。

2023 年立夏
於龍城常州東纜社區

第一部分

香港語文政策和語文教育

一、語文政策與標準
二、語文教學與研究
三、語文發展

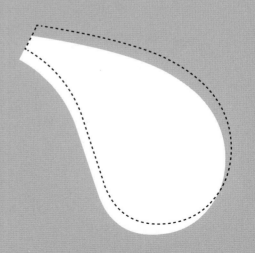

01

粵港澳大灣區環境中香港中文教育展望

　　2019 年 2 月，國家發佈了《粵港澳大灣區發展規劃綱要》，這是國家經濟發展中的一個新佈局。該綱要發佈以後，在大灣區得到熱烈的響應。香港和澳門作為特區置身於國家大發展的粵港澳大灣區中，有它特殊的意義。"一國兩制"政策實施的成功，令港澳可以發揮更大的作用。

　　香港至今在世界經濟上享有特殊的地位。香港是國際金融、航運、貿易中心，可以利用的優勢非常多。舉例來說，香港是全球最自由的經濟體，也是全球服務業主導程度最高的經濟體之一。據世界貿易組織統計，2020 年，香港是全球第六大商品輸出地。據國際結算銀行三年一度的調查，2019 年香港是亞洲第二大、全球第四大外匯市場。據全球金融中心指數看，香港是全球第三大金融中心。香港正在發展為創新及科技中心，據世界知識產權組織公佈的《全球創新指數 2020》，香港排名世界第十一名。香港在世界上的這些排名都顯示了香港人的進取精神，說明香港的獅子山精神代代相傳。

　　廣東省進入粵港澳大灣區的中心城市有廣州、深圳，還有珠海、佛山、東莞、中山、江門、惠州、肇慶等七個城市，這些珠三角的城市是四十年前中國改革開放的領頭羊，目前廣州、深圳躋身於北上廣深一線城市之列，已經有相當的規模，在國內生產總值上有很大的貢獻。其他七個城市也已有很大發展。

　　基於以上粵港澳大灣區包含的各個城市的特點，國家對於粵港澳大灣區的發展寄予厚望。希望大灣區在國家發展大局中擔起重擔；並和長三角等其他的經濟區域互相配合，共同發展。

　　時任香港特首林鄭月娥在 2021 年政府的《施政報告》中對於國家的《粵港澳大灣區發展規劃綱要》做了積極響應，在規劃香港發展的藍圖時，標明要建設香港北部成為宜居宜業宜遊的都會區，令北部都會區成為促進港深融合發展和聯繫大灣區最重要的地區。香港市民熱議北部都會區的願景，希望香港投身大灣區的發展，融入國家的發展。

　　政治、經濟的發展從來離不開文化。一個地區的發展一定會看政治、經濟、文化的綜合發展。而中國語言文字作為社會交流交際的工具，是承載文化、發展文化的重要一環，誰也離不開它。粵港澳大灣區在語言文字的運用上，首先要服從全國語言文字使用的規範，同時也可以保留地區多文化多語言的特點。遵守規範和靈活應變的關係要處理得當。這對政治、經濟和文化的發展都有積極的作用。

　　2021 年 5 月，屈哨兵主編的《粵港澳大灣區語言生活狀況報告》由北京商務印書館出版，並召開了發佈會。香港一些媒體也做了報道。這本報告書是作為語言生活皮書，由國家語委科研中心國家語言服務與粵港澳大灣區語言研究中心（廣州大學）編寫的，可見規格是很高的。大灣區語言研究中心是開展語言服務、語言生活、語言規劃、語言政策學術和諮詢研究的機構，為國家制定政策提供參考意見。廣州大學近期又獲批成為國家語言文字推廣基地，探索建立大灣區國家語言文字學術研究協同機制。

　　筆者認為，當務之急是在港澳地區加大力度推廣普通話。全國普通話普及率已經超過80%。香港目前 5 歲以上有超過半數的人（54.2%）會說普通話（香港特別行政區政府統計處，2022）。大灣區同屬粵方言區，在推廣普通話方面有很多地方可以互相借鑒。內地九個城市推普水平比較高，可以協助香港加快推普的步伐，例如，可以共同舉辦各種活動，各種比賽，引起市民特別是學生學習普通話的興趣。疫情期間可以在網絡上設計各種生動活潑的活動。廣州大學、華南師範大學、深圳大學等等，也可以與香港有關機構合作，和香港教育局有關部門取得聯繫，為香港教師開設進修課程，提高香港教師普通話水平和"普教中"水平。和香港的傳媒機構合作，共同製作"推普"的短小節目，在香港的黃金時段持續播放。待疫情好轉，便可以舉辦更多實地的交流活動。同在粵方言區推廣普通話，共同的語言會有很多。廣東的九座城市如果能把香港和澳門說普通話的風氣帶起來，令港澳地區普通話普及率也能大大提高，功莫大焉！

　　香港有關方面可以積極配合大灣區語言文字學術研究的工作，加深對香港社會語言生活的研究，出更多的研究成果，推動香港社會的語言生活向健康的方向發展。立足點是要深入研究如何令香港的語言文字方面的政策，與香港在世界上的經濟地位相匹配，與香港作為中國的一個特區相匹配，而不是把香港限在一個方言區的狹隘角度看問題。

　　熱愛自己的方言，並不能阻礙放眼世界。要知道香港是世界級的大都會，根據 CTBUH 高層建築數據庫顯示，香港的摩天大樓有 655 座，是世界之最，排名第三的紐約只有 425 座。我們要有站在摩天大樓上的眼光啊！

一、香港語文基礎教育：加強中華文化

　　香港回歸祖国 25 年來，特區政府制定語言文字政策時，根據《基本法》第一章總則第九條"香港特別行政區的行政機關、立法機關和司法機關，除使用中文外，還可使用英文，英文也是正式語文"，這句話從中文的表達習慣上，已經確立了中文是第一位的，這是任何獨立自主的國家，

不可退讓的原則；同時說明中文、英文都是香港的正式語文。這個語言文字政策也說明"一國兩制"政策在香港是實實在在落地的。在內地，正式語文只有中文。

香港中文教育得到迅速發展的情況，全面表現在師資培訓，以及中文課程、教材、教法、評估等各個方面的革新上。筆者在已經發表過的文章裏陸續介紹過。在這次"多元文化環境中的語言研究和中文教育"的研討會上我們還提供了一篇有關語文教育政策的文章，即《回歸前後香港語文教育政策變遷》（田小琳、施仲謀、李黃萍、蔡一聰），由作者李黃萍老師報告。

本文就最近兩三年香港教育局所做的工作加以補充介紹。據瞭解，香港教育局課程發展處中國語文教育組近年工作發展的主要方向是加強中華文化的學習。其實在《中國語文教育學習領域課程指引》裏，早已規定了有關中華文化的學習。2002 年，提出"體認中華文化，培養對國家、民族的感情"。2017 年提出"全面培養學生的語文素養""養成良好的國民素質，承傳民族文化"。但是，一直以來大家都過於重視語文的工具性，而忽略了人文性。針對這一需要，課程發展處做了許多和課程及教材配套的工作，加強中華文化的學習。這包括：課程配套資源；種子學校研究及發展；促進小學中國語文科學與教提高效能。還包括擴大對這一理念的宣傳和活動：在巴士和地鐵等多媒體展示加強中華文化學習的信息，同時交給民政事務處宣傳，也主動聯繫記者告知最新發展；與大學機構合作；拍攝文學文化宣傳片上傳到"教育多媒體"和社交平台。例如，做得很成功的"中華經典名句推廣活動（2021/2022）"。在《中華經典名句》小冊子的序言裏指出："期望透過精選'中華經典名句'，讓學生及公眾認識中華文化精粹，吸收傳統經典智慧，培養良好品德情操。"這些經典名句是從 93 篇文章中抽取出來的，同時還有自學平台，《文匯報》和《大公報》也設有專欄做介紹。還舉辦了"第一屆全港小學中國歷史文化常識問答比賽"，有 1/3 的小學生參加，學生和家長熱烈響應。這一活動鼓勵小學生從小加深對中國歷史和文化的認識，通過比賽讓同學互相砥礪，營造學習氛圍。在選擇推廣的書籍當中，《我的家在中國》系列就是很重要的一套。全套書 48 冊，圖文並茂，包括城市之旅、節日之旅、湖海之旅、民族之旅、山河之旅、道路之旅。生動活潑地展現了中國的歷史、地理、民族、風情，讓學生熱愛祖國，為祖國而自豪。由這些例子來看，香港教育局彌補過去工作的不足，做了許多實實在在的工作，件件落實到學校，師生受惠，值得稱讚。

在普通話課程方面，教育局重點探討了漢語拼音教學問題。的確，香港中小學用了很多時間教拼音，但收效不大，學生到了大學再從頭學起。目前，很多學校已經從小一開始教拼音。問題是，在普通話課堂上，老師主要教拼音方案知識和粵普對譯。但是如果沒有語言對話配合，沒有生活情景的練習，學生孤立地學習拼音，還是很難掌握的。經過研究討論，中國語文組建議老師要通過對話、朗讀等來支援拼音的學習。

普通話課的課時有限，所以必須加強學生的課外活動。教育局提供的普通話自學網站，分初小、中小和高小，提供平台和比賽，以展示學生的普通話實力。又提供自學資源，例如請香港中文大學普通話教育研究及發展中心，製作一個含有 350 個詞語的詞表，選出 10 組來拍短片，分析多音字在不同語境的運用，幫助學生正確運用詞語，對象是高小到初中，詞表和短片都將發給學校。還製作了《b、p、m、f 樂趣多》學習套，服務初小。並且為教師提供教學資源，讓老師明白教的方法，建議老師給學生佈置課外活動，在課前和課後進行練習。在教師培訓／教師網絡上，請老師寫一些教學經驗，互相交流，給老師提供充分的學習材料。除此之外，最重要是提出普通話是國際語言，告訴學生說好普通話是一件很光榮的事情，鼓勵學生自學普通話，鼓勵學校不同學科注入普通話元素。

所以說，香港政府教育局對於推動學生學習普通話做了很多有益的工作。希望能够更進一步，真正在中小學推動"普教中"的工作，那才是大功告成！

二、香港中文教育展望

展望香港中文教育的發展，它的主要成果應該表現為兩個方面，一是普通話成為社會的流通語言；二是香港社會上中文規範書面語的普遍使用。

（一）普通話成為社會的流通語言："普教中"是關鍵

普通話如何成為香港社會的流通語言呢？達到什麼程度可以算作流通語言呢？對於香港中文教育進一步的發展，有識之士提出過很多建議。其中實施"普教中"是關鍵環節，進一步還應擴展至普通話為各科的教學語言。《基本法》規定，教學語言由特區政府決定，建議政府的有關部門繼續研究考慮教學語言問題。

香港的學校在教學語言上有相當的自主權，這是政府教學語言政策寬鬆的表現，值得稱讚。已經有學校走到前面，它們以自己 20 年或以上的經驗，為香港其他學校做了實驗。以下列舉三種不同類型的學校為例。

香港普通話研習社科技創意小學自 2001 年創校至今，便是一所以普通話為主要授課語言的學校，以普通話為校園用語是該校堅定的辦學信念。他們在課程安排上，把中文科與普通話科合併為"中文及普通話科"，從而取消了普通話科。在授課語言方面，除了英語科外，其他科目規定以普通話為主要的授課語言，就連早會的宣佈事項亦不例外（逢星期一至三）。對於每年即將入讀本校的小一新生，該校會為這些學習普通話的"小種子"設計簡單的普通話課程，使小一學生對學習和運用普通話作一個熱身、簡單的認識，也為接下來的校園學習生活建設一條銜接的小橋樑！同時，為了培養學生聽、說普通話的能力，該校自創校至今，已開始自擬校本普通話教材《快快樂樂學拼音》，讓一、二年級學生學習聲韻母，打好拼音基礎；各級自擬校本拼音工作紙，並把普通話知識滲入默書、閱讀、聆聽及說話評估當中，讓學生可以螺旋式地進行學習，循序漸進地提升普通話的能力。（以上資料由香港普通話研習社科技創意小學陶群眷校長提供）

除此以外，還可以從香港的國際學校中文課程所採用的教學語言來進一步佐證，"普教中"在香港是可行的。國際學校一般是指那些擁有相當比例的外國學生，而所實施的學制跟香港不同的學校。香港約有 50 所國際學校，數量可以說不少。各自開辦不同國家及國際文憑組織的課程。在 50 所國際學校中，英基學校差不多佔了 40% 左右。英基學校協會（English School Foundation）簡稱英基（ESF）。英基的所有學校的中國語文課程都是"普教中"。

以英基的香港堅尼地小學為例，該小學制定母語班教學大綱時會參考三個方面的指引：英基總部的中文課程指引、香港教育局 2017 年公佈的《中國語文教育學習領域課程指引（小一至中六）》，以及內地 2019 年公佈的《語文新課標》。教材以暨南大學編訂的《中文》課本為框架，發展自己的校本教材。如果是非母語班，會依照英基總部的中文課程指引，再參考香港教育局 2008 年《中國語文課程補充指引》，以及美國的有關文件，來制定課程大綱。根據大綱再選取合適的教材。由此看來，學校允許教師小組集體合作來開發制定與學校文化背景有關的教學內容。英基學校的中文教材使用情況有同有異，每所學校都有自主性。除了選用暨南大學編寫的教材，還有的選用新加坡的《小學華文》《歡樂夥伴》，非母語班很多選用馬亞敏編寫的《輕鬆學漢語》，及《快樂兒童華語課本》。該校師資水平較高，多數老師普通話流利標準，水平在二級甲等或以上。勝任"普教中"的教學任務。

整體看來，國際學校採用普通話為中國語文課的教學語言，和國際接軌。教學精神開放包容，令學生有國際視野，培養他們具有創造性思維和批判性思維。

　　再舉一所民辦學校：陸陳漢語學校。陸陳漢語學校自 2002 年在香港正式註冊，至今已經成功運行 20 年。陸陳校長有自己的教學理念和教學理論。那就是“傳承與傳播中華民族語言文化，培養通古今、博中外的優秀國際人才”，“讓中國兒童具有國際視野，讓世界兒童正確地理解中國文化”。課程設置具備幼兒、小學、中學的中文教育，“普教中”貫徹始終。教材有自編教材，例如《小學生古文經典》、學生教材（小一到小六）和教學參考資料，配套齊全。該書重視培養學生對古詩文的誦讀和記憶，從吟誦至熟讀成誦。學生根據學習指導內容反覆朗讀，或朗朗出聲，或低吟慢唱，感受詩歌的韻律節奏，體會詩歌的韻味和美好的意境，並在過程中得到愉悅和樂趣。每課練習設“上課時做的事”及“回家要做的事”兩部分，以“螺旋式”的學習方法，加深學生對古詩文認識和理解。這和上面介紹的教育局推廣加強中華文化的學習相比，精神和做法都是一致的。

　　陸陳漢語學校同時也長期採用內地語文出版社和北京師範大學出版社編寫的中國語文教材。2018 年，國家教育部規定全國中小學使用人民教育出版社出版的部編統一教材，陸陳漢語學校立即採購並使用這套教材，是香港最早採用國家部編教材的學校之一。學校的教師多為碩士畢業，均有較高的普通話和中文水平，他們運用普通話作為教授中文的語言，遊刃有餘。陸陳漢語學校獲得國內乃至亞洲的多種獎項，2016 年，曾獲亞洲品牌協會頒發“中國兒童中文素質國際化教育領導品牌”獎。

　　以上，我們選擇了不同類型的全面實施“普教中”的學校，有政府津貼學校，有國際學校，有民辦學校。它們的共同點是用普通話作為中文科的教學語言，不再另設普通話科。這等於是將其他學校的中文科和普通話科合二為一。而且它們的運作都超過 20 年，可以說是給香港的“普教中”做了實驗。我們不用再說海峽兩岸的中文科是“普教中”，不用再說世界各國教授中文是“普教中”，就是在香港也有活生生的實例擺在這裏，這

一、語文政策與標準

013

完全不是紙上談兵。

　　"普教中"如果能夠普遍實施的話，特別是在小學普遍實施的話，帶給香港的直接效應就是普通話可以逐漸成為香港社會的流通語言之一。因為小學階段是孩子們學習語言的最好生理階段，可有事半功倍的效果：過了這個階段再學當然可以，但是就會事倍功半，而且要說得準確流利就沒有那麼容易了。目前香港的情況，就是把孩子們最容易學習學好普通話的時段給耽誤了，確確實實給耽誤了，非常可惜。香港普通話每星期只有一個教節，中國語文課天天有，"普教中"就能讓小學生天天接觸和運用普通話。天天接觸普通話，運用普通話，小學畢業時孩子們的普通話問題就解決了。這個道理再簡單不過了。

　　目前，"普教中"在香港實施的困難在哪裏？一談到"普教中"，很多人的顧慮便是語文教師的普通話水平不能勝任。其實，香港普通話教師和語文教師的普通話水平已經有了大幅提高。筆者從 1996 年參加國家級普通話水平測試工作，長達 25 年。從 1997 年參加制定教師語文評核（普通話科）工作，到 2000 年參加教師語文基準的測試工作，也長達 25 年。筆者亦在第一線從事測試員的工作，20 多年沒有間斷，可以說，筆者親歷了香港教師這些年的普通話水平提高的全過程。目前達到基準以上，達到普通話水平測試二級乙等以上的教師，人數眾多。

　　據統計數字來看，小學已經有 8000 位普通話老師達到基準，中學有 5000 位老師達到基準。由香港教師來逐步實現"普教中"工作，已經不是一個難題。只要香港政府有要求，有"普教中"的時間表，香港教師是一定能夠勝任的。語常會過去規定的"普教中"課堂教學語言，普通話只要達到 50% 就可以，現在仍然可以保留這個要求，減輕老師的壓力，逐步過渡。

　　那麼，香港到底有多少所中小學是實行全面"普教中"的，多少所是部分實行"普教中"的？近年已經缺少確切的統計數字了，現在可以參考的數字還是語常會 2015/2016 年調查的數字（回應率約八成）。當時分三種情況調查，結果如下：一是全面普教中：小學 16.4%，中學 2.5%；二是部分普教中（部分年級或班級）：小學 55.3%，中學 34.4%；三是全部粵教中：中學 28.3%，小學 63.1%。目前的情況，估計 "普教中" 的數字，只有比這個數字更低。據瞭解，不少原來 "普教中" 或部分 "普教中" 的學校，都改回 "粵教中" 了。這是一個反覆，關鍵是政策的改變。

應該說，香港中小學沒有全面實施 "普教中"，這和香港作為國際大都會的地位是極不相稱的。國內外其他城市的中文教學都可以做到的事情，香港沒有可能做不到。這就要考驗決策者的眼光了。

（二）中文規範書面語普遍使用

這個問題和上面的問題是相聯繫的。普通話的定義是：以北京語音為標準音，以北方方言為基礎方言，以典範的現代白話文著作為語法規範。說出來的是規範的口頭語言普通話，寫出來就是規範的中文書面語。普通話並不是孤立於中文書面語的另一種語言。這也就是上文所列舉的三所學校將普通話科與中文科合併的理論基礎。香港個別學者認為粵語是母語，普通話是第二語言，這個認識是不科學的。

所謂中文規範書面語，香港與海峽兩岸的標準是一樣的。在國內，在海外的華人社區，國人也好，華人也好，大家對中文規範書面語的看法基本是一致的。這種一致性是幾千年以來流傳下來的。從秦始皇統一文字起，我們使用的漢字是一致的，漢字是記錄中文書面規範語的載體，源遠流長。古代漢語書面語的規範，一般指先秦兩漢的典籍，先秦兩漢的典籍對於現代漢語的影響非常大，看看成語的來源就可以窺見一斑。東漢時，已經有十分成熟的四部字典《說文解字》《爾雅》《釋名》《方言》。《說文解字》收錄 9353 字，歸於 540 部首。那時的典籍用字基本都收錄在裏面了。這是一個偉大的工程，為我們今天學習古代漢語典籍提供了寶貴的資料。

古代漢語的規範書面語，以先秦兩漢的典籍為規範。那麼。現代漢語的規範書面語，就以典範的現代白話文著作為規範。典範的現代白話文著作，歷史並不長，從五四運動算起，就是一百年的歷史。社會科學、自然科學的典範白話文，都是現代漢語書面語的規範。各地的各級各類學校的中國語文教材中的白話文，大都是書面語的規範。

在香港，對於中文規範書面語的問題，大家爭論不多。從中小學中國語文教材的選文來看，規範的標準是和海峽兩岸一樣的。在中小學的語文教學裏，老師對於規範語的認識也是一致的。這種認識在作文教學裏表現為，如果學生將粵語入文，老師是不允許的。儘管粵語是香港社會最流通的口頭語言，却沒有人承認粵式中文是規範的語文。但是，在香港要多數人能寫出流暢的規範書面語，還要經過一番努力。如果香港人的普通話水平提高了，能寫流暢中文的人就多了。這和 "我手寫我口" 的簡單道理還是有關係的。

前面說過，在中文書面語裏，我們對於港式中文另有定位。港式中文是在通用中文的基礎上，為了表達的需要，適當夾用少量粵語詞句，或者夾用少量英語詞句，甚或夾用少量文言詞句。港式中文大量流通於香港的報紙刊物，或者文學作品。2021 年 9 月，北京商務印書館出版的《全球華語語法·香港卷》，就是專門描寫港式中文特有語法現象的學術專著。這部著作將港式中文定為社區語體，限於篇幅，這裏不再贅述。當然，港式中文需要自身完善。如何自身完善，是香港學界應該關注的問題。

最後說說繁體字和簡化字的問題。書面語是需要漢字作為載體的。由於歷史的原因，目前在中國的台灣地區、香港特區、澳門特區，正式的書面語都採用沒有簡化的漢字，大家習慣稱為繁體字。其實很多漢字並沒有簡化，《通用規範漢字表》收字 8105 個，其中簡化了的漢字是 2204 個。港澳台這三個地區大約 3000 萬人，這 3000 萬人在使用繁體字，繁體字便能長期保存下來。再加上內地的一些行業的專業人士也需要使用繁體字，海外華人也有部分使用繁體字，現在古籍印刷也多用繁體字，那麼漢字中的繁體字就會長久地保存和流傳下去。一旦沒有人再使用，想保存也是很困難的。為什麼文言的水平一代不如一代，就是很少人會使用文言了。目前學界注意到這個問題，在基礎教育階段加強了文言的學習，這對傳承中華文化是大好的事情。成語的使用也是一代不如一代，因為很多成語沉澱了文言語素，會用的人就少了。要想搶救成語，就要將相當數量的成語硬性編入基礎教育的教材裏。否則，《成語詞典》裏的很多成語已經或者將會死亡。推理一下，如果想保留繁體字，有人在真正使用才是關鍵。這是從一個宏觀的角度，從保存繁體字的角度來考慮的。

因而，筆者贊成香港可以"繁簡由之"的說法，繁體字和簡化字都可以使用。從香港政府的網頁可以看到，多年來中文書面語就有繁簡兩種版本了。香港教育部門在上世紀九十年代就有關於繁簡對比的軟件給高中語文教學參考使用，教育局也有推動學生學習簡化字的建議。香港考試評核局的一些中文試卷，一向允許寫規範的簡化字。國際學校大都使用簡化字，也允許使用繁體字。香港朋友說，學習簡化字不難，看一本簡化字的書就會了。

1. 《中華人民共和國香港特別行政區基本法》,香港:三聯書店(香港)有限公司,1991。

2. 屈哨兵主編:《粵港澳大灣區語言生活狀況報告(2021)》,北京:商務印書館,2021。

3. 王寧主編:《〈通用規範漢字表〉解讀》,北京:商務印書館,2013。

4. 國家市場監督管理總局、國家標準化管理委員會:《古籍印刷通用字規範字形表》,2021 年 10 月 11 日發佈。2022 年 5 月 1 日實施。

5. 田小琳主編:《全球華語語法・香港卷》,北京:商務印書館,2021。

6. 田小琳:《香港語言文字面面觀》,香港:三聯書店(香港)有限公司,2020。

7. 程祥徽、田小琳:《現代漢語》(修訂版 / 繁體版),香港:三聯書店(香港)有限公司,2013。

8. 程祥徽、田小琳:《現代漢語》(修訂版 / 簡體版),北京師範大學出版社,2018。

9. 香港課程發展議會:《中國語文教育學習領域課程指引(小一至小三)》,香港教育統籌局,2002。

10. 香港課程發展議會:《中國語文教育學習領域課程指引(小一至小六)》,香港教育局,2017。

11. 香港特別行政區政府統計處:《2021 人口普查簡要報告》,2022 年 2 月。

(刊於《澳門語言學刊 2022 特刊》,2022 年 10 月)

02

回歸前後香港語文教育政策變遷*

田小琳　施仲謀　李黃萍　蔡一聰 [①]

回顧香港語文教育政策，由於歷史的原因，香港三十年前是英語獨尊。儘管在 1974 年，香港政府立法通過了中文與英文享有同等法律地位的法定語文條例，但實際上，英文在書面文字上仍具有優勢地位。政府內部的文件仍然是以英文為主，若具有法律效用的文件有兩個版本（中文版，或英文版），而且還會加上兩者產生歧異時以英文為準的字句（楊聰榮，2002）。1981 年，香港政府教育司邀請國際顧問團對香港教育制度進行全面檢討，顧問團報告書建議香港政府頒令以廣州話作為基礎教育階段的教育語言（呂衛倫，1982）。但該建議並未獲得立法局 [②] 通過，結果香港政府把選擇教學語言的權利交給各學校自行決定，依然重英輕中（何景

* 本文是國家語委"十三五"科研規劃 2019 年度重點項目（ZDI135-84）的部分研究成果。獲廈門大學人文社科重點培育項目（2019）（20720191075）的支持。

① 田小琳，嶺南大學前中國語文教學與測試中心主任。
　施仲謀，香港教育大學中國語言學系教授、系主任。
　李黃萍，香港教育大學語文教育中心講師。
　蔡一聰，香港特別行政區政府教育局高級學校發展主任。
② 1997 年 7 月 1 日，香港回歸祖國，立法局改名為立法會。

安，2006）。自中英《聯合聲明》簽署後，翌年新當選的立法局議員打破常例，以粵語宣誓，中文的地位才逐漸提升。

香港回歸祖國之後，特區政府推行了兩大語文教育政策，其一是母語①教學政策；其二是"兩文三語"語文政策。特區政府行政長官在第一份施政報告中的教育方面強調積極推行母語教學，以提高學生的學習能力。值得注意的是，這裏所提到的母語教學是指用粵語教授除了英文科以外的其他學科（包括中文科）。與此同時，為了維持港人在國際上的競爭優勢，對學生的語文能力提出了兩文三語的願景（董建華，1997）。"兩文"是指中文和英文兩種書面語，"三語"是指普通話、粵語和英語三種口頭語。中文和普通話的提法，符合"一國"的要求；英文、粵語和英語的提法，則體現着"兩制"的特點（田小琳，2001）。下文主要概述香港近三十年中國語文教育政策，以及探討存在的問題。

一、"兩文三語"政策

"兩文三語"這項語文政策在香港回歸之前已經有相關的籌劃了，1994 年 3 月語文基金成立，目的就是資助相關措施，以提高香港市民的中文（包括普通話）及英文能力。在 1994 年 2 月至 2017 年 2 月這 23 年期間，立法會財務委員會已先後 7 次批准向語文基金注資合共 80 億元（孫德基，2017）。藉以提供相對穩定的資金，促進語文教育較長遠的策略性規劃和發展。

1996 年 3 月香港教育統籌委員會（簡稱"教統會"）關於提高語文能力整體策略第六號報告書諮詢文件建議在"教統會"之下設立語文教育及研究常務委員會（簡稱"語常會"），研究香港的語文教育需要，然後制定適當的、有針對性的相關政策，並有系統地協調、監察政策的實施和評

---

① 母語一詞在一般的情況下是指民族的標準語，但在香港地區指的是粵方言。

估成效。諮詢文件亦建議“語常會”與語文基金諮詢委員會建立正式的聯繫（教育統籌委員會，1996）。

“語常會”於 1996 年正式成立，目的是就一般語文教育事宜和語文基金的運用，向政府提供意見。截至 2019 年 8 月 31 日，“語常會”公佈已完成的中文項目 158 個；已完成的普通話項目 115 個。

二、教師資歷要求

（一）普通話教師

1997 年行政長官的施政報告對教師的語文能力也有了明確的規定，2000 年所有新入職的教師必須符合規定的語文基準；在職的語文教師，於語文基準訂定後的五年內須全部符合基準。事實上，語文基準（現為“教師語文能力評核”）只是針對英文老師和普通話老師的要求，而對中文老師則沒有相關的要求。換言之，任教中文科的老師，即使用普通話上課，也非必須達到教師語文能力評核（普通話）的要求。但目前學校聘請中文老師時，一般會要求應聘者提供“教師語文能力評核（普通話）證書”作為參考。

教師語文能力評核由 2001 年開始，香港考試局[①]及教育署[②]於每年 3 月舉辦教師語文能力評核，旨在提供一個客觀的機制，以衡量中小學普通話科教師教授該科的語文能力。香港考試局同時推出《教師語文能力等級說明及評核綱要（普通話）》（香港考試局，2000）。

（二）中文教師

“語常會”2003 年 6 月發表了語文教育檢討總結報告，即《提升香港語文水平行動方案》（語常會，2003），提出語文教師須具備良好的語文

---

① 香港考試局於 2002 年 7 月正式易名為香港考試及評核局，簡稱考評局。
② 2003 年 1 月教育署及教育統籌局合併為教育統籌局，2007 年 7 月 1 日，教育統籌局改稱教育局。

能力，熟悉本科知識，並掌握有效的教學方法。"語常會"同時建議，自2004/2005 學年起，新入職的中小學中文及英文科教師，均須具備相關的師資培訓和資歷。

教育統籌局於 2004 年 3 月通函各中小學校長，要求實施"語常會"關於語文教師培訓和資歷的建議。自 2004/2005 學年起，新入職的中小學中文科及英文科教師，須持有主修相關語文科目的教育學士學位，或持有一個主修相關語文科目的學士／高等學位和一個主修相關語文科目的認可師資培訓資歷（教育統籌局，2004）。

三、中國語文教育領域課程的發展

回顧香港的中文教育發展的歷史，大致可以分為四個時期（施仲謀，1997），分別是：唐文時期（1840 — 1900）、漢文時期（1901 — 1921）、中文時期（1922 — 1969）和中國語文時期（1970 年以後）。1970 年，香港教育司署[①]將小學中文科改稱為中國語文科。

香港中小學中國語文教育課程規劃一般是以政府教育部門頒佈的課程文件為依據的。所有課程文件均由香港課程發展議會[②]編訂。縱觀過去 30 年，香港中國語文基礎教育課程（包括普通話），主要經歷兩大時期，即"綱要"期和"指引"期。如下表：

---

① 教育司署是教育局的前身，於 1865 年成立。1980 年教育司署改組為教育科及教育署；1983 年教育科亦改名為教育統籌科；1997 年教育統籌科更名為教育統籌局。

② 課程發展議會是一個諮詢組織，就幼稚園至高中階段的學校課程發展事宜，向香港特別行政區政府提供意見。議會成員包括校長、教師、家長、僱主、大專院校學者、相關界別及團體的專業人士、香港考試及評核局代表及教育局人員。

表 1 "綱要"期和"指引"期政府課程文件

時期		主要課程文件
綱要	1990 綱要	• 小學中國語文科（小一至小六）課程綱要（1990） • 中國語文科（中一至中五）課程綱要（1990）
	目標為本	• 目標為本課程中國語文科學習綱要：第一學習階段（小一至小三）1995 • 目標為本課程中國語文科學習綱要：第二學習階段（小四至小六）1995
指引	2002 指引	• 中國語文教育學習領域課程指引（小一至中三）2002 • 小學中國語文建議學習重點（試用）2004/2008 修訂
	2017 指引	• 中國語文教育學習領域課程指引（小一至中六）2017

（一）中國語文教育領域課程文件

　　在香港教育局網頁上查詢中國語文教育昔日課程文件，可追溯到最早的中國語文科課程綱要，是上世紀九十年代初由香港課程發展議會編訂的《小學中國語文科（小一至小六）課程綱要（1990）》和《中國語文科（中一至中五）課程綱要（1990）》（香港課程發展議會，1990），香港教育署建議學校採用。中小學中國語文科課程綱要課程目標大致如下：

表 2 1990 中小學中國語文科課程綱要課程目標

項目	中國語文科（小一至小六）課程綱要（1990）	中國語文科（中一至中五）課程綱要（1990）
課程目標	• 培養學生讀、寫、聽、說，以及寫字的能力。 • 培養學生的想像力和思考能力。 • 培養學生自學能力。 • 培養學生道德觀念，讓學生對中華文化有所認識。	• 培養學生讀、寫、聽、說和思維能力。 • 培養學生自學能力。 • 啟發學生的思想，培養學生的品德，增進學生對中華文化的認識。 • 加強學生對社會的責任感。

1992 年教育署根據《教育統籌委員會第四號報告書》（教育統籌委員會，1990）的建議，推行《目標為本課程》。由於 "目標為本課程" 爭議很大，有學者甚至認為 "目標為本課程" 的理念很難實際操作，是一個遙不可及的理想（林智中，1996）。故在新世紀教育改革的浪潮下，《目標為本課程》逐漸淡出舞台。

1997 年香港回歸，中國語文教育學習領域增加了中小學普通話科課程綱要，包括《小學課程綱要：普通話科（小一至小六）》和《中學課程綱要：普通話科（中一至中五）》（香港課程發展議會，1997）。

2000 年的教育統籌委員會教育改革報告書《終身學習‧全人發展》及 2001 年的課程發展議會報告書《學會學習 —— 課程發展路向》，為香港課程的發展定下未來十年的發展方向。為落實這兩份報告書所提出的各項建議，教育署建議中學採用《中國語文課程指引（初中及高中）2001》。課程發展議會編訂的《基礎教育課程指引 —— 各盡所能‧發揮所長（小一至中三）》也於 2002 年出版，教育署建議學校採用課程發展議會 2002 年編訂的《中國語文教育學習領域課程指引（小一至中三）》，2004 年課程發展議會又編訂了《中國語文課程指引（小一至小六）》和《小學中國語文建議學習重點（試用）》，供學校配合 "中國語文教育學習領域課程指引" 使用。香港基礎教育中國語文教育學習領域課程指引（小一至中三）的課程目標大致如下：

表 3　中國語文教育學習領域課程指引（小一至中三）2002 課程目標

項目	主要內容
課程目標	**課程宗旨** • 提高讀寫聽說能力、思維能力、審美能力和自學能力。 • 培養語文學習的興趣、良好的語文學習態度和習慣。 • 培養品德，加強對社群的責任感。 • 體認中華文化，培養對國家、民族的感情。

（續表）

項目	主要內容
課程目標	**基礎教育階段學習目標** • 培養讀寫聽說的基本能力，增進語文基礎知識及其他生活知識。 • 培養創新思考和自學能力。 • 培養審美情趣，陶冶性情；培養品德及對社群的責任感。 • 培養主動學習和積極的態度，建立正面價值觀。 "用普通話教中文" 為遠程目標

　　課程發展議會於 2008 年修訂了《小學中國語文建議學習重點（試用）》，修訂版強調除了重視學生語文能力的培養外，還要着重加強文學、中華文化的學習和品德情意、思維及語文自學能力的培養。

　　課程改革的十年間，教育局曾進行多項不同類型的調查研究，發現學校對《基礎教育課程指引》（2002）所倡議的中央課程，包括學習宗旨及課程框架，有很高的認同。十年後，課程發展議會對基礎教育課程的十年計劃進行了全面檢視，以 "學會學習" 為主題的課程改革為出發點，從不同渠道廣泛吸納各方意見，並借鑒國際及本地教育研究成果，把《基礎教育課程指引 —— 各盡所能‧發揮所長（小一至中三）》（2002）中與小學課程相關的內容加以更新和增益，以切合社會最新的發展和學生的需要。2014 年課程發展議會更新了基礎教育小學課程指引，詳閱《基礎教育課程指引 —— 聚焦‧深化‧持續（小一至小六）》。2017 年教育局也更新課程領域的指引，中國語文教育方面指引的更新，可詳閱《中國語文教育學習領域課程指引（小一至中六）》。普通話方面，課程發展議會在 1997 年公佈的中小學普通話科課程綱要的基礎上編訂了《中國語文教育學習領域普通話科課程指引（小一至中三）》。

　　2017 年的《中國語文教育學習領域課程指引（小一至中六）》並沒有什麼大的變動，只是更新了一些內容，科目方面（中國語文科和普通話科）雖然沒有新的指引，但課程領域上的調整必然會牽涉到學校的教學，諸如 2017 年新指引的課程發展方向不再強調能力導向，而提出提升語文素養的概念；新指引提出要增加閱讀量，拓寬閱讀面，提升閱讀深度，這些都是教學方面要關注的。2017 年新的《中國語文教育學習領域課程指引（小一至中六）》基礎教育階段主要的調整內容包括：

（1）中國語文教育方面，要提高運用語言的能力，能說流利的粵語和能以普通話溝通。

（2）中國語文教育的課程發展方向強調提升語文素養，重視經典閱讀，提升閱讀深度，按校本需要及條件推動"用普通話教中文"，提供更多實踐普通話的機會，加強自學。

（3）中國語文教育的課程發展依據的基本理念方面，增加了養成良好的國民素質，承傳民族文化的要求。

（4）課程架構方面，關於中國語文教育學習領域課程的聯繫和銜接。提及中國語文科在不同階段的銜接，以及普通話科與中國語文科的關係。

由上述（1）可見，對學生普通話口語能力要求似乎放寬了，因為 2002 年的課程指引要求學生能 "說流利的口語（包括粵語和普通話）"，而 2017 年的只是要求 "能說流利的粵語和能以普通話溝通"。從（2）可以看出，《中國語文教育學習領域課程指引》（2002）所提出的以 "用普通話教中文" 為遠程目標，在 15 年後不僅仍未實現，而且在 2017 年新的課程指引中，也不再提及該目標了。只是要求學校提供更多實踐普通話的機會，加強自學。另外（3） "養成良好的國民素質" 是 2002 年課程指引未提及的，當時只是要求學生深入認識及認同中華文化。此外，2017 年的課程指引還強調要承傳民族文化。這是要求培養學生在認識、認同中華文化基礎上的一種文化自信，可以增強民族的歸屬感和凝聚力。而（4）課程架構方面，提及的普通話科與中國語文科的關係，基礎教育階段關注的是 "避免學習內容和學習材料的不必要重複"（課程指引，2017，頁19），並沒有推動普通話科與中國語文科的融合。

（二）香港中國語文教育領域學科之間的關係

香港基礎教育中國語文教育學習領域的學科包括：中國語文和普通話。語文教育方面，普通話是標準中文的口語形式，它和標準中文的書面語是相輔相成的兩個方面，二者是一致的（田小琳，1997）。所有的主權國家，基本上是用標準的口語教標準的書面語，普通話本身就是標準中文，理應用普通話教中文（田小琳，2017）。但由於歷史和政治的原因，香港的中文科一般是用廣州方言教中文的，簡稱"廣教中"或"粵教中"，而國家標準語——普通話則單獨設科。

1999 年 10 月香港特別行政區課程發展議會就在香港學校課程的整體檢視報告中，建議"在整體的中國語文課程中加入普通話的學習元素，並以用普通話教中文為遠程目標"（課程發展議會，1999）。隨後，香港課程發展議會在中國語文教育諮詢文件中正式提出用普通話教授中國語文（簡稱"普教中"）是香港中小學的長遠目標（課程發展議會，2000）。

2002 年課程發展議會編訂的中國語文教育學習領域課程指引（小一至中三）為中國語文課程訂定了明確的發展策略，就是在中國語文課程中，逐步加入普通話學習元素或嘗試用普通話作為教學語言；2003 年香港語文教育及研究常務委員會發表了《提升香港語文水平行動方案》，表示非常贊成課程發展議會使用普通話教授中國語文科的長遠目標，鼓勵有條件的學校嘗試使用普通話教授中文科。可時至今日，已經二十年了，"普教中"這一目標仍遙遙無期。

（三）中國語文教育狀況

香港中學中國語文科課程改革於二十世紀九十年代中後期開始醞釀，隨着世紀之交的教育改革譜寫新曲。2001 年課程發展議會推出《中國語文課程指引（初中及高中）》；2004 年推出《中國語文課程指引（小一至小六）》，這兩份課程指引沿用至今。中國語文教育學習領域課程改革的基本脈絡如下：

圖 1　中國語文科課程改革的基本脈絡

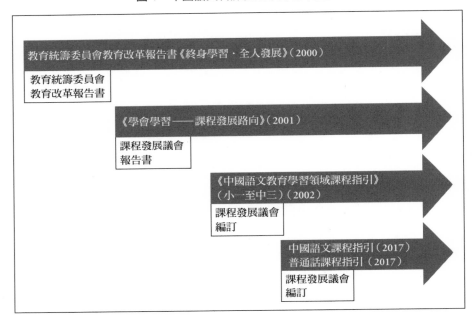

教育統籌委員會教育改革報告書《終身學習・全人發展》(2000)

教育統籌委員會
教育改革報告書

《學會學習——課程發展路向》(2001)

課程發展議會
報告書

《中國語文教育學習領域課程指引》
(小一至中三)(2002)

課程發展議會
編訂

中國語文課程指引(2017)
普通話課程指引(2017)

課程發展議會
編訂

　　香港回歸前後，探討用普通話教中文的學者逐漸增多，而且成為焦點。何國祥在 1997 年預言，2010 年後，香港的中國語文科會用普通話教授（何國祥，1997）。施仲謀也認為，中文科用普通話作為教學語言，從長遠來看，對學生的普通話水平，以及其語文能力的提高，會大有裨益（施仲謀，2008）。

　　香港特區政府在 2005 年 9—10 月以問卷形式訪問了 824 所中小學，當中 209 所學校（約四分之一）表示已轉用普通話教中文科（星島日報，2005）。小學方面，遞交問卷的 446 所學校中，有 125 所學校（28%）表示現（2005—2006）已推行用普通話教中文科（小學中國語文教育研究學會，2005）。香港天主教區 2005 年 8 月宣佈，屬下 60 多所小學從 2005 年 9 月起，由小一開始，全面推行普通話教授中國語文（何國祥，2008）。林建平估計，2007/2008 年度約 20% 的中小學試行“普教中”（包括全面實施和部分班級實施的學校）（林建平，2008）。

於 2015/2016 學年，"語常會"也進行了香港中小學推行以普通話教授中國語文科概況調查，結果顯示，2015/2016 學年只有 16.4% 的小學及 2.5% 的中學全面普教中（香港特區政府新聞公報，2018）。

香港中文大學 2016 年的一次調查顯示，受訪者有八成多贊成在中小學教授普通話，但當焦點集中在用普通話為授課語言教授中文科上，只有五成受訪者贊成，可見兩者意見分歧明顯（梁慧敏，2017）。

香港中小學中國語文教育教學語言現狀，大致有以下幾種模式：全面用普通話教中文；部分用普通話教中文；全面用粵語教中文。到底學校是採用"普教中"，還是"粵教中"，又或者是中文科和普通話科融合，目前是由學校自主。

（四）普通話教育狀況

教育署於 1986 年 9 月正式推出普通話課程，列為小學四至六年級的可供選擇科目，每週教學時間為一至兩教節（何國祥，1997）。1997 年香港教育局（前教育署）分別推出《小學課程綱要：普通話科（小一至小六）》及《中學課程綱要：普通話科（中一至中五）》。新的課程綱要把修讀普通話的年級延伸，由原來的小四至中三伸展至小一至中五，並提出通過普通話科的學習，增強學生對中國文化的歸屬感和認同感（課程發展議會，1997）。1998 年普通話科成為香港中小學核心課程，2000 年普通話成為中學會考科目。2012 年開始，因教育制度改革，取消了中學會考，新高中文憑試刪除了普通話科。風采中學校長曹啟樂認為，教育局的做法令學生進修普通話的機會減少，僅少數普通話優異的學生能挑戰難度較高的國家普通話水平測試（曹啟樂，2011）。

四、語文政策問題探討

普通話是中國各民族的共同語，以普通話作為教學語言，應該能夠減低香港人對回歸祖國的疑慮心理，產生"融為一體"的效果，真正體現

"回歸"的意義（鄧城鋒，2008）。的確，基本法規定中文為正式語文，但沒有限定口語形式，這樣從國家層面來講，就造成說寫不一，言文不一的現象。語和文的錯配，也會導致港人身份認同的困擾，成為與內地融為一體的障礙。

在中國內地、中國台灣地區、中國澳門地區及新加坡、馬來西亞等東南亞國家的教育體制中，普通話（國語／華語）都不單獨設科，是在中文（國文／華文）課上的教學語言。可是香港分科教學，二者不但不能互補，反而是中文課拆了普通話課的台（汪惠迪，2020）。香港用了整整二十年的時間探討哪一種語言教授中文可以提升學生的語文水平，也沒有結果。是否應該從宏觀的角度再思考。

（一）語言定位問題

在中國語文教學語言的問題上，香港學校校長的立場起決定作用，因為校長不僅是學校教學語言政策的制定者之一，而且是實施者。2004年，張本楠以"香港中學教學語言政策與實施"為研究課題，用問卷的方式對香港 400 所中學的校長進行了一次調查，結果顯示，雖然香港中學校長普遍認為普通話對於香港中學生來說愈來愈重要，學好普通話可以提高學生將來的競爭力。但是，與英文和廣州話相比，校長們仍然認為，英文最為重要，其次為廣州話，最後才是普通話（張本楠，2013）。事實上，無論是政府的文件，還是學校文件，三語同時出現時，普通話通常都是排在最後。

有人認為，粵語可被視為"兩制"在"一國"中的體現（Tsui, A.B.M., 2004），也有人認為，既然五十年不變，那麼香港就應該保持英文第一，中文第二的現狀。但是田小琳認為，基於國家和民族的尊嚴問題，"五十年不變"，應該主要是指香港實行資本主義制度不變，而不是語言定位不變。《中華人民共和國香港特別行政區基本法》規定："香港特別行政區的行政機關、立法機關和司法機關，除使用中文外，還可以使用英文，英文也是正式語文。"這包含了兩層意思，一是中文是首要的正式語文，二是英文也是正式語文，體現了一國兩制的政策（田小琳，1996）。關於普通話和粵方言的地位問題，普通話已進入了《中華人民共和國憲法》，港人須要認同普通話是現代漢民族的共同語，而不是和粵方言並列的一種方言（田小琳，1997）。

（二）用普通話教中文的推行問題

儘管 2000 年的課程文件提出"用普通話教中文"為長遠目標，但這個"長遠"並不明確，沒有具體的時間表。課程文件也似有搖擺現象，2017 年的《中國語文教育學習領域課程指引（小一至中六）》，不再提"用普通話教中文"這個長遠目標了。

另一方面，"語常會"在落實"普教中"這一長遠目標的過程中，也進行了相關的研究，對在香港推行"普教中"的條件和限制進行了深入探討。2008 年《在香港中、小學以普通話教授中國語文科所需之條件研究報告》中，歸納出學校推行"普教中"所具備的有利條件，按學校提出的重要性排序為：（1）師資；（2）學校管理層的態度及策略；（3）語言環境；（4）學生的學習能力；（5）課程、教學及教材安排，以及（6）教與學的支援（語常會，2008）。換言之，香港難以推出"普教中"的關鍵問題是上述 6 個條件不足。有學者認為，如果香港語文教師普通話能力達標，教育教學理念正確，加上又有學校行政和學生學習意願等因素支持，我們的確不太容易再找到反對用普通話教中文的理由（張國松，2005）。2015 年香港教育學院課程與教學學系的《探討香港中、小學如何推行"以普通話教授中國語文科"研究計劃終期報告》提出 10 項建議（香港教育學院課程與教學學系，2015）。然而，這些研究都沒有為在香港落實"普教中"定下明確的時間表和路線圖。

可見，香港語言政策表面上看起來明確，實際上存在模糊性，語文政策發展過程複雜而又微妙。從歷史的角度看，上世紀二十、三十年代以來，中國就是以國語來教授中國語文的；從現實角度看，內地各方言區包括粵方言區也都是用普通話教授中國語文的，台灣地區一直也是用國語教授中國語文的（田小琳，2008）。放眼世界，各國教授中文時大都是以普通話為教學語言的；再看香港，也有很多"普教中"的成功示例[①]。總而言之，若語文政策模糊不清，學校就會採取觀望的態度。香港特區政府教育局須要有一套明確的語文政策，訂定推行"普教中"的具體時間表，以及採取必要的配套措施，否則"普教中"這一長遠目標仍會遙遙無期。

（三）教師語文能力要求政策問題

教師語文能力要求政策自 2000 年開始實施，目的在於確保所有語文教師（英文、普通話）達到最基本的語文能力要求，從而提高教育質素[②]。但值得注意的是，這項要求是不包括中文科教師的。到目前為止，教育局對中文科教師是沒有普通話能力要求的。也就是說，即使中文科教師是用普通話教中文，其普通話水平也非必須達到教師語文能力評核（普通話）的要求。若要推行"普教中"，教育局應該儘早制定相關的政策，採取相應的措施。

（四）教師資源錯配問題

香港學制改革以來，香港教育大學中國語文教育榮譽學士課程，已培訓出大批具備中學及小學中國語文科教學需要的合格教師。這個課程的畢業生均經過語言、文學、文化、語文教學四方面的知識學習和能力訓練，包括普通話教學及"普教中"的訓練（施仲謀、王聰，2020）。但礙於目前香港大部分學校是"粵教中"，"普教中"的學校並不多，故很多畢業

[①] 如：香港蘇浙小學、普通話研習社科技創意小學、景嶺書院均為創校即以普通話教授中國語文科，以及港九街坊婦女會孫方中書院（香港首間以普通話為教學語言的津貼中學），這些都是使用普通話教授中國語文成功經驗的實證。

[②] 資料來源：教育局網頁 https://www.edb.gov.hk/tc/teacher/qualification-training-development/qualification/language-proficiency-requirement/details.html。

生走上工作崗位，仍然是用粵語教中文。田小琳曾指出："《基本法》規定，香港的教學語言由特區政府決定"（田小琳，2012）。她在文章中，從不同視角、不同時序分析"普教中"的重要性及可行性，呼籲香港中文教育正面臨着重要抉擇，不容遲緩。她認為香港社會制訂語言政策需要遵守和參考《中華人民共和國憲法》《香港特別行政區基本法》等。學校應該把握各種機會培養學生國家觀念和愛國意識（田小琳，2021）。希望教育部門加大支援"普教中"的力度，減少新入職教師資源錯配的現象。

參考文獻

1. 曹啟樂：《文憑試刪普通話科　校長狠批》，《香港東方日報》港聞版，2011 年 9 月 22 日。

2. 鄧城鋒：《關於"普教中"討論的反思》，《香港中文大學基礎教育學報》，2008，17(2)：1 — 13。

3. 董建華：《香港特別行政區行政長官施政報告（1997）》，檢自 https://www.policyaddress.gov.hk/pa97/chinese/cpaindex.htm，檢索日期：2021.8.9。

4. 何國祥：《獨立科目，跨越九七 —— 香港普通話教學的發展》，《語言文字應用》，1997，22(2)：23 — 36。

5. 何國祥：《香港用普通話教中文之何去何從》，刊於何文勝、張中原：《新時期中國語文教育改革的理論與實踐》，香港：文思出版社，2008。

6. 何景安：《對香港語文教育政策的歷史回顧和提升語文教育水平的幾點看法》，《香港教師中心學報》，2006，5：48 — 58。

7. 教育統籌委員會：《教育統籌委員會第六號報告書》，香港：政府印務局，1996。

8. 梁慧敏：《香港普通話使用的實證研究 —— 兼論推普工作的發展》，

《語言文字應用》，2017，3：79—90。

9. 林建平：《普通話教中文現況》，《星島日報》F04 版，2008 年 5 月 12 日。

10. 林智中：《目標為本課程：一個遙不可及的理想》，香港中文大學香港 教育研究所，1996。

11. 呂衛倫（Llewellyn）：《香港教育透視：國際顧問團報告書》，香港：香 港政府教育司，1982。

12. 施仲謀：《香港漢語言文字教學的現狀與展望》，《語言文字應用》， 1997，22(2)：37—42。

13. 施仲謀：《漢語教學在香港》，《雲南師範大學學報（對外漢語教學與 研究版）》，2008，2：43—49。

14. 施仲謀、王聰：《如何迎接大灣區的中文發展機遇 —— 以香港教育大 學為例》，刊於馬毛朋、李斐：《博學近思　知行兼舉 —— 田小琳先 生八秩榮慶文集》，香港：和平圖書有限公司，2020：236—246。

15. 孫德基：《審計署署長第六十八號報告書》，香港特別行政區審計署的 刊物及新聞公報，第 8 章，第 1 頁，2017。

16. 田小琳：《試論 1997 與香港中國語文政策》，《中國人民大學學報》， 1996，4。

17. 田小琳：《香港中文教學和普通話教學論集》，北京：人民教育出版 社，1997：31。

18. 田小琳：《21 世紀香港中文教育展望》，《課程．教材．教法》， 1997，6：54—57。

19. 田小琳：《試論香港回歸中國後的語文教育政策》，《語言文字應用》， 2001，1：73—81。

20. 田小琳：《香港中文教育政策述評》，《雲南師範大學學報（對外漢語 教學與研究版）》，2008，6(2)：17—24。

21. 田小琳：《香港中文教育面臨的重要抉擇》，《雲南師範大學學報（哲 學社會科學版）》，2012，2：14—21。

22. 田小琳：《香港回歸二十年普通話教育面面觀》，發表於 "回歸二十年 香港普通話教育的回顧與前瞻" 研討會，香港理工大學，2017。

23. 田小琳：《三論香港地區的語言文字規範問題》，《中國語文通訊》， 2021，100(1)：1—12。

24. 汪惠迪:《香港中文"再出發"的路向》,《聯合早報》,2020 年 5 月 30 日。

25. 香港教育統籌局:《實施語文教育及研究常務委員會有關語文教師培訓和資歷的建議》,教育統籌局通函第 54/2004 號,2004。

26. 香港教育統籌委員會:《教育統籌委員會第四號報告書》,香港:政府印務局,1990。

27. 香港教育統籌委員會:《終身學習・全人發展:香港教育制度改革建議》,香港特別行政區教育統籌委員會出版,2000,檢自 https://www.e-c.edu.hk/tc/publications_and_related_documents/rf1.html,檢索日期:2021.8.9。

28. 香港教育統籌委員會:《學會學習 —— 課程發展路向》,2001,檢自 https://www.edb.gov.hk/tc/curriculum-development/cs-curriculum-doc-report/wf-in-cur/index.html,檢索日期:2021.8.9。

29. 香港教育學院課程與教學學系"探討香港中、小學如何推行'以普通話教授中國語文科'研究計劃"小組:《探討香港中、小學如何推行"以普通話教授中國語文科"研究計劃》終期報告(刪節版),2015。

30. 香港考試局:《教師語文能力等級說明及評核綱要(普通話)》,香港:政府印務局,2000。

31. 香港課程發展議會:《小學中國語文科(小一至小六)課程綱要》,香港:政府印務局,1990。

32. 香港課程發展議會:《中國語文科(中一至中五)課程綱要》,香港:政府印務局,1990。

33. 香港課程發展議會:《目標為本課程中國語文科學習綱要:第一學習階段(小一至小三)》(1995),檢自 https://www.edb.gov.hk/tc/curriculum-development/kla/chi-edu/curriculum-documents/toc-ks1.html,檢索日期:2021.8.9。

34. 香港課程發展議會:《目標為本課程中國語文科學習綱要:第二學習階段(小四至小六)》(1995),檢自 https://www.edb.gov.hk/tc/curriculum-development/kla/chi-edu/curriculum-documents/toc-ks2.html,檢索日期:2021.8.9。

35. 香港課程發展議會:《目標為本課程中國語文科學習綱要補編:第一及第二學習階段(小學一至六年級)》(1996),檢自 https://www.edb.gov.hk/tc/curriculum-development/kla/chi-edu/curriculum-documents/primary/

toc-supplement1996.html，檢索日期：2021.8.9。

36. 香港課程發展議會：《目標為本課程中國語文科學習評估指引：第一及第二學習階段（小一至小六）》（1998），檢自 https://www.edb.gov.hk/tc/curriculum-development/kla/chi-edu/curriculum-documents/toc1998.html，檢索日期：2021.8.9。

37. 香港課程發展議會：《小學課程綱要：普通話科（小一至小六）》（1997），檢自 https://www.edb.gov.hk/tc/curriculum-development/kla/chi-edu/curriculum-documents/primary/pth.html，檢索日期：2021.8.9。

38. 香港課程發展議會：《中學課程綱要：普通話科（中一至中五）》，香港教育統籌局，1997。

39. 香港課程發展議會：《香港學校課程的整體檢視報告》（改革建議），香港特別行政區政府印務局，1999。

40. 香港課程發展議會：《學會學習·學習領域：中國語文教育（諮詢文件）》，香港特別行政區課程發展議會，2000。

41. 香港課程發展議會：《中國語文課程指引（初中及高中）》（2001），檢自 https://www.edb.gov.hk/tc/curriculum-development/kla/chi-edu/curriculum-documents/secondary-edu2011.html，檢索日期：2021.8.9。

42. 香港課程發展議會：《中國語文教育學習領域課程指引（小一至中三）》，香港特別行政區教育統籌局，2002。

43. 香港課程發展議會：《中國語文課程指引（小一至小六）》，香港特別行政區教育統籌局，2004。

44. 香港課程發展議會：《小學中國語文建議學習重點（試用）》，香港特別行政區教育統籌局，2004。

45. 香港課程發展議會：《小學中國語文建議學習重點（試用）》，香港特別行政區教育統籌局，2008。

46. 香港課程發展議會：《基礎教育課程指引 —— 聚焦·深化·持續（小一至小六）》，香港特別行政區教育局，2014。

47. 香港課程發展議會：《中國語文教育學習領域課程指引（小一至中六）》，香港，香港特別行政區教育局，2017。

48. 香港課程發展議會：《中國語文教育學習領域普通話科課程指引（小一至中三）》，香港：香港特別行政區教育局，2017。

49. 香港特別行政區政府新聞公報：《立法會二十一題：採用普通話作為

中小學中國語文科的教學語言》，2018 年 2 月 7 日。

50. 小學中國語文教育研究學會：《全港中小學推行普通話教授中國語文科概況問卷調查報告》，《小學中文教師》，2005，22。

51. 星島日報：《留二億提升普通話教學》，《星島日報》（要聞版），2005年 12 月 6 日。

52. 楊聰榮：《香港的語言問題與語言政策 —— 兼談香港語言政策對客語族群的影響》，刊於施正鋒《各國語言政策：多元文化與族群平等》，台北：前衛出版社，2002：609 — 648。

53. 語文教育及研究常務委員會：《提升香港語文水平行動方案》，香港：政府印務局，2003。

54. 語文教育及研究常務委員會：《"在香港中、小學以普通話教授中國語文科所需之條件" 研究報告》，2008。

55. 張本楠：《普通話是否可以成為教學語言？—— 香港中學校長調查》，刊於張本楠主編：《經驗與挑戰：香港普通話教中文論文集》，香港大學教育學院　香港普通話培訓測試中心，2013：197 — 206。

56. 張國松：《香港語文教師用普通話教中文的機遇與挑戰 —— 分清語言頻道轉換和教學理念更新的主次關係》，《現代語文》（語言研究版），2005，11：95 — 97。

57. Amy B. M. Tsui. Medium of Instruction in Hong Kong: One Country, Two Systems, Whose Language?. James W. Tollefson & Amy B. M. Tsui(eds), *Medium of instruction policies: which agenda? whose agenda?* Mahwah, N.J.: L. Erlbaum Publishers, 2004: 97-106

〔田小琳、施仲謀、李黃萍、蔡一聰署名，刊於何志恒、陳曙光、施仲謀主編《中國語文教學策略與實踐新探》，香港：三聯書店（香港）有限公司，2023 年 4 月〕

一、語文政策與標準

03

香港中國語文教育評估標準回顧與思考[*]

施仲謀　田小琳　李黃萍　蔡一聰^①

　　香港考試及評核局（以下簡稱考評局）根據教育統籌委員會 2000 年發表的《終身學習 · 全人發展》報告書的建議，制訂了 "基本能力評估" 用以監察第一至第三學習階段（即小三、小六及中三）學生中文、英文和數學是否達到應有的 "基本能力"。自 2004 年起，考評局開始舉行 "全港系統評估"。

一、基本能力評估簡介

　　"基本能力評估"（BCA）分 "系統評估" 和 "學生評估" 兩部分。"系

---

*　本文係國家語委 2019 年度重點項目《漢字文化圈主要國家（地區）中小學母語教育教學資源建設狀況調查與研究》（項目編號：ZD135-84）研究成果之一；本文係廈門大學人文社科重點培育項目（2019）《世界主要國家基礎教育母語能力要求及其資源建設研究》（項目編號：20720191075）研究成果之一。

①　施仲謀：香港教育大學中國語言學系教授、系主任。
　　田小琳：嶺南大學前中國語文教學與測試中心主任。
　　李黃萍：香港教育大學語文教育中心講師。
　　蔡一聰：香港特別行政區政府教育局高級學校發展主任。

統評估"是一套低風險的評估和監察工具。就中文科來說,可讓政府瞭解學生於所屬學習階段,在聽、說、讀、寫四項技能方面所具備的"基本能力"的整體百分比。根據評估數據,一方面,政府可以向學校提供相應的支援。另一方面,也有助個別學校瞭解其學生與全港學生之間,在整體語文水平方面的差異,以相應地調整教學計劃和策略。"基本能力評估"的"學生評估"是以網上測試形式進行,評估個別學生在讀與聽方面的強項及弱項,以及是否具備"基本能力"。該評估可以為學校提供更多資料,能為教師和學生提供即時的回饋。學生評估的分析資料有助教師瞭解學生學習的強與弱,從而調適教學計劃。該評估部分提供大量評估項目,為教師及學生提供語文學習資源,學校管理層和教師可運用透過校內評估和"學生評估"所搜集的資料,識別需要額外語文學習支援的學生。

(一)系統評估

系統評估旨在評量小三、小六和中三學生在三科(中文、英文和數學)的學習表現。教育部門期望系統評估的數據,能為政府及學校管理層提供學生在主要學習領域上的水平資料,以及有助政府監察教育政策的成效,並為有需要的學校提供支援。教育統籌局(2007 年更名為教育局)在 2001 年委託考評局發展及推行中、英、數三科的基本能力評估。考評局與教育統籌局課程發展處合作,發展學生評估和全港性系統評估。

系統評估於 2004 年開始取代香港學科測驗[①],在第一學習階段(小三)率先實施,並易名為"全港性系統評估(TSA)"[②]。2005 年 TSA 推展到第二學習階段,在小三和小六實施,2006 年起 TSA 在三個學習階段全面展開,即在小三、小六和中三實施。

2008 年考評局進行了一次問卷調查,目的是收集學校對評估報告的

---

① 香港學科測驗:所有小學三年級、小學五年級、中學一年級及中學三年級均須參與該測驗。

② 香港考試及評核局:《2004 年全港性系統評估學生基本能力報告》,2004。

意見及探討學校在運用全港性系統評估數據促進學與教的情況，調查問卷的結果顯示，421 所小學（97%）及 275 所中學（94%）的教師會參考全港性系統評估的數據來調適教學策略（詳閱圖 1）。

圖 1　參考全港性系統評估的數據來調適教學策略的學習統計結果 [1]

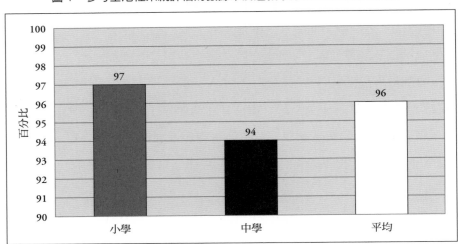

根據問卷調查結果，考評局得出結論：全港性系統評估報告的數據對提升教學起了積極而正面的作用。儘管如此，社會上也有其他不同意見，有的學者認為，TSA 令小三學生對學習產生負面的影響 [2]；對學生造成學業壓力，失去了 TSA 原設的意義；要求取消小三 TSA，以及學校報告不披露成績。也有學者認為，TSA 對教師在課程設計、教學和評估方面產生了正面和負面的倒流效應 [3]。

---

[1]　香港考試及評核局（2008）：全港性系統評估報告問卷調查，《2008 年全港性系統評估學生基本能力報告》。

[2]　Carless, D., & Lam, R.(2014). The examined life: perspectives of lower primary school students in Hong Kong. *Education 3-13: International Journal of Primary, Elementary and Early Years Education, 42*(3)：313-329.

[3]　廖佩莉：《倒流效應：香港全港性系統評估（TSA）對小學中國語文科教師的影響》，《教育研究月刊》，2013，（228）：86 — 102。

教育局在諮詢及仔細考慮各方意見後，決定從 2014 年起推行四項主要優化措施：（1）不向個別小學發放其學生中、英、數的基本能力達標率；（2）將"全港性系統評估"從小學"表現評量"中剔除；（3）延續小六"全港性系統評估"和"中一入學前香港學科測驗"的隔年安排，即逢單數年舉行小六"全港性系統評估"及逢雙數年舉行"中一入學前香港學科測驗"，而小三及中三的施行模式則維持不變；（4）分階段優化"全港性系統評估"的報告功能，提供更加互動的報告平台[1]。

　　根據教育局關於 TSA 的宣傳短片，自從 TSA 優化措施實行後，小六 TSA 評估就隔年舉行。而小三和中三的 TSA 則每年進行。TSA 像一把公尺，可以讓老師瞭解學生在不同領域上的強與弱，從而改善教學。TSA 只是評估學生的基本能力水平，是一個風險極低的評估，對學生升班或升學不會造成影響。政府從 2014 年開始小學 TSA 報告不顯示學校達標率，但會提供互動式的報告系統，使 TSA 題目分析報告更加好用，老師可以仔細分析 TSA 的題目和數據，從學生的錯題中，分析學生在概念上有什麼誤解，以及他們學習的難點，對症下藥，加強相關的教學內容。

　　儘管如此，社會上還是有團體及部分家長認為 TSA 令學校過度操練學童[2]，要求廢除小學三年級的全港性系統評估（TSA）聲音不絕。TSA 自實施以來似乎已演變成為社會政治議題。儘管政府為解決此問題做出了努力，但很難改變不同利益相關者對 TSA 的固有看法[3]。為回應公眾對系統評估的關注，教育局局長於 2015 年 10 月底宣佈，基本能力評估及評估素養統籌委員會決定就系統評估進行全面檢討。2015 年 11 月，立法會教育

[1] 香港特別行政區政府·新聞公報：《教育局公佈"全港性系統評估"優化措施，香港》，2014 年 4 月 11 日（星期五）。

[2] 何瑞珠：《TSA 的誤用及 PISA 的危機》，香港：明報，2015 年 8 月 13 日。

[3] Lam, R. (2018). Testing, Drilling and Learning: What Purpose Does the Grade 3 Territory-Wide System Assessment Serve? *Asia Pacific Education Review, 19*(3): 363-374.

事務委員會召開 TSA 公聽會，讓不同持份者①充分表達意見。

2016 年 2 月，教育局基本能力評估及評估素養統籌委員會公佈《全港性系統評估檢討報告》②。委員會根據"行政安排及報告檢討工作小組"和"試卷及題目設計檢討工作小組"提交的工作報告研究探討，認為檢討系統評估應以推動優質教育，並以核心價值（學生的學習需要、專業性，以及各持份者的互信）為前提。針對減少系統評估的操練，避免對辦學團體、學校及家長造成壓力，委員會認為試卷及題目設計均可作調整，進行系統評估後，向學校發放的報告，也可採納不同形式，以便更明確地反映基本能力評估的原意，彰顯系統評估低風險的性質，以及有助於優化校本課程和教學安排。委員會就基本能力評估提出了短、中、長期的建議方案。

委員會建議系統評估試卷及題目設計的修訂原則為：（1）切合學生學習需要；（2）能減輕學生的學習負擔；（3）符合課程精神；（4）評估材料的遣詞用字要適切。委員會關於小三中國語文科系統評估修訂的具體建議見表 1。

表 1　委員會關於小三中國語文科系統評估修訂建議

閱讀評估	寫作評估	其他
• 調整篇章數量，由 3 篇改為 2 篇，每卷（篇章）總字數在 1200 字以下。 • 為避免實用文的比重過大，只在其中一份分卷設實用文。 • 題目數量不多於 20 題。	• 評估內容：實用文寫作提供部分資料，如書信的上下款、祝福語、問候語、日期等，以減少操練格式。 • 評審準則：調整實用文格式的評審準則；提供學生達標樣本示例。 • 答題本：減少寫作方格的數目至 400 個。	• 整理各卷答對率偏低的題目，分析答題欠理想的原因，如題幹表述欠佳或其他，作為未來擬題的參考。 • 檢視各卷"五選二""逆向"等題目，分析此類題型對學生表現的影響，並作調整。

---

① 持份者：香港社區詞，指利益相關者，可以是機構、團體或個人。

② 基本能力評估及評估素養統籌委員會：全港性系統評估檢討報告，香港教育局，2016 年 2 月。

2016 年教育局試行系統評估（小三）研究計劃，由考評局邀請 50 所不同類型的小學參與，約佔全港小學數目的 10%，其他學校也可自願參加。該計劃推出有針對性的優化措施，新版系統評估與舊版系統評估對照見表 2。

表 2　全港性系統評估中文科新舊版對照表

修訂項目	舊版系統評估	新版系統評估
試卷及題目設計	• 有個別題目較深，未能針對評估基本能力。 • 閱讀卷篇章較多	• 題目整體較以往淺易，對準小三基本能力。 • 減少閱讀卷篇章（中文由 3 篇改為 2 篇）
學校報告	• 只有一款報告	• 有四款報告 • 學校可任選一款或多款報告 • 有助減輕教師分析系統評估數據的工作量
專業支援措施	• 工作坊及研討會、校本支援及家長講座等。	• 密集式＂提升運用評估策略及促進學與教的工作坊＂ • 支援人員到校服務 • 與大專院校共同研發教學與評估的材料；及試用網上學與教支援（WLTS）及學生評估資源庫（STAR）。 • 和學校合作進行家長教育
學生學習態度及動機問卷調查	• 學生學習態度及動機問卷調查	• 新元素，以收集學生非學業數據（如參與課外活動的時間、學習興趣及動機等），為學校提供更多資料，瞭解影響學習表現的因素，以協助學生學習。

參與 2016 試行研究計劃（小三）的學校可獲提供一系列的支援，學校可按需要參加。相關措施包括：（1）為參與學校提供工作坊及到校服務，以提升運用評估策略、設計評估課業和題目，及善用評估數據回饋學與教的能力；（2）參與學校如希望結合試行的經驗，以優化校本課程發展和提升學與教的成效，可申請教育局在 2016/17 學年提供的校本支援服

務，有關申請可獲優先處理；（3）參與學校可參加與大專院校就教學及評估材料，和設計教學活動的共同研發項目；（4）與參與學校合辦家長教育研討會，促進家長對評估素養的瞭解。

2017 年的系統評估根據 2016 試行研究計劃的回饋作出進一步的優化，全港小學參與。教育當局試圖將評估數據巧妙地結合到現有的教學實踐中，讓不同利益相關者之間重建社區信任，從而提高評估素養，使 TSA 成為促進教學的工具。

2018 年基本能力評估及評估素養統籌委員會小三全港性系統評估（2015—17）檢討報告 ① 顯示，學界普遍認同評估促進學習的理念，大部分持份者均肯定系統評估在全港及學校兩個層面的回饋學與教的功能和重要性，以及優化措施有效釋除社會對系統評估引致的過度操練及風險的疑慮。大部分家長信任學校，認為學校沒有為系統評估進行過度操練。只有近 3% 家長認為學習壓力來自系統評估。

教育局接納基本能力評估及評估素養統籌委員會就 2018 年及往後小三全港性系統評估安排提出的建議，分開處理全港和學校層面的安排。在 "全港層面"，每年以抽樣形式在全港公營及直資學校抽選約 10% 小三學生參加小三級全港性系統評估。在 "學校層面"，希望全體小三學生參與及獲發學校報告的學校，可直接聯絡考評局為他們作出相關安排。考評局會把學校報告直接發放給學校，教育局不會索取個別學校的學校報告。該項安排進一步清晰表示全港性系統評估資料不會用作評量學校，並重新確立全港性系統評估為一低風險評估的原意。在眾多優化工作中，考評局一直負責 "改良試卷及題目設計" 和 "優化學校報告" 項目的工作。2019 年小三級全港性系統評估的安排亦沿用委員會上述的建議。

---

① 基本能力評估及評估素養統籌委員會：小三全港性系統評估（2015—17）檢討報告，香港教育局，2018 年 3 月。

香港基礎教育三個學習階段（即小三、小六及中三）學生中文科基本能力水平表現見表 3。

表 3　小三、小六及中三級學生中文科達到基本能力水平的百分率 ①

科目和級別		中國語文科（聆聽、閱讀和寫作）		
		小三	小六	中三*
達到基本能力水平的學生百分率	2004	82.7	—	—
	2005	84.7	75.8	—
	2006	85.2	76.5	75.6
	2007	84.9	76.7	76.2
	2008	85.4	76.4	76.5
	2009	#	#	76.5
	2010	85.9	77.0	76.8
	2011	86.4	77.2	76.7
	2012	86.1	∧	76.9
	2013	86.6	78.1	77.1
	2014	86.3	∧	77.0
	2015	86.4	77.7	77.2
	2016	85.8 △	∧	77.4
	2017	86.3 ▽	78.3	77.1
	2018	86.7 □	∧	76.9
	2019	85.8 □	77.9	76.4

備註：

* 由 2007 年開始，中三級中文科的視聽資訊評估已納入為計算達標分數的其中一個項目。

\# 因人類豬型流感肆虐，全港小學停課，教育局取消小學全港性系統評估，故沒有達標率數據。

∧ 表示當年沒有舉行評估（2015 年起，小六全港性系統評估隔年舉行）。

△ 2016 年小三級以試行研究計劃形式進行，50 多所小學參與評估。

▽ 2017 年小三級以基本能力評估研究計劃形式進行，計劃推展至全港小學。

□ 2018 年起，小三級全港性系統評估以抽樣形式進行，達標率是從所有參與學生樣本計算而來。

---

① 香港考試及評核局：全港性系統評估第一至第三學習階段中國語文科、英國語文科、數學科學生基本能力報告，2019。

上表顯示，2019 年三個學習階段的學生中文科達標率分別是，小三 85.8%、小六 77.9%、中三 76.4%。由於 2018 年開始，小三系統評估是以抽樣形式進行，故此從 2019 年開始，考評局無法再把小三及小六同一批學生群組數據進行配對，而小六及中三同一批學生群組數據配對則須視乎該年是否為單數年（因為小六是隔年評估）。

（二）學生評估

"學生評估"是一個網上的評估資源庫，通過互聯網提供服務，幫助教師瞭解學生在中國語文、英國語文及數學科第一至第三學習階段基本能力的學習表現，所有中小學均可以自願形式於整個學年內任何時間使用。相關的回饋資料有助教師對應學習重點檢視個別學生的學習進度及難點，為學生訂下學習目標。學校可自由選用這個服務去幫助找出學生的強項和需要改善的地方。學生評估系統已於 2017 年 1 月升級為 STAR[①] 平台，STAR 平台是由香港教育局、香港考試及評核局及香港教育城攜手合作的成果。學校可經由香港教育城網站登入使用。STAR 平台的特點是：（1）支援流動學習（支援系統包括 Windows、iOS、Android），教師可製作、組合評估；（2）可標籤課業／題目，建立個人評估資源庫；評估可按班別、組別或個別學生派發；（3）教師可下載寫作和說話評估課業；（4）所有評估及數據可跨學年儲存於平台內。

二、中國語文科基本能力評估（TSA）

中國語文科的評估範疇包括閱讀、寫作、聆聽及說話。題目根據《中國語文課程第一學習階段基本能力（試用稿）》《中國語文教育學習領域課程指引（小一至中三）（2002）》《中國語文課程指引（小一至小六）（2004）》及《中國語文教育學習領域課程指引（小一至中六）（2017）》

---

① 香港教育局：STAR 平台網址：http://star.hkedcity.net。

等課程文件擬訂的。

（一）中國語文科基本能力要求

根據 2019 年全港性系統評估學生基本能力報告[①]，考評局在進行水平釐定時，採用安戈夫方法（Angoff）和書籤法（Bookmark）。在安戈夫方法中，由專家小組成員憑着個人的專業判斷，估量一個 "剛剛達到基本能力水平的學生" 在各試題的答對機會率，然後彙集各人的結果，再調整修訂，以達到共識，計算出學生應得的分數。在書籤法中，憑着具代表性的學生的答題樣本，專家小組成員以 "虛擬書籤" 來標記達到與達不到基本能力水平的學生表現，收集各成員的結果後，定出 "書籤" 的最終位置，以表示相關基本能力水平。最後，為使本港的水平能與其他國家互相比較，兩種方法得出的結果還會參考國際水平，以訂定最終的達標分數。

香港基礎教育三個學習階段（小三、小六和中三）的中文科各範疇的基本能力要求見表 4。

---

① 香港考試及評核局：2019 年全港性系統評估學生基本能力報告，2019，網址：https://www.bca.hkeaa.edu.hk/web/TSA/zh/2019tsaReport/priSubject_report_chi.html。

表4 基礎教育中文三個學習階段的基本能力要求

範疇	小三基本能力 [①]	小六基本能力 [②]	中三基本能力 [③]
閱讀	• 能認讀一般閱讀材料中的常用字 [④] • 能理解所學詞語 [⑤] • 能理解簡淺敘述性文字的段意及段落關係 • 能概略理解篇章中簡淺的順敘／倒敘事件 • 能理解簡單的實用文 [⑥]	• 能認讀一般閱讀材料中的常用字 • 能理解所學詞語 • 能理解敘述性和說明性文字的段意及段落關係 • 能理解篇章中具體事件的寓意 • 能理解作者概括出來的事理 • 能理解篇章中例證的作用 • 能理解簡單的實用文 [⑦]	• 能認讀一般閱讀材料中的常用字 [⑧] • 能理解篇章中大部分詞句的含義 • 能歸納篇章的內容要點 • 能判別篇章的一般寫作方法 [⑨] • 能概略理解淺易文言作品 [⑩] • 能概略理解常見的實用文 [⑪]

---

① 香港考試及評核局：中國語文課程第一學習階段基本能力（試用稿），網址：https://www.bca.hkeaa.edu.hk/web/TSA/en/2015QuickGuidePri/QG_P3_BC_C.pdf。

② 香港考試及評核局：中國語文課程第二學習階段基本能力（試用稿），網址：https://www.bca.hkeaa.edu.hk/web/TSA/en/2015QuickGuidePri/QG_P6_BC_C.pdf。

③ 香港考試及評核局：中國語文課程第三學習階段基本能力（試用稿），網址：https://www.bca.hkeaa.edu.hk/web/TSA/en/2015QuickGuideSec/QG_S_BC_C.pdf。

④ 參考《香港小學學習字詞表》（2007）。

⑤ 參考《香港小學學習字詞表》（2007）。

⑥ 初小學生常接觸的實用文，如：簡單的書信、賀卡、邀請卡。

⑦ 高小學生常接觸較簡單的實用文，如：書信、賀卡、邀請卡、便條、日記、週記。

⑧ 國家語文課程標準要求學生在初中階段完結時，認識常用字3500字（部分屬簡化字），可供參考。

⑨ 如敘述、描寫（人物、景物）、抒情（直接抒情）、說明（分類、舉例）、議論（例證、因果）。

⑩ 淺易文言作品是指篇幅較短，少用典故，詞義、語法與現代漢語相近，內容與現今生活有共通性的文言作品。

⑪ 中學生一般會讀到的實用文有書信、啟事、通告、演講辭、說明書、會議紀錄、報告、廣告等。

（續表）

範疇	小三基本能力	小六基本能力	中三基本能力
閱讀	• 能明白視聽資訊[①]中簡單的信息	• 能明白視聽資訊[②]中的信息	• 能識別視聽資訊[③]中主要的信息
寫作	• 能正確書寫常用字 • 能就熟悉的事物決定內容 • 能將內容分段表達 • 能正確運用句號、逗號、問號、冒號和引號[④] • 能運用所學詞語 • 能寫完整句子 • 能寫賀卡、邀請卡、簡單書信	• 能正確書寫常用字 • 能按寫作提示，擬定內容 • 能夠合理分段 • 能正確運用頓號、專名號、書名號和感歎號 • 能運用所學詞語 • 能寫結構較複雜的句子 • 能寫日記、週記、便條	• 能按寫作要求，擬定內容 • 能運用指定的表達方式[⑤] • 能組織素材，適當分段 • 能寫大致通順的文句 • 能寫常用的簡單實用文（如：請假信、啟事、通告、報告）
聆聽	• 能記憶簡單話語中敘說和解說的內容 • 能聽出話語所表達的不同情感 • 能概略理解語段間的銜接關係（如：因果、轉折及假設） • 能明白視聽資訊中簡單的信息	• 能理解話語的內容大要 • 能聽出話語中對人物、事件的簡單評價 • 能理解語段間的銜接關係（如：因果、轉折及假設） • 能明白視聽資訊中的信息	• 能理解話語的主題和內容要點 • 能透過說話者的語氣，聽出話語的實際意思 • 能概略理解話語內容的前後關係（如：補充、說明及舉例） • 能識別視聽資訊[⑥]中主要的信息

---

① 初小學生一般獲取視聽資訊的來源有視像光碟與電視節目等。
② 高小學生一般獲取視聽資訊的來源有視像光碟、電視節目、互聯網等。
③ 中學生一般獲取視聽資訊的來源有電視節目、互聯網、電影、電子資訊與廣告等。
④ 指運用冒號和引號作為引述說話的用途。
⑤ 如敘述、描寫、抒情、說明、議論、遊說。
⑥ 中學生一般獲取視聽資訊的來源有電視節目、互聯網、電影、電子資訊與廣告等。

（續表）

範疇	小三基本能力	小六基本能力	中三基本能力
說話	• 能清楚講述兒童故事（如童話故事、生活故事、自然故事、寓言故事。） • 能就日常生活的話題 ① 和別人交談 • 能順序講述事件的大概 • 能運用日常生活的詞語表情達意 • 能掌握所學字詞的發音 ② • 說話聲音響亮	• 能清楚講述不同類型的故事 ③ 和作簡短的口頭報告 • 能就日常生活的話題 ④ 和別人討論 • 能完整地順序講述事件 • 能運用略有變化的詞語表情達意 • 能掌握所學字詞的發音 • 音量運用適當	• 能按講題要求，確定說話的內容，作簡單而清楚的短講 • 對話和討論時，能抓住別人說話要點，並作出簡單回應 • 說話能圍繞主題，大致有條理 • 表情達意用語大致恰當 • 說話的速度和語氣大致恰當

　　"基本能力"是作為判斷學生在某一學習階段終結時能否達到課程的基本要求，只包含部分知識及能力，換句話說，基本能力只是課程的一部分要求，不代表課程的全部要求。

（二）中國語文科評估內容（TSA）

　　中國語文科評估涵蓋四個範疇，包括：閱讀、寫作、聆聽和說話。基礎教育三個學習階段各評核範疇的評核形式大致是，閱讀、寫作和聆聽為紙筆評估，視聽資訊（中三為紙筆評估）與說話評估則以隨機抽樣形式進

---

① 初小學生生活的話題常圍繞個人、家庭與學校方面。
② 粵音可參考《香港小學學習字詞表》（2007）及香港教育署語文教育學院中文系所編的《常用字廣州話讀音表》。
③ 如童話故事、生活故事、自然故事、寓言故事、成語故事、歷史故事、民間故事。
④ 高小學生生活的話題常圍繞個人、家庭、學校與社會方面。

行。歷年全港性系統（小三及小六^①，中三^②）評估試卷可在香港考試及評核局官方網頁查閱。

1. 小三中文各範疇的評估內容及形式（TSA）

評估涵蓋四個範疇，閱讀設四張分卷，寫作、聆聽和視聽資訊各設兩張分卷，說話設三張分卷，合共 108 題。部分題目會在多於一張分卷內使用，並作為分卷間的聯繫。每名學生只須作答各範疇中其中一張分卷，視聽資訊與說話評估則以隨機抽樣形式進行。各學習範疇的題型、題數及評估時限編排如下：

表 5 　小三中文各範疇的評估形式

範疇	題型	題數	評估時限
閱讀	記敘文（選擇、填充、填表、短答、排序） 實用文（選擇、填表、短答）	20	25 分鐘
寫作	書信、短文寫作、賀卡、短文寫作	2	40 分鐘
聆聽	選擇	12	約 20 分鐘
說話*	看圖說故事	1	準備時間：3 分鐘 評估時間：1 分鐘
	小組交談	1	閒談時間：2 分鐘 評估時間：2 分鐘
視聽資訊	選擇	6	約 15 分鐘

＊ 說話評估，學校可以統一選擇語言，要麼普通話；要麼廣州話。

---

① 香港考試及評核局：歷年小三及小六全港性系統評估試卷，網址：http://www.bca.hkeaa.edu.hk/web/TSA/zh/PriPaperSchema.html。

② 香港考試及評核局：歷年中三全港性系統評估試卷，網址：http://www.bca.hkeaa.edu.hk/web/TSA/zh/SecPaperSchema.html。

2. 小六中文各範疇的評估內容及形式（TSA）

評估涵蓋四個範疇。閱讀設三張分卷，寫作設四張分卷，聆聽、視聽資訊及說話各設兩張分卷，合共 110 題。部分題目會在多於一張分卷內使用，並作為分卷間的聯繫。每名學生只須作答各範疇中其中一張分卷，視聽資訊與說話評估則以隨機抽樣形式進行。各學習範疇的題型、題數及評估時限編排如下：

表 6　小六中文各範疇的評估形式

範疇	題型	題數	評估時限
閱讀	記敘文、說明文（選擇、填充、短答）	17	30 分鐘
	實用文（選擇、短答）	5	
寫作	便條、日記	1	55 分鐘
	短文寫作（記敘文、說明文）	1	
聆聽	選擇	15	約 20 分鐘
說話 *	看圖說故事	1	準備時間：3 分鐘 評估時間：1 分鐘
	口頭報告	1	準備時間：3 分鐘 評估時間：1 分鐘
	小組討論	2	準備時間：1 分鐘 評估時間：3 分鐘
視聽資訊	選擇	13	約 15 分鐘

* 說話評估，學校可以統一選擇語言，要麼普通話；要麼廣州話。

3. 中三中文各範疇的評估內容及形式（TSA）

評估涵蓋四個範疇。閱讀及寫作各設三張分卷，說話設四張分卷，聆聽設兩張分卷，視聽資訊設一張卷，合共 110 題。部分題目會在多於一張分卷內使用，並作為分卷間的聯繫。在聆聽、閱讀、寫作及視聽資訊範疇，每名學生只須答其中一張分卷，說話評估則以抽樣形式進行。各學習範疇的題型、題數及評估時限編排如下：

表 7　中三中文各範疇的評估形式

範疇	題型	題數	評估時限
閱讀	2 篇語體文（選擇、填充、短答）	14	30 分鐘
	1 篇文言文（選擇、填充、短答）	4	
	1 篇實用文（報告 / 須知 / 通告）（選擇、填充、短答）	5	
寫作	實用文（啟示 / 通告 / 報告）	1	75 分鐘
	文章寫作	1	
聆聽	選擇	15	約 20 分鐘
說話*	個人短講	1	準備時間：5 分鐘 評估時間：2 分鐘
	小組討論	1	準備時間：5 分鐘 評估時間：8 分鐘
視聽資訊	選擇	12	約 15 分鐘

* 說話評估，學校可以統一選擇語言，要麼普通話；要麼廣州話。

三、香港學生在主要國際評估中的表現

香港學生的語文能力到底如何？可以透過學者的相關研究，以及具相當代表性的大型低風險國際評估獲得相對較客觀的評價。

（一）初中學生語文能力調查研究結果

1991—1992 年，施仲謀對中國內地、中國台灣、中國香港、中國澳門初中學生的語文能力進行了調查研究，對 60 所中學，2600 多名初中生進行了語文讀寫能力的測試比較，得出的結論是："內地和台灣學生的語文能力無顯著差異，香港和澳門學生的語文能力也沒有顯著差異，但內

地、台灣的學生使用語文的能力明顯地優勝於港澳學生。”①

張志公給予這項研究高度的評價，他認為該研究借鑒了國內外重要論著和相關文獻，結合廣泛的調查和測試，進而展開論證，得出結論。研究方法科學、嚴密，無懈可擊。就測試而論，該研究是符合測試原則的，評分及分析都是客觀的，實事求是的，沒有任何先入為主的偏見②。

（二）“學生能力國際評估計劃”（PISA）

學生能力國際評估計劃（PISA）由經濟合作與發展組織（OECD）策劃，每三年進行一次，旨在評估十五歲（一般是完成基礎教育學習階段，即中三）學生在閱讀、數學及科學等基本能力的表現。PISA 是目前國際上較具公信力的評核之一，它有助於收集解釋參與國家或經濟體的學生基本能力表現差異，以及獲取檢討各自教育系統效能的數據。經合組織（OECD）的教育與技能總監 Andreas Schleicher 表示：“要在學生能力國際評估計劃中取得佳績，學生必須能夠從他們已知的事物中進行推斷、跨主題地思考、有創意地將知識應用於全新的情景中，並展現有效的學習技巧。”③

香港中文大學教育數據研究中心獲委託於 2018 年 4 月至 5 月期間，以隨機抽樣方式邀請 152 間中學，大約 6037 名學生進行電腦測試，評估他們在閱讀、數學和科學素養三方面的能力。結果顯示，香港學生的母語

① 施仲謀：《中國內地、台灣、香港、澳門語文能力測試與比較》，北京：語文出版社，1996。
② 張志公：《中國內地、台灣、香港、澳門語文能力測試與比較》序言，1996，載於施仲謀《中國內地、台灣、香港、澳門語文能力測試與比較》，北京：語文出版社，1996。
③ 香港中文大學傳訊及公共關係處新聞稿：中大公佈學生能力國際評估計劃（PISA 2018）研究結果，香港中文大學教育數據研究中心，2019 年 12 月 3 日。

閱讀能力排名全球第四。教育局對香港學生的優秀表現予以肯定[①]。

（三）"全球學生閱讀能力進展研究"（PIRLS）

"全球學生閱讀能力進展研究"（Progress in International Reading Literacy Study，簡稱 PIRLS）由國際教育成績評估協會（International Association for the Evaluation of Educational Achievement，簡稱 IEA）主辦，是一項評估全球小學四年級學生的閱讀能力標準、閱讀行為及閱讀態度的對比研究。自 2001 年起，PIRLS 每五年舉辦一次，其評估對象為小學四年級學生，透過學生閱讀表現的比較，可以瞭解各國學生閱讀理解能力，通過 PIRLS 評估內容與問卷調查結果可以瞭解不同國家間學生閱讀理解能力的差異，以及學習環境對於學生閱讀理解能力的影響，研究的結果也可以為各國瞭解各自的教育體系、學校管理與教師閱讀教學的改善提供參考資料。

2016 年香港大學中文教育研究中心獲香港特別行政區政府教育局委託，參與這項國際大型教育研究，一方面瞭解香港小學生的閱讀能力，與全球同齡學生的比較；另一方面幫助教育人員、學校和社會大眾檢視香港小學生的閱讀能力發展，以及影響的因素。研究團隊以分層隨機抽樣的方式，系統抽選 139 所學校表示同意參與是次研究的小學。從參與學校小學四年級中隨機選出至少一班學生參加測試。測試為中文閱讀理解試卷兩篇，一篇為資訊類文章（說明、指引、資料和圖表等），一篇為文藝類文章（故事、詩歌和寓言等）。研究結果顯示，香港小四學生在 2016 年"全球學生閱讀能力進展研究"中獲得 569 分，在全球 50 個參與國家或地區中排名第三。[②]

[①] 香港特別行政區政府新聞公報：國際研究顯示香港學生在閱讀、數學及科學能力表現良好，2019 年 12 月 3 日。

[②] 謝錫金：全球學生閱讀能力進展研究 PIRLS 2016 "國際報告（香港地區）發佈會"，香港大學中文教育研究中心，2017 年 12 月 06 日。

自 2000 年教育改革以來，香港學生在閱讀方面的學習進展，可以透過上述兩個大型國際評估結果印證（見表 8）。

表 8　香港學生在閱讀方面的成就 [①]

國際評估	PISA（15 歲）	PRILS（小四）
2000	第 6 位	——
2001	——	第 14 位
2003	第 10 位	——
2006	第 3 位	第 2 位
2009	第 4 位	——
2011	——	第 1 位
2012	第 2 位	——
2015	第 2 位	——
2016	——	第 3 位
2018	第 4 位	——

四、關於基本能力評估問題的探討

釐清基本能力的定義，一個剛達到中文基本能力的學生，是指在相應的評估學習階段中達到最低而可以接受的水平，不需額外的學習支援，有能力繼續下一個學習階段。

（一）TSA 存廢問題

TSA 設計的原意，是低風險的測試工具，是用來監控香港基礎教育

① 林智中、余玉珍、李玲：《二十年來香港課程改革的實施與成果》，香港中文大學：《教育學報》，2019，47（1）：1 — 29。

的進展情況，評估特定年級學生掌握某學習階段的基本水平，而非用於區分學生成績優劣的測試，故無須事先操練。但部分教師反映小三學生的語文能力處於發展階段，而 TSA 的評估內容較為艱深，把教學時間花在操練 TSA 上，實際上是剝削學生學習語文基礎知識的機會[1]。2016 年之前的 TSA 小三閱讀理解確實是深了些，現在已經改善了很多。其實，TSA 報告可以改善教學，最終獲益的也是學生。有資深教育工作者認為，TSA 的好處在於能夠較為準確地判斷學生的學習水平和能力，以利於學校的因材施教以及取得政府（教育局）給予的相應支援。也有學者認為 TSA 或者 BCA 有其不可或缺的功能，尤其是小三，不應廢除。因為學校和辦學團體也會歡迎有一個可供參考的客觀標準[2]。的確，TSA 是評估學生基本能力的重要而有效的測試工具，不應因噎廢食。

（二）TSA 聽說部分的語言選擇問題

目前，所有參與 TSA 的學校，說話、聆聽及視聽資訊評估只能選擇一種語言，要麼普通話，要麼廣州話。2018 年約九成學校申請以粵語應考，校長認為學生其他學科大都是廣州話授課，而且廣州話是學生最常用語言，表達比較自然[3]。即使是用普通話教中文的學校，大多數也都是選擇用粵語應考。

不少小學小一推行"普教中"，為應付小三中文科全港性系統評估（TSA），操練學生以母語廣州話應考說話、聆聽部分，小二、小三時改回"粵教中"催谷成績。TSA 過後，小四學生恢復"普教中"，到小五、小六又轉回"粵教中"，為小六 TSA 準備。教學語言翻來覆去，受害只

① 張壽洪：《小學語文教師對全港性系統評估的認識和意見》，載於余虹、何文勝：《全球語境下漢語文教育的建設與發展》，四川：開明出版社，2016：270 — 281。
② 程介明：《還是那句老話：秤豬不等於養豬》，香港：信報，2017 年 4 月 7 日（A20）。
③ 劉家豪：《九成小學粵語考 TSA 普教中小學：母語考較順利》，香港：明報新聞，2019 年 6 月 10 日。

是學生[①]。面對一個低風險的 TSA 考試，學校是否應以學生的利益為大前提呢？

（三）TSA 報告作用削弱

教育局優化 TSA 報告後，不再公佈學校的達標率，提供給學校的報告不再呈現達標率，這確實給部分校長帶來"安全感"，但同時也失去了學校檢視整體教學的一個參考數據。

由於從 2018 年開始，小三系統評估是以抽樣形式進行，故此從 2019 年開始，香港考試及評核局無法再把小三及小六同一批學生群組數據進行配對，而又因小六是隔年評估，導致小六及中三同一批學生群組數據配對則須視乎該年是否為單數年，很多資料失去可比性。

（四）TSA 操練問題

有的學校把 TSA 內容強烈地介入整個學習階段的內容，教學生態半封閉，影響學生吸納新知識。有的老師甚至把 TSA 看作終極目標，這等於把學習的最低要求當作最高要求，例如：小三 TSA 寫作部分會考記敘文，如果老師在低年級只操練學生記敘文寫作，而忽略其他文體的教學，這會造成很大的問題。

① 田北辰：《TSA 延禍　毀普教中》，香港：am730，2015 年 5 月 6 日。

1. 香港教育統籌委員會編：《終身學習·全人發展：香港教育制度改革建議》，2000，網址：https://www.e-c.edu.hk/tc/publications_and_related_documents/rf1.html，訪問日期 2020 年 8 月 20 日。

2. 香港教育統籌委員會編：《學會學習 —— 課程發展路向》，2001，網址：https://www.edb.gov.hk/tc/curriculum-development/cs-curriculum-doc-report/wf-in-cur/index.html，訪問日期 2020 年 8 月 20 日。

3. 香港考試及評核局：全港性系統評估報告問卷調查，《2004 年全港性系統評估學生基本能力報告》，2004。

4. 香港考試及評核局：全港性系統評估報告問卷調查，《2008 年全港性系統評估學生基本能力報告》，2008。

5. 廖佩莉：《倒流效應：香港全港性系統評估（TSA）對小學中國語文科教師的影響》，《教育研究月刊》，2013（228）：86 — 102。

6. 香港特別行政區政府·新聞公報：《教育局公佈 "全港性系統評估" 優化措施》，香港，2014 年 4 月 11 日（星期五）。

7. 何瑞珠：《TSA 的誤用及 PISA 的危機》，香港：明報，2015 年 8 月 13 日。

8. 基本能力評估及評估素養統籌委員會：全港性系統評估檢討報告，香港教育局，2016 年 2 月。

9. 基本能力評估及評估素養統籌委員會：小三全港性系統評估（2015 — 17）檢討報告，香港教育局，2018 年 3 月。

10. 香港考試及評核局：全港性系統評估第一至第三學習階段中國語文科、英國語文科、數學科學生基本能力報告，2019。

11. 香港教育局·STAR 平台網址：http://star.hkedcity.net。

12. 香港考試及評核局：2019 年全港性系統評估學生基本能力報告，2019，網址：https://www.bca.hkeaa.edu.hk/web/TSA/zh/2019tsaReport/priSubject_report_chi.html。

13. 香港考試及評核局：中國語文課程第一學習階段基本能力（試用稿），網址：https://www.bca.hkeaa.edu.hk/web/TSA/en/2015QuickGuidePri/QG_P3_BC_C.pdf。

14. 香港考試及評核局：中國語文課程第二學習階段基本能力（試用稿），
　　網址：https://www.bca.hkeaa.edu.hk/web/TSA/en/2015QuickGuidePri/QG_
　　P6_BC_C.pdf。

15. 香港考試及評核局：中國語文課程第三學習階段基本能力（試用稿），
　　網址：https://www.bca.hkeaa.edu.hk/web/TSA/en/2015QuickGuideSec/QG_S_
　　BC_C.pdf。

16. 課程發展處中國語文教育組：《香港小學學習字詞表》，香港特別行政
　　區政府教育局，2007。

17. 香港教育署語文教育學院中文系編：《常用字廣州話讀音表》，香港教
　　育署，1990 年出版，1992 年修訂。

18. 香港考試及評核局：歷年小三及小六全港性系統評估試卷，查閱網
　　址：http://www.bca.hkeaa.edu.hk/web/TSA/zh/PriPaperSchema.html。

19. 香港考試及評核局：歷年中三全港性系統評估試卷，查閱網址：http://
　　www.bca.hkeaa.edu.hk/web/TSA/zh/SecPaperSchema.html。

20. 施仲謀：《中國內地、台灣、香港、澳門語文能力測試比較》，北京：
　　語文出版社，1996。

21. 張志公：《中國內地、台灣、香港、澳門語文能力測試與比較》序言，
　　1996，載於仲謀：《中國內地、台灣、香港、澳門語文能力測試與比
　　較》，北京：語文出版社，1996。

22. 香港中文大學傳訊及公共關係處新聞稿：中大公佈學生能力國際評估
　　計劃（PISA 2018）研究結果，香港中文大學教育數據研究中心，2019
　　年 12 月 3 日。

23. 香港特別行政區政府新聞公報：國際研究顯示香港學生在閱讀、數學
　　及科學能力表現良好，2019 年 12 月 3 日。

24. 謝錫金：全球學生閱讀能力進展研究 PIRLS 2016 "國際報告（香港地
　　區）發佈會"，香港大學中文教育研究中心，2017 年 12 月 06 日。

25. 林智中、余玉珍、李玲：《二十年來香港課程改革的實施與成果》，香
　　港中文大學：《教育學報》，2019，47（1）：1—29。

26. 張壽洪：《小學語文教師對全港性系統評估的認識和意見》，載於余
　　虹、何文勝：《全球語境下漢語文教育的建設與發展》，四川：開明出
　　版社，2016：270—281。

27. 程介明：《還是那句老話：秤豬不等於養豬》，香港：信報，2017 年 4

月 7 日（A20）。

28. 劉家豪：《九成小學粵語考 TSA 普教中小學：母語考較順利》，香港：
明報新聞，2019 年 6 月 10 日。

29. 田北辰：《TSA 延禍　毀普教中》，香港：am730，2015 年 5 月 6 日。

30. Carless, D., & Lam, R. (2014). The examined life: perspectives of lower primary
school students in Hong Kong. *Education 3-13: International Journal of Primary,
Elementary and Early Years Education, 42*(3)：313-329.

31. Lam, R. (2018). Testing, Drilling and Learning: What Purpose Does the Grade 3
Territory-Wide System Assessment Serve? *Asia Pacific Education Review, 19*(3):
363-374. DOI: 10.1007/s12564-018-9523-z.

（施仲謀、田小琳、李黃萍、蔡一聰署名，刊於《澳門語言學刊》，2021 年
第 2 期，總第 58 期）

一、語文政策與標準

04

漢語拼音教學的重要性及教學重點

在香港回歸祖國後，1998 年普通話已經作為核心課程進入中小學課程，大學也開設普通話課程。學習和教學普通話都需要漢語拼音作為工具。但是從目前情況看，學生掌握和運用《漢語拼音方案》並不理想。漢語拼音在小學學了，中學又學，到了大學還要學。花了不少時間，但是漢語拼音遠沒有成為學生學習普通話和中文輸入的工具，實在是非常遺憾的事。究其原因，一是教師對《漢語拼音方案》重要性的認識還不足；二是對《漢語拼音方案》教學的重點把握不夠好。下面首先談談漢語拼音在中文教學和普通話教學中的重要性，再討論教學重點。

一、漢語拼音教學的重要性

只有對《漢語拼音方案》的來龍去脈瞭解清楚，才能認識《漢語拼音方案》在中文教學和普通話教學裏的重要性。

（一）《漢語拼音方案》是中西文化交融的結晶

世界上的文字分兩類，拼音文字和表意文字。漢字是表意文字，由圖畫文字發展而來，主要造字的方法有象形、指事、會意和形聲等，雖然在現代漢字裏形聲字佔 90% 以上，但是聲符的表音功能欠缺不足。每一個漢字都是形音義的結合體。如何給漢字注音呢？中國歷來就用"直音法"（衣音一）和"反切法"（反切上字代表聲母，反切下字代表韻母和聲調：東，德紅切）來給漢字注音。

直到明朝，有西方的傳教士來中國傳教。這些傳教士需要儘快學習中文，他們開始嘗試用拉丁字母為漢字注音。其中的佼佼者有利瑪竇和金尼閣。義大利人利瑪竇（1552—1610）所著的《西字奇跡》（1605），內收用羅馬字給漢字注音的四篇文章，歸納出的拼音方案是歷史上第一個用羅馬字拼寫漢語的方案。法國人金尼閣（1577—1629）所著的《西儒耳目資》（1626），則是第一部用音素字母給漢字注音的字典。

西方學者給漢字用拉丁字母注音的方法，啟迪了中國的知識分子。三百多年以來，中國學者在用拉丁字母給漢字注音上產生了多種方案，甚至探討改漢字為拼音文字，在這個領域有巨大進步。例如，20 世紀 20 年代，錢玄同、趙元任、劉復等宣導研製"國語羅馬字"，這是一種用拉丁字母拼寫漢語的拼音文字方案。20 世紀 30 年代，瞿秋白、吳玉章等創製的"拉丁化新文字"，也是用拉丁字母拼寫漢語的一種拼音文字方案。雖然改漢字為拼音文字沒有成功，但是對用拼音方法給漢字注音則起了很大的推進作用。

從政府的角度看，20 世紀中國政府公佈了兩個拼音方案。

注音字母（1918）是中國第一套法定漢語拼音字母，1913 年由讀音統一會制訂，1918 年由北洋政府教育部公佈。為照顧國人學習，以漢字筆畫很少的古字形體為基礎，音節拼寫採用三拼制，用以標注漢字讀音。台灣地區沿用至今。至 2018 年，這套方案已公佈 100 年，在《漢語拼音方案》基礎的奠定上有很大的功勞。

《漢語拼音方案》，於 1958 年 2 月 21 日，由中華人民共和國全國人民代表大會正式通過並公佈。這是採用拉丁字母符號體制，用來為漢字注音和拼寫普通話語音的拼音方案，該方案用途廣泛，至 2018 年已公佈 60 年。

由以上的概述看，《漢語拼音方案》是中西文化交融的結晶，是歷經三百多年才產生的一套用拉丁字母給漢字注音的方案。

（二）《漢語拼音方案》的國際化

《漢語拼音方案》已經為國際標準組織（ISO）接納，這個方案已經走向世界。境外、海外有一億人在學習中文，《漢語拼音方案》是學習中文的得力工具。

1979 年，在華沙召開的國際標準組織會議上，周有光先生代表中國，提出了把《漢語拼音方案》作為國際標準的建議。在上世紀的八九十年代，這個建議為國際組織接受。1982 年在南京召開的國際標準組織會議上，通過了以漢語拼音為拼寫漢語的國際標準，標號：ISO7098。1991 年在巴黎召開的國際標準組織會議上，對 ISO7098 進行了技術修改，通過了 ISO7098（1991）。使用 ISO7098（1991），可以通過拼音—漢字轉換的方法輸入輸出漢字，推動了手機在中國的普及。

到了 21 世紀，2015 年 11 月，馮志偉教授代表中國向 ISO 秘書處，提交了“ISO7098：2015”的最終版本，2015 年 12 月 15 日，ISO 總部正式出版了“ISO7098：2015”，作為新的國際標準向全世界公佈。這個新標準有以下兩個新內容：（1）把漢語拼音按詞連寫的規則引入國際標準。（命名實體按詞進行音節連寫，包括：人名、地名、語言名、民族名、宗教名。）（2）把漢字—拼音轉寫的自動譯音方法引入國際標準。（在電腦輔助文獻工作中，對命名實體進行自動譯音，包括：全自動譯音和半自動譯音。）

根據上面的概述，可以看到《漢語拼音方案》將在國際交流上發揮更大的作用。

（三）《漢語拼音方案》是迄今為止的最佳方案

《漢語拼音方案》是迄今為止的最佳方案。這是語言學界泰斗呂叔湘先生對《漢語拼音方案》的評價。因為《漢語拼音方案》具有國際化、音素化、簡易化的優點。

國際化，是指字母表採用國際通用的拉丁字母，我們慣稱的羅馬字母，又稱拉丁字母，起源於古老的腓尼基字母。從羅馬時代開始，歐洲文字首先羅馬化，逐漸傳遍到歐洲、美洲、大洋洲、非洲和亞洲。目前已有120個國家採用羅馬字母為正式文字。至今羅馬字母的資訊和文獻佔了世界主導地位。因而，《汉語拼音方案》採用拉丁字母是國際化的表現。方案第一部分的字母表和英文字母表完全一致，只是字母讀音不同。方案第二三部分的聲母表、韻母表，都從字母表裏選擇字母表示。字母表採用國際通用的大小寫字母形式。

音素化，音素是最小的語音單位，《漢語拼音方案》基本上用一個字母表示一個音素。字母不夠用時，才用雙字母和在字母上添加符號的方式來解決。也有一個特殊的情況，用一個字母表示三個音素。即用字母 i 表示 [i]、[ɿ]、[ʅ] 三個音素。

簡易化，用雙字母表示一個音素和添加符號的情況不多。採用雙字母表示一個音素的只有 5 個：zh ch sh er ng。在字母上添加符號的，只有兩個：ê ü。戴小帽子的 ê，可以有 4 個聲調，表示語氣不同的歎詞，此外，它還隱藏在韻母 ie üe 裏面。ü 上面的兩點也經常可以不出現，出現的音節很少。拼音的音節簡單，音節的字母數多是兩三個，最長六個字母，例如：莊 zhuāng、窗 chuāng、霜 shuāng。

附：字母表（注意字母名稱的讀音不同於英文字母名稱的讀音，可按注音字母拼讀）

字母：	Aa	Bb	Cc	Dd	Ee	Ff	Gg
名稱：	ㄚ	ㄅㄝ	ㄘㄝ	ㄉㄝ	ㄜ	ㄝㄈ	ㄍㄝ
	Hh	Ii	Jj	Kk	Ll	Mm	Nn
	ㄏㄚ	ㄧ	ㄐㄧㄝ	ㄎㄝ	ㄝㄌ	ㄝㄇ	ㄋㄝ
	Oo	Pp	Qq	Rr	Ss	Tt	Uu
	ㄛ	ㄆㄝ	ㄑㄧㄡ	ㄚㄦ	ㄝㄙ	ㄊㄝ	ㄨ
	Vv	Ww	Xx	Yy	Zz		
	万ㄝ	ㄨㄚ	ㄒㄧ	ㄧㄚ	ㄗㄝ		

　　綜合以上三方面看，教師應該瞭解《漢語拼音方案》，瞭解這個方案是從國家的層面公佈的，並且是一個日益走向世界的最佳方案。所以，我們在教學思想上要高度重視，這個方案，並非是教學中可教可不教的內容，而是一定要教會學生的內容。

二、漢語拼音教學的重點

　　《漢語拼音方案》是一個工具，短時間教學就可以瞭解全貌，然後不斷複習，不斷應用，熟練掌握。方案整體並不複雜，香港學生有英語學習的基礎，更容易掌握。目前有些教師將教學時間拉長，將方案本身割裂分開來教，這種方法不可取。

　　（一）儘快並完整教學普通話的聲韻調系統

　　聲母、韻母、聲調構成音節，缺一不可。儘快教學《漢語拼音方案》的完整內容，不可分成兩三年來教。理想的安排是在初小的小一階段學完拼音，之後，通過不斷複習，不斷運用，達到熟練掌握的程度。如果在內地，小學語文教學開始階段，一般兩個月時間就可以了。

1. 聲母系統

聲母表按發音部位分 6 組排列：

b 　ㄅ玻	p 　ㄆ坡	m 　ㄇ摸	f 　ㄈ佛		d 　ㄉ得	t 　ㄊ特	n 　ㄋ訥	l 　ㄌ勒
g 　ㄍ哥	k 　ㄎ科	h 　ㄏ喝			j 　ㄐ基	q 　ㄑ欺	x 　ㄒ希	
zh 　ㄓ知	ch 　ㄔ嗤	sh 　ㄕ詩	r 　ㄖ日		z 　ㄗ資	c 　ㄘ雌	s 　ㄙ思	

　　聲母部分，教師要明確掌握每個聲母的發音部位和發音方法，然後對不同年級採用不同的教學方法。年齡小，主要採用模仿跟讀的方法；隨着年齡增長，可以讓學生進一步瞭解發音部位的名稱，例如，雙唇、舌尖、舌面、舌根、上齒齦、硬齶、軟齶、口腔、鼻腔、氣管等，這些部位對學生來說並不難，因為只有發音部位、發音方法正確，發音才能準確。

　　對於大部分母方言是粵方言的香港學生來說，普通話聲母裏有三組聲母，粵方言裏沒有：舌面音 j q x，翹舌音 zh ch sh r，平舌音 z c s。這三組音就是教學重點。此外，其它聲母粵方言裏雖然也有，但是字音和普通話字音有些是不同的，例如，送氣音和不送氣音會混淆，k h f 會混淆，n l 會混淆等。

　　對於在香港教學的普通話老師來說，掌握粵語的語音系統也是很重要的。有粵普對比，有的放矢，教學效果自然更好。

2. 韻母系統

韻母表是按開齊合撮四呼，分 4 個直行排列：

	i 丨 衣	u ㄨ 烏	ü ㄩ 迂
a ㄚ 啊	ia 丨ㄚ 呀	ua ㄨㄚ 蛙	
o ㄛ 喔		uo ㄨㄛ 窩	
e ㄜ 鵝	ie 丨ㄝ 耶		üe ㄩㄝ 約
ai ㄞ 哀		uai ㄨㄞ 歪	
ei ㄟ 欸		uei ㄨㄟ 威	
ao ㄠ 熬	iao 丨ㄠ 腰		
ou ㄡ 歐	iou 丨ㄡ 憂		
an ㄢ 安	ian 丨ㄢ 煙	uan ㄨㄢ 彎	üan ㄩㄢ 冤
en ㄣ 恩	in 丨ㄣ 因	uen ㄨㄣ 溫	ün ㄩㄣ 暈
ang ㄤ 昂	iang 丨ㄤ 央	uang ㄨㄤ 汪	
eng ㄥ 亨的韻母	ing 丨ㄥ 英	ueng ㄨㄥ 翁	
ong ㄨㄥ 轟的韻母	iong ㄩㄥ 雍		

　　韻母表的直行排列，是吸收了音韻學的研究成果。四呼與每組聲母的搭配是很有規律的，看音節表便可以一目了然。

　　教學中要注意 ao/ou 的混淆，澳洲，不是歐洲；不要丟掉介音 i u ü，灌水，不是泔水；要區分前後鼻韻尾 n/ng，出身，不是出生；還要發準

e 和 er。這些都是教學難點，也是重點。

按照韻母表橫行排列的單韻母、複合韻母、鼻韻母來系統總結。特別是單韻母的教學，是韻母教學的基礎。10 個單韻母的發音（不只是 6 個單韻母），看母音舌點陣圖就很清楚了。

3. 聲調系統

聲調是普通話語音的靈魂，普通話按陰平、陽平、上聲、去聲分 4 個聲調。因為聲調有區分意義的作用，通常可以把漢藏語系稱為聲調語言，可見聲調的重要性。聲調的粵普對比有較大差異。普通話 4 個聲調，粵方言 9 個聲調，其中包括三個入聲。

聲調教學要貫徹始終。教學中一開始就要強調聲調的重要性。Ma 這個音節分 4 個聲調，聲調不同，寫出來的字就不一樣（媽麻馬罵）。在聆聽訓練中培養學生對於聲調的語感、敏感。

對於四聲調值的掌握，教師可以利用手勢，作出四聲的變化，也讓學生來模仿，可給學生留下深刻的印象。

陰平	陽平	上聲	去聲
一	✓	ˇ	ヽ

圖 1　聲調符號四聲調值圖（55、35、214、51）：

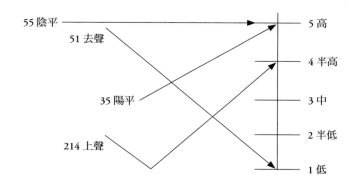

55 陰平 —— 5 高
51 去聲
4 半高
35 陽平 —— 3 中
2 半低
214 上聲 —— 1 低

（二）多種拼音教學方法

在香港，大多數學生會說粵語，但不會粵語拼音；會說英語，但不會用國際音標拼出英語詞語的語音。英語是拼音文字，有自己的拼音規律，也要根據英語的拼音規律來記寫單詞，而不是死記硬背地來串字母。沒有掌握拼音的方法，是香港學生遇到的問題。

其實拼音的方法很容易，就普通話來說，一個漢字，一個音節。一個音節，就是一個聲母和一個韻母相拼。先讀聲母，輕而短，再接着快讀韻母，由聲母的發音部位向韻母的發音部位移去，就拼出來了。讀聲母時要輕，不要把聲母的呼讀音拖長，否則就不容易拼出來了。已經總結出來的拼音方法不外乎以下四種：

1. 雙拼法（聲母＋韻母）：j+ia
2. 三拼法（聲母＋介音＋韻母）：j+i+a
3. 聲介合母拼法（聲介合母＋韻母）：ji+a
4. 直呼音節（直接呼出音節）：jia

教師可選擇一兩種方法為主，交錯使用多種方法。到底採取什麼方法，要給教師自由選擇，不必定於一統。目前採用直呼音節方法的教師居多。直呼音節是個好方法，下面說到音節表的教學，就是推廣這種方法。

（三）漢語拼音的拼讀規律

重視"漢語普通話音節形式表"的教學：

國際標準"ISO7098：2015"中給出了漢語普通話音節形式表，此表覆蓋了漢語普通話中除了音節 ê 和兒化音節之外的所有音節。對於音節的拼寫方法，加註做了說明。（漢語普通話音節形式表從略）

音節表的音節數量有限，不計聲調，共計 405 個；如計聲調，約 1300 多個。音節表清楚列明聲母和韻母的拼讀規律：凡空格表示聲韻母不能相拼。教學中可以分拆音節表，可將音節表分拆為十幾個方塊；按方塊熟讀音節表；默寫音節表，直到熟練掌握 405 個音節。例如：舌面音

ｊｑⅹ這一組聲母，在音節表裏清楚地看到，它們是不能和開口呼及合口乎的韻母相拼的，只能和齊齒呼及撮口乎的韻母相拼。

例字 聲母 / 四呼 韻母	j	q	x
i （yi 衣）	ji 基	qi 七	xi 西
ia （ya 呀）	jia 家	qia 掐	xia 瞎
ie （ye 耶）	jie 接	qie 切	xie 些
iao （yao 腰）	jiao 交	qiao 敲	xiao 消
iou （you 憂）	jiu 究	qiu 秋	xiu 修
ian （yan 煙）	jian 堅	qian 千	xian 先
in （yin 因）	jin 金	qin 親	xin 心
iang （yang 央）	jiang 江	qiang 腔	xiang 香
ing （ying 英）	jing 京	qing 青	xing 興
iong （yong 雍）	jiong 窘	qiong 窮	xiong 兄
ü （yu 迂）	ju 居	qu 區	xu 虛
üe （yue 約）	jue 蹶	que 缺	xue 靴
üan （yuan 冤）	juan 捐	quan 圈	xuan 宣
ün （yun 暈）	jun 軍	qun 群	xun 勛

齊齒呼（i、ia、ie、iao、iou、ian、in、iang、ing、iong）

撮口呼（ü、üe、üan、ün）

在學習完 j q x 之後，就出現可以和它們相拼的韻母了。這個學習階段告一段落，即刻綜合練習音節表，把四聲也帶進去，聽寫默寫，給漢字記音。確保學生完全掌握。像 j q x 這組聲母，和齊齒呼的韻母和撮口乎的韻母相拼，一共 42 個音節（不計聲調），數量有限，很易掌握。

音節表都會了，普通話所有的音節都在裏面了，只需要根據字音配上聲調。所以，教學中要善於運用音節表，而不是因為音節表放在附錄就忽略了。學生是否掌握了音節表，也是對教師教學效果的檢驗。

（四）針對難點教學，全面學習北京音系

除上述重點教學以外，還有難點教學需要注意。普通話以北京音為標準音。北京音系裏有輕聲系統，有兒化系統。這是粵方言和一些南方方言不具備的。所以在語音教學上是難點。輕聲和兒化相比較的話，輕聲在交流中出現的情況很多，因為必讀輕聲形成一套規律，和語法的詞類緊密相連。例如，虛詞中的助詞，結構助詞的、地、得，動態助詞着、了、過，語氣助詞的、了、嗎、呢、吧等，都要讀輕聲。兒化詞，除了一些會影響詞義詞性的必讀兒化詞（例如，白麵 / 白麵兒）之外，在交流中，主要表現口語化的特色。口語裏，可兒化可不兒化的詞很多，只有嫻熟掌握普通話才能把握好。

以國家級普通話水平測試的要求看，如果輕聲和兒化掌握得不好，要想達到二級甲等（87—91.9 分）和一級乙等（92—96.9 分）、一級甲等（97—100 分），大概比較困難了。因為不能熟練運用輕聲和兒化，就不能夠全面掌握普通話的音系，更體現不出普通話的一些韻味了。

在測試裏，怎麼確定是否讀輕聲詞，一般以《現代漢語詞典》為準。詞典裏關於輕聲有兩種注法，"凡例" 裏說得很清楚：

"3.4 條目中的輕聲字，注音不標調號，注音前加圓點。如：【便當】biàn·dang、【桌子】zhuō·zi。"

"3.5 一般輕讀、間或重讀的字，注音上標調號，注音前再加圓點。如

【因為】注作 yīn · wèi，表示‘因為’的‘為’字一般輕讀，有時也可以讀去聲。"

老師們在教學中，常常忽略了 3.5 裏所說的"一般輕讀"四個字。誤認為凡是這一類就都不按輕聲要求了。其實這一類詞在一般情況下還是輕讀的。測試裏，可輕可不輕的詞，兩種讀法都對，教學中卻要注意這類詞的輕聲讀法。

三、學生學習《漢語拼音方案》的主要用途

（一）給漢字準確注音

至今，《漢語拼音方案》還不是一個拼音文字的方案，代替不了漢字的書寫。幾千年來，漢字書寫漢語，漢字適應了漢語的書寫要求。每一個漢字都是形音義的結合體，給漢字準確注音，是漢語拼音的首要任務。有拉丁字母的拼音為漢字注音，解決了直音法和反切法帶來的問題，這是多麼了不起的進步。可以說是一個飛躍。用拼音給漢字注音，提高了識字教學的效率，節省了大量學習的時間。在初小階段，"拼音識字，提前讀寫"的語文教學法，也是靠拼音才取得成功的。

（二）學習普通話時起正音作用

普通話以北京音為標準音，各地的方言與普通話的差異首先表現在語音上。熟練掌握漢語拼音，可以直接幫助學生糾正自己的方音，說準確流利的普通話。從 1958 年《漢語拼音方案》公佈起，就出版了一批注音讀物，現在很多注音讀物又附上標準讀音的磁碟，一邊看拼音，一邊聽磁碟，學生隨時可以練習。平時遇到不會讀的字詞，可以翻查字典詞典。大部分字典詞典都是以音序排列的。如果熟悉音節表，翻查起來速度很快。國家級《普通話水平測試實施綱要》及各類的輔導書籍，在字詞部分和 60 篇朗讀作品部分，都注有拼音，方便考生準備。

（三）輸入中文的最佳方法

漢語拼音輸入中文，可應用於電腦、手機、iPad 等等各種現代資訊工具。利用好拼音輸入中文，這是漢語拼音在資訊時代的新功能，是 1958 年公佈《漢語拼音方案》時沒有想到的一個"特異功能"。在電腦、手機、iPad 等等工具裏下載一個拼音輸入中文的軟體，你就如虎添翼了！好像打"如虎添翼"這個四字成語，就打 r h t y（ru hu tian yi）四個字母，成語就出來了。"柳暗花明又一村"，只打了 l a h m（liu an hua ming），七個字都出來了。"三個臭皮匠賽過諸葛亮"，十個字，打了五個字母 s g c p j 漢字就出齊了。快捷方便！當然，拼音的音節要掌握得很熟練。這就回應了上文說的，拼音教學的重點要落實在音節的熟練掌握上。

中國 14 億人，有 10 億人有手機，據說，八九成以上的人都用拼音輸入。手機如同一個袖珍電腦，有了手機，現鈔都不用帶了。手機讓人如虎添翼了！那麼，普通話說不準，拼音打不準，是不是就不能用拼音輸入呢？完全不是。中國內地的人都是在一個個方言區裏生活的，都有自己的方言，普通話也不是都說得很準的，但是這並不影響他們用拼音輸入中文。這是一個熟能生巧的功夫。如果你自己在前後鼻音上發音不準，陳（chén）程（chéng）不分，身（shēn）生（shēng）不分，那你打出來可能不是你需要的字。打錯一次記不住，打錯三次就記住了，事不過三嘛！而且，這一過程還幫助你正音了。所以，在普通話教學中增加用拼音輸入中文的訓練，學了就能用，一定大受學生歡迎。

1. 周有光：《漢語拼音　文化津樑》，北京：生活·讀書·新知三聯書店，2007。

2. 周有光：《漢語拼音方案基礎知識》，北京：語文出版社，1995。

3. 呂叔湘：《〈漢語拼音方案〉是最佳方案》，刊於《文字改革》1983 年第 2 期。

4. 馮志偉：《國際標準〈中文羅馬字母拼寫法（2015）的內容梗概　並後記〉》，刊於香港中國語文學會《語文建設通訊》，2017 年 1 月，第 113 期。

5. 全國人大教科文衛委員會教育室、教育部語言文字應用管理司編寫《中華人民共和國國家通用語言文字法學習讀本》，北京：語文出版社，2001。

6. 國家語言文字工作委員會普通話培訓測試中心編制《普通話水平測試實施綱要》，北京：商務印書館，2004。

7. 田小琳：《〈漢語拼音方案〉和語文教學》計 5 篇，刊於田小琳《現代漢語教學與研究文集》，香港：商務印書館，2004。

8. 田小琳：《普通話培訓與普通話測試》計 3 篇，刊於田小琳《香港語言生活研究論集》，北京：人民教育出版社，2012。

（根據 2019 年在香港現代教育研究社舉辦的講座上的講稿修訂成文）

二、語文教學與研究

05

語法知識是重要的基礎知識
—— 回顧 20 世紀 80 年代教學語法體系的制定

繼 20 世紀 50 年代公佈的《暫擬漢語教學語法系統》[①]（下稱《暫擬系統》）以後，1984 年 1 月由教育部直屬機構人民教育出版社中學語文室正式公佈了《中學教學語法系統提要（試用）》（下稱《語法提要》）。新中國成立 40 餘年來，語言學界和語文教育界就聯手制定出兩套完整的教學語法體系，說明基礎教育階段語法知識非常重要，人們對語法知識特別重視。這個好的傳統無疑應該繼承。

筆者有幸參加了《語法提要》這套教學語法體系制定的全過程。自 1980 年中國語言學會成立大會上醞釀，經過不足一年的籌備，1981 年 "全國語法和教學語法討論會" 在哈爾濱順利召開，至會後在人民教育出版社起草《語法提要》，經六次廣泛徵求意見，六次修改，1984 年由人民教育出版社公佈《語法提要》，前後五年時間，筆者和人民教育出版社的同事沉浸在這一工作中。因此，對於《語法提要》的特點有一定的認識。

事情過了 40 年，有些老師希望瞭解 20 世紀 80 年代這套教學語法體

---

① 詳見人民教育出版社編輯出版的《漢語知識》（人民教育出版社，1979）。

系的情況，因此，本文簡要回顧《語法提要》制定時對一些語法問題的考慮，以及如何在 50 年代的《暫擬系統》基礎上有所前進。

在回顧《語法提要》制定的情況之前，先談談語法知識的重要性，雖然是老生常談，也是提醒大家語法知識是不可或缺的語文知識。

一、語法知識非常重要

語法知識對於語文學科而言至關重要，語文教育離不開語法知識。

（一）語法是語言構成的三要素之一

語言的三要素是語音、詞彙、語法。語音是語言的物質外殼，詞彙是語言的建築材料，語法是組詞成句的語言結構規律，三者缺一不可。從語言學理論上說，語法的重要性顯示得十分清楚。這不僅適應於漢語，也適應於其他語言。

資訊時代和全球化時代，人們不僅要掌握好自己的母語，還要掌握英語等其他語言，以適應世界範圍內的交流。學好漢語的語法，不僅關乎母語表達，也有利於我們學習其他語言的語法。因為人類的思維規律是相同的，對比是學習兩種語言不可缺少的方法。

這是肯定語法知識重要性的理論基礎。誰可以否認呢？

（二）普通話定義中的語法地位

普通話是現代漢語的規範語言。普通話的定義是：以北京語音為標準音，以北方方言為基礎方言，以典範的現代白話文著作為語法規範。這三句話涵蓋了語言三要素，第三句話說的就是語法。典範的現代白話文著作裏的組詞造句的範例，就是對語法實際運用的規範。看起來這三句話中語法標準最難掌握，其實這個表述既科學又靈活。

典範的現代白話文著作，包括社會科學和自然科學範圍內的名家名作。1919 年 "五四運動" 以來提倡白話文，白話文從此進入基礎教育，進入社會各個領域，被廣泛使用。在典範的現代白話文著作裏，呈現了漢語組詞造句的各種形式。從獨詞句，到各類單句複句，從多重複句到句群，語言單位的組合方式豐富多彩。各類組合既合乎邏輯又體現修辭，這便是語法規範。因此，普通話定義裏關於語法的第三句話，是具體的。要從名家名作裏去學習語法，並運用於自己的表達。語法並不只是用來修改病句的。

我們用蓋房子來打比方，如果你只能畫簡易的設計圖，那就用幾樣建築材料組合，蓋個簡易平房；如果你能設計高樓大廈，那麼多建築材料由你選擇，由你組合，落成的摩天大樓美輪美奐。這和寫文章一樣，詞語組合方式簡單，很少變化，表達就平鋪直敘，味同嚼蠟。詞句組合方式多樣，靈活變通，表達就豐富生動，令人回味無窮。那設計圖，那組合方式，就是語法。語法水平的高低，直接影響一個人的表達水平。語法還不重要嗎？

（三）教學語法

自 1898 年馬建忠的《馬氏文通》出版，中國有了現代的語法理論。120 年以來，語法研究有了長足的進步，語法專著層出不窮。專家們各立門戶，構建漢語語法理論體系，這稱之為專家語法或理論語法。用於基礎教育的語法體系，要進入中小學的語文課堂，則是吸取專家語法所長，將大家公認的語法理論成果加以歸納總結，以“精要、好懂、有用”為原則形成體系，用於教學，這稱之為教學語法。有了教學語法體系，中小學教師教語法，術語基本一致，規則大致相同，教師作為參考，用起來十分方便。

現代最早的教學語法書，首推黎錦熙先生編寫的《新著國語文法》。這本語法書，從上世紀 20 年代到 50 年代末，印行了 24 版。《新著國語文法》實際上起了教學語法教材的作用。由於這本書在語法研究上既有創新，又很實用，在改革開放後，被選為《漢語語法叢書》十種之一，由商務印書館不斷再版（《新著國語文法》，1992）。

新中國成立後，教育部十分重視教學語法體系的構建。上世紀 50 年代公佈的《暫擬漢語教學語法系統》，80 年代公佈的《中學語法教學系統提要（試用）》，就是在教育部直接領導下，由人民教育出版社負責，語言學家張志公先生擔綱，經過語法學界的學者和中小學語文老師充分討論，產生的兩套完整的教學語法體系。這在全世界也不多見。

二、《中學教學語法系統提要（試用）》的制定

《語法提要》約 1.7 萬字，是在 1981 年哈爾濱"全國語法和語法教學討論會"之後，吸收了各理論語法學派的研究成果，在呂叔湘先生、張志公先生的直接指導下定稿的。

概括地說，20 世紀 80 年代的《語法提要》對於《暫擬系統》中不夠科學的地方，作了大刀闊斧的刪改。例如，劃分詞類的標準不用《暫擬系統》的"詞彙、語法範疇"的說法，主要根據語法功能給詞分類，同時兼顧詞彙意義；取消了動詞和形容詞名物化的說法，認為動詞、形容詞作主語、賓語是它們本身的語法功能；取消了三種合成謂語的術語和講法，《暫擬系統》中有能願合成謂語、趨向合成謂語、判斷合成謂語，《語法提要》將這三類都併入動詞短語；取消了賓語前置的說法，按結構來分析句子，等等，不一而足。可見，對《暫擬系統》改動之大。

同時，在制定《語法提要》時，經過充分討論，反覆切磋，吸收了當年諸多語法專家的看法，增補了很多新內容。例如，將語法單位定為五級：語素、詞、短語、句子、句群。有了語素這一最小的語法單位，詞的內部結構得以分析透徹。吸收呂叔湘、朱德熙、張志公、胡裕樹、張斌等多位語法大家關於短語的研究成果，大大提高了短語的地位，在短語的功能、短語的分類上作了較詳盡的描寫，篇幅上約佔全文的三分之一。句子分析方法上，吸收層次分析法的長處，通過框式圖解分析，可看出短語和句子的結構層次。增補了句群，將句群視為最大一級語法單位，等等。可見，《語法提要》吸納了理論語法相當多的比較成熟的成果，面目煥然一新！

下面從七個方面綜合來談《語法提要》涉及的主要問題。談論並不拘

泥於和《暫擬系統》的比較。

（一）確立語法單位為五級單位

要分析語法結構，首先要確立語法單位。《語法提要》確定漢語的語法單位從小到大為：語素、詞、短語、句子、句群。正如呂叔湘先生所說，"對語言進行分析，就是分析各種語言片斷的結構"，"要做語法結構的分析，首先得確定一些大、中、小的單位，例如'句子''短語''詞'。"（《漢語語法分析問題》，1979）《語法提要》設五級語法單位，是呂叔湘先生首肯的，也是《〈暫擬漢語教學語法系統〉修訂說明和修訂要點》中提出的。

如果深入分析，漢語語法是分詞法和句法的。以詞法來說，漢語的詞以單音節詞和雙音節詞為最多，近現代三音節詞增多，四音節詞基本飽和，五音節或五音節以上的詞主要是專用名詞和科學術語了。從雙音節詞到多音節詞，內部的語素組合有多種方式，這組合方式就是詞法。因此將語素列為最小的語法單位，就合理解決了詞法分析的根本問題。

增加句群為最大的語法單位，在語法學界有不同認識。《語法提要》一方面注意吸收語法學界對於句群的研究成果，特別在 20 世紀 80 年代初期以來，出現了"句群熱"的現象，學者們的研究提供了理論根據；一方面考慮教學的實際需要，句群是最大的語法單位，又是篇章的最小單位，吸收句群進語法體系，體現了"有用"的原則，這對於學生的表達訓練有直接的好處。

五級語言單位的設立，至今看來，符合漢語的語言結構的實際情況，不少大學的《現代漢語》教材，語法部分接受了這個架構。

（二）確定語素為最小的語法單位

《語法提要》裏關於語素的描寫雖然着墨不多，但是重點突出。

確定語素的定義為："語素是最小的語音語義結合體，是最小的語法單位。"按語素的音節數，將語素分為單音節、雙音節和多音節音素，並指出單音節語素是漢語語素的基本形式。這是漢語極為重要的特點，也等於詮釋了語素和字的關係。古漢語遺留的雙音節"連綿字"和由雙音節語素、多音節語素構成的音譯外來詞，在語素的科學定義下，構詞得到完美的解釋。

單音節語素是語素的基本形式，有的可以單獨成為單音詞，有的要和其他語素組合才能成詞。語素組合時就會出現自由組合、半自由組合、不自由組合的三種情況。這種構詞的組合方式是語法的起步內容，十分重要。

至於語素組合成詞，經常用到的聯合（並列）、偏正（修飾）、述賓（支配）、述補（說明）、主謂（陳述）的組合方式，由於講語素才起步，所以從略了。後面講短語之後再回過頭看語素之間的組合，就比較豁然了。

近幾年，陸儉明提出"語素組"的概念（《現代漢語語法研究教程》，2003），語素組主要體現在三音節或者三音節以上的多音節的構詞中。語素組的概念可帶出構詞的層次，因而有補充的價值。

(三）把詞分為實詞和虛詞兩大類

詞類劃分是語法界爭論了幾十年的話題。確實有一些詞的界限難以劃分，一些詞類的語法功能很多，例如，動詞主要作謂語，但有些動詞有時也能作定語；形容詞可以作定語，大部分也可以作謂語；副詞可以作狀語，大部分不能獨立成句，有少量副詞也可以獨立成句，等等。我們不能因為這些現象的存在，就劃分詞類無措。凡事不能一刀切，漢語語法在很多方面都不能一刀切，這是漢語靈活的地方。根據語法概念分類後，還可以有細緻的描寫。

《語法提要》依照傳統先將詞分為實詞和虛詞。這個實虛的概念很重要。因為虛詞是漢語重要的語法手段，漢語組合中的關聯組合主要是靠虛詞（連詞等）來實現的。至於副詞，是半實半虛的詞，五六百個副詞的功能不盡相同。《語法提要》還是將它劃歸虛詞。歎詞是可以獨立成句的詞，不和其他詞組合，但是意義比較虛，也歸入虛詞。總體看，虛詞是封閉的，可以窮盡的，意義比較抽象；實詞則是開放的，不能窮盡的，意義比較具體。實詞包括名詞、動詞、形容詞、數詞、量詞、代詞；虛詞包括副詞、介詞、連詞、助詞、歎詞、擬聲詞。

　　這個分類法已經為《現代漢語詞典》（第 5—7 版）（中國社會科學院語言研究所詞典編輯室，2016）所採納，也為《現代漢語規範詞典》（第 1—3 版）（李行健，2014）和《現代漢語學習詞典》（商務印書館辭書研究中心，2010）所採納。《現代漢語詞典》（第 7 版），在《凡例》的"詞類標注"一項裏說："把詞分為 12 大類：名詞、動詞、形容詞、數詞、量詞、代詞、副詞、介詞、連詞、助詞、歎詞、擬聲詞。其中名詞、動詞、形容詞各有兩個附類，名詞的附類是時間詞、方位詞，動詞的附類是助動詞、趨向動詞，形容詞的附類是屬性詞、狀態詞。"（中國社會科學院語言研究所詞典編輯室，2016）比照上述描寫，《語法提要》除了沒有提到形容詞的附類，其他都有。

　　雖然《現代漢語詞典》（第 7 版）《凡例》沒有說到"實詞""虛詞"，但是在正文詞條裏是有的。"實詞"條下的釋義是："意義比較具體的詞。漢語的實詞包括名詞、動詞、形容詞、數詞、量詞、代詞。"（頁 1185）"虛詞"條下的釋義是："一般不能單獨成句，意義比較抽象，有幫助造句作用的詞。漢語的虛詞包括副詞、介詞、連詞、助詞、歎詞、擬聲詞六類。"（頁 1477）

　　《現代漢語詞典》是公認的規範詞典，在全世界範圍內使用。對詞的語法詞性加以標註，推動了漢語學習者對詞類的認識。是普及語法知識的重要舉措，值得點讚！

（四）按語法功能和結構重點描寫短語

　　短語是《語法提要》的重點內容，在《語法提要》中佔了很大的篇幅，相對《暫擬系統》來說，這是一大飛躍。這部分被公認為吸收理論語法研究成果最成功的地方。以呂叔湘、朱德熙先生為代表的語言學家們認為在漢語的各級語言單位裏，短語承上啟下，全面體現漢語語法組合的方式，是應該着重描寫的。短語結構清楚了，句子的結構就迎刃而解。他們說的這個方法是百試百靈的。

《語法提要》按短語的語法功能將短語分為名詞短語、動詞短語、形容詞短語，然後詳細描寫每類短語的構成及用途。以動詞短語為例：

動詞短語的定義："動詞短語是以動詞為主體的短語，動詞後頭可以有賓語、補語，動詞前頭可以有狀語。"下面再分別對"動＋賓""動＋補""狀＋動""狀＋動＋補＋賓""能願動詞＋狀＋動＋賓＋補"進行描寫分析。如"動＋賓"的描寫分析。"動＋賓"主要分析賓語：賓語由不同詞類（名詞、代詞、動詞、形容詞等）充當，賓語表示各種不同語法意義和語法關係，如表示動作、行為的對象、結果、處所，表示存現、消失的事物，表示和主語有同一關係或隸屬關係的事物和人；進而提到雙賓語，說明有的動詞（給、送、教、告訴等）常常有兩個賓語（近賓語和遠賓語）。在動詞短語的最後部分，說明動詞短語的用途：主要作謂語，還可以作賓語、主語、定語。

這樣的分析，涉及語法結構的平面，也涉及語義和語用的平面①，儘管沒有把"三個平面"術語說出來。

要注意的是，短語的內部語法結構（並列、偏正、述賓、述補、主謂）和詞法結構的一致性在《語法提要》中沒有明確表示出來。沒有把這五種主要結構方式放在一起說。在短語部分，列有名詞短語、動詞短語、形容詞短語，接着就列主謂短語、介賓短語、複指短語、固定短語。然後，在"句法上的幾個問題"部分，補充講"並列和偏正"，說明"成分

---

① 當時語法學界還沒有特別從語義和語用的角度來作語法分析。

之間的結構關係除了主謂、動賓、動補、介賓等之外，還有並列關係和偏正關係"。這樣的安排，現在看起來比較亂，教學也不方便，應該將內部結構關係放在一起說，才符合邏輯。

短語按語法結構進行的分類，可以方便劃分出層次，為句子的層次分析打下了堅實的基礎。作為靜態單位的短語，帶上語調語氣，就成了句子。漢語不同單位組合的一致性得到彰顯。

（五）句子分為單句和複句

句子的分類，承襲《暫擬系統》的內容比較多。按句子結構分為單句和複句。單句分為主謂句和非主謂句。還列有特殊句式：把字句、被字句、連動句、兼語句。按句子的用途分類，又分為：陳述句、疑問句、祈使句、感歎句。

《語法提要》在講單句時，首先提出"句子的主幹"。"所有的單句不論怎麼複雜，如果把它逐層壓縮，就越來越簡單，最後剩下的是這個句子的主幹。一般的說，主幹就是把所有的定語、狀語、補語都壓縮下來之後餘下的部分"。其實這個方法就是我們教學生辨別句子是否正確的方法，就是修改病句的辦法，極其管用。這也是句子圖解的"符號法"的理論基礎。主幹，好比一棵樹的主幹，定語、狀語、補語，如同一棵樹茂盛的枝葉。主幹各部分要搭配恰當，而定語、狀語、補語往往是句子主要要表達的部分。

複句按分句間的關係可分為：並列、承接、遞進、選擇、轉折、因果、假設、條件等多種複句。複句的分類其實是一種邏輯上的分類，凸顯了漢語語法和邏輯的緊密關係。這是漢語語法重要的特點之一。語法、邏輯、修辭在漢語表達中的三合一的密切關係，可以通過複句講授。

（六）靈活運用句子分析法

在制定《語法提要》之前，語言學界對於句子分析法展開過熱烈討論，權威語言學雜誌《中國語文》就發表了不少文章。很多文章批評《暫擬系統》所採取的句子成分分析法忽視了語言結構的層次性，是不科學的。但是很多一線老師，還是覺得句子成分分析法在教學時容易把握，很好用。討論氣氛熱烈，言辭激烈，是學術界難得一見的爭論。

討論結果，《語法提要》吸收了句子的層次分析法，這是較《暫擬系統》的一大進步。這首先體現在短語和句子的結構分析中，也體現在句子的圖解只是對於符號法圖解，還應體現在從層次分析角度做進一步的說明中。朱德熙先生說過，對層次分析的認識應該基於對語言本質的認識。他認為，"所有自然語言的語法構造都是有層次的，層次性是語言的本質屬性之一。既然如此，進行語法分析就不能不進行層次分析，層次分析是語法分析的一部分，是進行語法分析不可缺少的手續之一，不是一種可以採用也可以不採用的方法。"（《語法分析和語法體系》，1982）那麼，層次分析觀對找中心詞又是什麼態度呢？朱德熙先生進一步分析道："層次分析本身不要求找中心詞，可是它也不排斥找中心詞。所謂不排斥，是說層次分析跟提取中心詞這兩件事之間沒有矛盾。其實這個話說得還不夠。事實是不但沒有矛盾，而且從理論上說，提取中心詞還只能在層次分析的基礎上進行。"（《語法答問》，1999）

這個難解決的問題，《語法提要》是如何處理的呢？是完全摒棄句子成分分析法嗎？結果出人意料，《語法提要》既吸收層次分析法的長處（框式圖解法），又保留句子成分分析法便於找句子主幹的優點（符號法）。完美解決了爭論雙方的問題。學界泰斗們的智慧着實令人折服。

（七）增加"句群"這一最大一級語法單位

句群是語法和篇章之間的過渡語言單位。瞭解句群的組織規則有利於學習者閱讀和寫作水平的提高。"句群"並不是《語法提要》才提出的新概念。黎錦熙和劉世儒先生合著的《漢語語法教材》（1962 年版）裏，就明確提出"句群"的概念了。到 20 世紀 80 年代《語法提要》公佈前後，不少學者、中學教師參與句群研究，發表在語文期刊集中討論句群的論文多達二百多篇，筆者曾編選了一本《句群和句群教學論文集》（收文 56

篇，天津新蕾出版社，1986 年），該文集集中展現了當時“句群熱”的情形和討論情況。吳為章教授和我合著的《句群》（1984 年）、《漢語句群》（2000 年）也是《語法提要》制定前後催生出的產物。2011 年全國科學技術名詞審定委員會公佈的《語言學名詞（2011）》在語法學部分的 04.03“句法篇章”一節已收了“句群”（sentence group）一詞，編號為 04.148，釋義為“由幾個在邏輯上有密切聯繫、共同表達一個中心意思的各自獨立的句子組成的語言使用單位。”（頁 63）可見，“句群”這個概念已經為語法學所吸收，得到語法學界的認可。

《語法提要》之所以增設句群，一是因為已經有一定理論基礎；二是出於語文教學實際需要的考量。句群在篇章訓練中十分重要。句群是一頭聯繫句法、一頭聯繫章法的單位，句群教學使得語法、章法教學得以綜合進行，有利於聽說讀寫的訓練。從實用的角度考慮，把語法教學從句子延伸到句群是可取的。

《語法提要》裏對句群着墨也不多，因為如果列出句群中句子之間組合的各種關係，如果把複句和多重複句的組合一一與句群做比較，太佔篇幅。所以只是把句群和段落的關係，把有的句群可以和複句、多重複句互換的關係舉例點到為止。以後如有機會修訂，再考慮增加內容。例如，《語法提要》對於複句的結構分類，主要是邏輯的分類，分句間的關係已列有並列、承接、遞進、選擇、轉折、因果、假設、條件等八種關係。句群除保留這八種關係以外，還可增加解證，總分（包含總分、分總、總分總），目的，讓步等關係。複句和句群在關聯詞語的運用上，有同有異，很值得描寫。

綜上所述，《語法提要》作為教學語法體系，充分吸收了從《暫擬系統》以來 30 年理論語法界的研究成果。這個教學語法體系是理論語法專家和教學語法專家共同討論制定的。

三、《語法提要》成功制定的條件

《語法提要》能都得以順利制定，離不開以下幾個重要因素。

（一）教育部領導高度重視

人民教育出版社是教育部直屬的事業單位。人民教育出版社籌備組織“全國語法和語法教學討論會”，得到教育部有關領導的支持。討論會於1981年10月在哈爾濱召開時，教育部副部長浦通修先生親自到會發表講話，並全程指導會議的進程。

正如張志公先生所說：“這是一次很鄭重的帶有工作會議性質的學術討論會。舉行這次討論會是經過教育部批准的。根據倡議者的建議，由教育部正式委託黑龍江省人民政府文教辦公室請黑龍江大學、哈爾濱師範大學、黑龍江省語言學會會同人民教育出版社共同籌備，主辦這次討論會。”（引自《教學語法論集 —— 全國語法和語法教學討論會論文彙編》，1982）

浦通修副部長的大會講話題目是《關於中學語法教學的幾個問題》。他回顧了我國語文教學和語文教材編寫的歷史情況，從目的和方法上對許多有爭議的問題定了調子，指引了方向。他指出：“中學的語法教學是從語文教學的總目的出發的，是為了培養、提高學生理解和運用語言文字的能力。語法無用論在理論上和實踐上都證明是不對的。”“要賦予語法教學在中學語文教學中應有的地位，取消是不對的，但地位要適當，教學要得法，要實用。”他還指出：“我贊成王力、呂叔湘先生的意見，把專家語法和學校語法區分開，大學可以有多種體系，中小學要有約束性。”（《關於中學語法教學的幾個問題》，1982）今天我們再重溫浦通修副部長的講話，完全沒有過時的感覺，真要為這麼懂行的部長點讚！

教育部領導不僅支持這個討論會的召開，重視專家們關於教學語法的研討意見，而且，會後領導對教學語法體系的制定也一直予以關注和支持，直到《語法提要》的正式公佈。

（二）人民教育出版社領導親自督辦

討論會由人民教育出版社牽頭，會同黑龍江大學、哈爾濱師範大學聯合主辦。在籌備期間，兩所大學給予積極配合和支持，黑龍江大學還委派李德潤老師到人民教育出版社參加籌備工作。

這項工作有極大的學術性，人民教育出版社委託著名語言學家張志公先生擔綱。張志公先生是 20 世紀 50 年代《暫擬系統》制定工作的負責人，他具有豐富的組織管理工作經驗，在語言學界人望很高。他尊重老前輩，又能團結不同學派的學者。他有自己研究語法的成果，又虛心聽取各方意見。像志公先生這樣的人選，真是不可多得。他對於《語法提要》的順利制定，起了關鍵作用。

人民教育出版社社長葉立群先生、中語室主任劉國正先生，始終重視這一工作，除親臨哈爾濱的討論會，一直在全程指導這項工作。中語室的全體同事也投入這一工作。

會後，根據大會的決議《〈暫擬漢語語法教學系統〉修訂說明和修訂要點》，在呂叔湘先生和張志公先生的指導下，筆者和黃成穩、莊文中負責執筆起草《中學語法教學系統提要（試用）》草案。經專家和領導審定，經六次徵求各方意見，六次易稿，最後的定稿以人民教育出版社中學語文室的名義公佈。

人民教育出版社在新中國成立 70 餘年以來，始終是中學語文教材的編寫者和出版者；目前又擔當起全國統編語文教材的出版重任。組織力量構建和完善中學教學語法體系，過去和將來，人民教育出版社都責無旁貸，都是主力軍。

（三）語言學界專家學者通力合作

中國語言學會於 1980 年 10 月在武漢舉行成立大會。人民教育出版社張志公先生和筆者作為代表參加，成為首批學會會員。會上，王力先生和呂叔湘先生等倡議，利用 1981 年暑假，召開一次"全國語法和語法教學討論會"，修訂 50 年代的《暫擬系統》，制定新的教學語法體系。會議期間就這一問題召開了座談會，有來自 20 幾個科研機構和大學的 30 多位學者參加，筆者負責會議記錄。倡議得到領導部門和主辦方的支持。預計的目標是，就當前的語法研究和語法教學的主要問題進行交流後，擬定一個教學語法體系，廣泛交換意見之後，形成一個初步方案。

哈爾濱會議集中了全國東南西北中的學者和老師，是語法學界和語文教育界空前大團結的學術討論會。時值改革開放初期，學術界一片欣欣向榮的景象，"百花齊放，百家爭鳴"的"雙百方針"得到徹底的貫徹。經過"十年動亂"，大家要把丟失的時間搶回來，人人都有使不完的勁頭。老中青三代人一起煥發着青春。

"討論會於 1981 年 7 月 2 日至 12 日在哈爾濱市友誼宮舉行，參加討論會的有贊助人，特邀代表王力、呂叔湘和來自全國二十六個省市自治區的綜合大學師範院校科研單位和其它方面的語法專家、學者、教師、語文工作者共代表和列席代表 119 人。他們中間有（以姓氏筆畫為序[①]）：王還、王維賢、葉長蔭、史存直、朱德熙、呂冀平、張志公、張壽康、張拱貴、張斌、張靜、李臨定、邢公畹、邢福義、周祖謨、胡明揚、郎峻章、俞敏、徐仲華、殷孟倫、殷煥先、黃伯榮、甄尚靈、廖序東等。"（《記全國語法和語法教學研討會》，1982）這 27 位專家多數是老一輩的語法學家，從與會者名單裏，還可以看到一批中年語法學者，他們術有專攻，現在也都是語法專家了。再從出席專家所在的大學看，綜合大學和師範院校兼有，代表性廣泛。

有這麼多位專家學者把關，對於理論語法研究的成熟成果，大家取得一致認識，吸收到教學語法體系裏，保證了教學語法體系的科學性，也體現教學語法體系內容的與時共進。這反映在會議通過的《〈暫擬漢語教學

---

① 編者按：原文為簡體字，順序按簡體字筆畫為序。

語法系統〉修訂說明和修訂要點》裏，也為制定《語法提要》打好了基礎，達成了召開討論會的預期目的。

（四）語文教育界中學教師積極配合

參加哈爾濱討論會的，有來自北京、上海、鄭州、西安、福州的中學語文教師的代表，其中有上海市楊浦中學特級教師于漪等；還就地邀請了哈爾濱市八位中學教師與會參加討論。

會前會後，都有不少研究團隊和中學教師提交論文和有關修訂方案。在會後由全國語法和語法教學討論會業務組選編的《教學語法論集 —— 全國語法和語法教學討論會論文彙編》裏就收有黑龍江省哈爾濱市教育學院部分教師和中學教師對教學語法系統的意見、蘇州市部分中學語文教師對修訂《暫擬系統》的意見、石家莊市教學研究室和部分中學教師對修訂《暫擬系統》的意見。[①]

在《語法提要》初稿擬定過程中，人民教育出版社中語室也通過省市教研室多次徵求中學老師意見。中學教師對於語法教學系統是否做到了"精要、好懂、有用"，最有發言權。他們是教學語法在課堂上的實踐者，沒有中學教師的積極配合，是制定不出合用的教學語法體系的。因而，人民教育出版社中語室高度重視吸收中學教師的意見和經驗，這是整體工作中的重要環節。

以上四個方面的條件缺一不可。自上而下，自下而上，上下融為一體，為一個共同的目標而奮鬥，這才有 1984 年《中學教學語法系統提要（試用）》的正式公佈。算起來，經過的時間不算長，由 1980 年 10 月的策劃，到 1984 年 1 月《語法提要》的正式公佈，一共用了三年三個月的時間。不能不說，那真是激情燃燒的年代！

---

① 詳見全國語法和語法教學討論會業務組編《教學語法論集 —— 全國語法和語法教學討論會論文彙編》（人民教育出版社，1982，頁 331—334）。

四、結語：構擬新教學語法體系的展望

《中學教學語法系統提要》自 1984 年公佈至今，已過去 37 年了。我們對基礎教育領域語文教材的編寫及語法教學的實踐，應該有一個全面的檢視，全面的調查研究。至少包括以下五個方面：

1. 中學語文教材及教學參考資料採用《語法提要》的情況如何；

2. 中學語文教師在語文教學中，參考使用《語法提要》的情況如何；

3. 師範本科及師範專科學校、各級教育學院的教材參考使用《語法提要》的情況如何；

4. 綜合性大學《現代漢語》教材參考《語法提要》的情況如何；

5.《現代漢語詞典》《現代漢語規範詞典》《現代漢語學習詞典》等多部有影響的詞典採用《語法提要》劃分的詞類來區別詞性的情況，以及對其他語法術語的釋義情況如何。

在調查研究的基礎上，考慮構建 21 世紀新教學語法體系的必要性。同時考慮前述第二部分所談的七個問題是否需要修改和增補，以吸收已形成共識的理論語法的最新成果。

改革開放已經 40 多年，在理論語法研究和語法教學兩方面都積累了不少成果，是時候考慮構建新教學語法體系了。2020 年教育部語言文字信息管理司和教材局共同推出 "中小學語文知識體系研究" 這一重要課題，由人民教育出版社中學語文室、小學語文室與廈門大學國家語言資源監測與研究教育教材中心，廈門大學嘉庚學院兩岸語用中心共同承擔該課題的研究工作。看到刊發於《北華大學學報（社會科學版）》的課題組初期研究成果《對 "中小學語文知識體系" 的思考》一文，作為《中學教學語法系統提要（試用）》制定者的一員，筆者非常高興。因為教學語法是中小學語文知識體系中的重要內容，中小學語文知識體系的構建，離不開教學語法內容。構建新的教學語法體系的契機來到了。

1. 程祥徽、田小琳：《現代漢語（修訂版）》，香港：三聯書店（香港）有限公司，2013；台灣：台灣書林出版有限公司，2015；北京：北京師範大學出版社，2018。

2. 范曉：《三個平面的語法觀》，北京：北京語言文化大學出版社，1996。

3. 胡明揚：《教學語法、理論語法、習慣語法》，收於張志公主編：《現代漢語》（中冊），北京：人民教育出版社，1985。

4. 黃伯榮、廖序東主編：《現代漢語》（增訂 4 版），北京：高等教育出版社，2007。

5. 黃成穩：《新教學語法系統闡要》，浙江：浙江教育出版社，1986。

6. 《記全國語法和語法教學研討會》，收於全國語法和語法教學討論會業務組：《教學語法論集 —— 全國語法和語法教學討論會論文彙編》，北京：人民教育出版社，1982：4。

7. 陸儉明：《現代漢語語法研究教程》，北京：北京大學出版社，2003。

8. 黎錦熙：《新著國語文法》，北京：商務印書館，1992。

9. 黎錦熙、劉世儒：《漢語語法教材》，北京：商務印書館，1962。

10. 呂叔湘：《漢語語法分析問題》，北京：商務印書館，1979：14。

11. 呂叔湘主編：《現代漢語八百詞》（增訂本），北京：商務印書館，1999。

12. 李行健主編：《現代漢語規範詞典》，北京：外語教學與研究出版社，2014。

13. 倪寶元、田小琳主編：《中學教學語法基礎》，北京：北京教育出版社，1986。

14. 浦通修：《關於中學語法教學的幾個問題》，收於全球語法和語法教學討論會業務組：《教學語法論集 —— 全國語法和語法教學討論會論文彙編》，北京：人民教育出版社，1982：10。

15. 全國語法和語法教學討論會業務組：《教學語法論集 —— 全國語法和語法教學討論會論文彙編》，北京：人民教育出版社，1982：前言。

16. 人民教育出版社：《漢語知識》，北京：人民教育出版社，1959（初版）/ 1979（第 2 版）。

17. 人民教育出版社中學語文室：《中學教學語法系統提要（試用）》，北京：人民教育出版社，1984。

18. 商務印書館辭書研究中心：《現代漢語學習詞典》，北京：商務印書館，2010。

19. 邵敬敏：《新時期漢語語法學史（1978 — 2008）》，商務印書館，2011。

20. 田小琳編：《句群和句群教學論文集》，天津：新蕾出版社，1986。

21. 田小琳：《語法和教學語法》，鄭州：河南教育出版社，香港：香港文化教育出版社，1990。

22. 王維賢：《現代漢語語法理論研究》，北京：語文出版社，1997。

23. 吳為章、田小琳：《句群》，上海：上海教育出版社，1984。

24. 吳為章、田小琳：《漢語句群》，北京：商務印書館，2000。

25. 邢福義：《漢語語法三百問》，北京：商務印書館，2002。

26. 語言學名詞審定委員會：《語言學名詞（2011）》，北京：商務印書館，2011：63。

27. 張斌：《漢語語法學》，上海：上海教育出版社，1998。

28. 張靜主編：《新編現代漢語》（修訂版），上海：上海教育出版社，1986。

29. 中國社會科學院語言研究所詞典編輯室：《現代漢語詞典》（第 7 版），北京：商務印書館，2016。

30. 張志公主編：《語法和語法教學 —— 介紹 "暫擬漢語教學語法系統"》，北京：人民教育出版社，1956。

31. "中小學語文知識體系研究" 課題組：《對 "中小學語文知識體系" 的思考》，《北華大學學報》（社會科學版），2021（3）：103 — 120。

32. 朱德熙：《朱德熙文集》，北京：商務印書館，1999。

33. 朱德熙：《語法分析和語法體系》，收於全國語法和語法教學討論會業務組：《教學語法論集 —— 全國語法和語法教學討論會論文彙編》，北京：人民教育出版社，1982：69。

34. 朱德熙：《語法問答》，收於朱德熙：《朱德熙文集》（第一卷），北京：商務印書館，1999：328。

〔刊於《北華大學學報》（社會科學版），2022 年 3 月〕

06

漢字字形對比之研究

田小琳　趙志峰　鍾昕恩 [1]

　　漢字是記錄漢民族語言的文字系統，是漢民族文化幾千年來得以保存和流傳的重要交際工具。從甲骨文算起，漢字至少有三千年以上的歷史。隨着時代的沿革，漢字字形發生過很多變化。進入信息化時代，規範化、標準化日益被重視；我國政府有關部門亦十分重視漢字規範化、標準化的問題，公佈了一系列相關的文字法規。這無疑對實現國家的現代化起了積極作用。

　　眾所周知，中國使用規範漢字，這已經列入《中華人民共和國國家通用語言文字法》。規範漢字包括已經使用了半個世紀的簡化字，與這些簡化字對應的繁體字只在規定的範圍內使用。中國香港地區、中國台灣地區使用的漢字，則沒有包括簡化字在內。就繁體字字形來看，中國大陸以及中國香港地區、中國台灣地區的不少字都有各自習慣的寫法。

　　字形的差異給漢字教學帶來問題。在中國香港地區，教師和家長指導學生寫字時，常常發出疑問：一個字的筆形、筆畫常出現書寫差異，有

① 田小琳：香港文化教育出版社，香港。
　趙志峰：人民教育出版社課程教材研究所，北京。
　鍾昕恩：香港中華書局中華教育出版分社，香港。

時偏旁部首也不同，有時連部件的結構安排都會相異。相信在國際漢語教學中，同樣會遇到這方面的問題。不同工具書中，同一個漢字有時寫法不同，讓教師無所適從。這讓我們開始關注漢字字形的差異問題。中國大陸以及中國香港地區、中國台灣地區的漢字，到底有多少字形是相同的，多少字形是有差異的。如果找出差異，再把差異部分詳細描述出來，這對於漢字研究和教學無疑是一件有意義的事情。

這就是我們編寫《漢字字形對比字典》的初衷。經過編寫組的努力，本字典於 2022 年 4 月由香港中華書局出版。我們在編寫過程中，不斷研究討論，有很多體會。本文就漢字字形對比的要義，概括總結如下七個方面的問題。

一、漢字語料的選取

2013 年國務院公佈了《通用規範漢字表》。"規範漢字" 是經過系統整理、通行於大陸現代社會一般應用領域的標準漢字。《通用規範漢字表》收字 8105 個，按漢字的通行度，分為三級字表。一級字表共收 3500 字，是使用頻度最高的常用字集；二級字表共收 3000 字，使用頻度次於一級字；三級字表共收 1605 字，是在特定領域中較為通用的字。表中的 8105 個漢字，基本上反映出了現代社會漢字的面貌。我們考慮，要比較中國大陸以及中國香港地區、中國台灣地區漢字字形的同異，以《通用規範漢字表》為依據，是最好的選擇。從總字數上看，8 千字以上完全可以反映現代漢字的面貌，不失學術水準；從用戶的需要看，三級字表的劃分可以適應和滿足不同用戶的需要。

二、字體選用依據

現時電腦字體種類繁多，所顯示的漢字字形皆有不同之處。因此，當我們要進行漢字字形對比時，字體選用是重要的考慮。

現代社會通行的漢字印刷體中，字形相對標準端正的，常見有宋體、楷體、黑體等基本字體，這些字體一般適合並常用於漢字教材、書刊、信函文件等方面，其所顯示的字形易於認讀，筆畫清晰明確，利於模仿學習，能納入考慮之列。字形相對具有藝術風格的，則有甲骨文、金文、篆體等書法字體，鋼筆體、手札體等手寫字體，娃娃體、少女體等美工字形，等等；這些字體重在設計美感，對於線條粗幼、筆畫形態等會進行特殊處理，其所顯示的字形一般不易辨認，又考慮到此類字體多用於海報廣告、產品包裝、美術設計等方面，故不列作考慮。

將字體種類選擇範圍縮小後，我們進一步查考不同地區的漢字字形標準及指引。中國大陸，國務院在 2013 年公佈的《通用規範漢字表》，以宋體列出規範漢字字樣。在中國香港地區，1986 年由前教育署語文教育學院編訂的《常用字字形表》，是中小學教學及教材出版的參考字形規範。中國香港特別行政區政府在 2002 年發佈了《香港電腦漢字楷體字形參考指引》《香港電腦漢字宋體（印刷體）字形參考指引》，文件以《常用字字形表》（二零零零年修訂本）為主要參考資料，旨在提供一套適用於中國香港地區的電腦漢字字形原則。在中國台灣地區，教育事務主管部門在 1994 年發佈"標準字體楷體母稿""標準字體宋體母稿"，研訂確立標準字樣，作為電腦中文系統及印刷用字之準則。由此可見，中國大陸以及中國香港地區、中國台灣地區均認可宋體字形作為其地區電腦漢字的標準字形，因此，選用宋體來對比漢字字形是具有規範性和參考性的。

定下字體基調後，我們搜尋了市面上現有的宋體字形產品，選用了合乎地區用字準則的四種字體：方正規範書宋（中國大陸規範字）、方正書宋（中國大陸繁體字）、華康香港新標準宋體（中國香港地區）、全字庫正宋體（中國台灣地區）。以上字體皆是參考前述相應地區電腦漢字標準及指引而製作的，其所顯示的字形，均能反映相應地區的慣常書寫習慣。在此前提下，我們便能進行有意義、有價值的字形對比，把地區間的字形差異直觀地呈現出來。

　　我們以《通用規範漢字表》為收字依據，參考相應地區的教育用字設立字頭，進行字形對比。當中有 40 個字，包括：二級字表的“哪、怊、扴、鷊”，三級字表的“佡、嗰、峰、塲、嵺、塝、岫、厉、恵、狪、琋、瓊、硝、碍、砝、磙、硴、胐、芁、蒴、轙、邟、郤、酈、釙、鈹、鎜、錂、鏉、鐳、鏢、阫、弦、鲃、鰤、鰭”；因所選電腦字體出現缺字情況，以致無法比較其字形，存此暫缺。最終收集用於對比的字樣總數為 8229 個。

三、繁簡字的安排

　　中國大陸漢字有繁簡體字形，我們對此做了妥善的處理。這裏需要先解釋一個問題：一些人以為漢字系統裏每一個字都有繁簡體的差異，實際情況並非如此。1964 年公佈的《簡化字總表》共分三表：第一表所收的是 352 個不做偏旁用的簡化字；第二表所收的是 132 個可做偏旁用的簡化字和 14 個簡化偏旁；第三表所收的是應用第二表的簡化字和簡化偏旁得出來的簡化字。1986 年，國家語言文字工作委員會經國務院批准重新發佈了《簡化字總表》，調整後的《簡化字總表》，實收簡化字 2235 個。2013 年公佈的《通用規範漢字表》，基本涵蓋《簡化字總表》裏的字，僅有 31 個字未收入，這包括個別的方言字、異體字、文言用字及專業領域用字，這 31 個字已經沒有什麼實用價值了。此外，還增收了一部分在社會語言生活中廣泛使用的簡化字。現時，簡化字在《通用規範漢字表》裏約佔三成。

　　在本字典裏，中國大陸的繁簡體字形均有列出，以完整呈現大陸的漢字標準。而由於中國香港地區、中國台灣地區用字都是傳承字，因此，字形對比不涉及中國大陸的簡化字字形。為了方便比較，中國大陸的字形如有繁簡區別，則先列繁體字，再列簡化字，兩者之間用分隔號隔開。此外，異體字不做字形比較，有必要時也會在欄目中加以提示。

四、字形比較核心

我們以語言學家王寧先生（2015）漢字構形學梳理的書寫屬性、構形屬性、字用屬性三項漢字屬性作為基礎，考察共時狀態下的字際關係。我們關注地區間的字形核心差異及差異理據，結合所選用字樣的特點，設置字形對比的三個維度，下轄若干對比項作為核心要素。下面，將比較異同的核心差異以三個維度介紹如下。

（一）書寫維度

具體要素包括筆形、筆畫數、筆形位置關係等。

1. 筆形

漢字進入楷書階段後，有一套基本的筆形系統。橫、豎、撇、點、捺、折六種基礎筆形及變異筆形，成為漢字的基礎構造元素。筆形不同，書寫方式不同，呈現樣態有別。因此筆形不同，字樣必然有別。以下通過例子看筆形之間的差異。

（1）筆形差異。如"户/戶"：前者首筆是"點"，後者首筆是"撇"。

（2）筆形置向差異。如"骨/骨"（見圖1）：兩者寫法上存在筆形（組合）置向相反的情況。

圖 1

香港	台灣	大陸	字形差異描述
骨部 10畫 上下 gū gǔ 骨	骨	骨	① 部件「冎」，香港、台灣內部為「橫、豎」兩筆，拐角扣右下方；大陸內部為「橫折」一筆，拐角扣左下方。② 部件「月」，香港、大陸首筆是「豎」，內部為兩「橫」；台灣首筆是「撇」，內部為「點、提」。

（3）筆程差異。如"寺/寺"：上部，前者上"橫"短下"橫"長，作"土"；後者上"橫"長下"橫"短，作"士"。筆程長短變化，直接導致部件發生變化。

2. 筆畫數

筆畫數和筆形不同，一般具有同步性，二者關聯密切，字的屬性隨之有變化。如"巨/巨"（見圖2）：兩者看似筆畫數相同，實則不同。

圖2

香港	台灣	大陸	字形差異描述
工部 5畫 獨體 jù	巨	巨	香港、台灣部件「匚」，共三畫；大陸對應的部件為「匚」，共兩畫。

部分字或部件的書寫結果一樣，但書寫過程可能有別。如阜部的字：部件"阝"，香港、台灣為三畫，大陸為兩畫。我們根據書寫實際情況，註明不同之處。

3. 筆形位置關係

筆形在相交、相接、相離三種位置關係上因處理錯誤而導致字樣錯誤的，視作核心差異。如"九/丸"：前者"點"與"撇"相接，後者"點"與"撇"相交。

如果筆形相離、相接等位置關係不會造成書寫錯誤，而是在字樣可認同的程度，只是寫得好與不好，而非對與錯的層面，則視作非核心差異。

（二）構形維度

具體要素包括部件、結構。

1. 部件

（1）形符差異。如"雞/鷄"（見圖3）；"鼇/鰲"。

（2）聲符差異。如"麪/麵"；"煙/烟"。

（3）部件的相對位置。如"峯/峰"；"夠/够"。

（1）和（2）是異構字，在形旁或聲旁上有差異，如"隹"與"鳥"、"黽"與"魚"，選用了不同的義符；"丐"與"面"、"敖"與"因"，選用了不同的聲符。（3）是異寫字，部件的相對位置不同，沒有意義上的區別，如"峯"與"峰"，前者為上下結構，後者為左右結構；"夠"與"够"聲符和形符位置互換。

圖3

香港	台灣	大陸	字形差異描述
隹部 18畫 左右 jī　雞	雞	鷄｜鸡	香港、台灣右部為「隹」，大陸右部為「鳥」。 💡 注意　「鷄」為香港、台灣異體字，「雞」為大陸異體字。 📄 小知識　漢字從「隹」，從「鳥」，多表示與飛禽有關。如從「隹」之字有「雁、雉、雛」等，從「鳥」之字有「鳳、鶴、鷹」等。有的字可能取「隹」，也可能取「鳥」造字，如「雞」與「鷄」，聲旁都是「奚」，形旁雖有別，所指卻是一樣的。

異構字與異寫字對漢字整理而言，適用不同的處理方式。就目前看到的異構字、異寫字的存在，確實會對識字教育帶來一定難度。對比結果能找出漢字構形方面的差異，可為未來的漢字規範工作起到一定的作用。

2. 結構

主要差異集中體現在平面圖式方面。平面圖式差異，如"感 / 感"（見圖4），分屬半包圍結構和上下結構。比較字形時，可在部件理據、功能層面進行適當描寫。如"恥 / 耻"，從"心"，提示了義類信息；從"止"，提示了讀音信息。漢字結構是字的屬性形式之一，與字形的關係緊密。字的筆形變化，有時會導致結構改變。對於結構有差異的地方，會予以特別提示。

圖4

香港	台灣	大陸	字形差異描述
心部 13畫 半包圍 gǎn　感	感	感	香港、台灣為半包圍結構，第二筆「撇」、第七筆「斜鈎」直達整字底部；大陸為上下結構，「咸」在上部。

（三）字用維度

核心要素主要是義項。

簡化字與繁體字互相轉換的時候，無論是人工或智慧手段，字用層面的矛盾都特別突出，"一簡對多繁"的字很容易出現問題。從這個角度出發，我們設立了字用層面的區別區位（即第七區），該區的所有字均設有"注意"欄目，提示義項層面的不同用法；有的則從歷時層面探討了不同字形的歷時用法。

比較時，集中於字用層面，有的義項層面有不同用法。如"遊 / 游"，香港、台灣的用法舉例是：旅遊、漫遊；游泳、上游。如"屍 / 尸"（見圖 5），古籍中"屍"與"尸"的含義是不同的。古籍中的"屍"就是指屍體；"尸"則是指祭祀時代表死者受祭的人，與屍體無關。

圖 5

香港	台灣	大陸	字形差異描述
尸部 9 畫 半包圍 shī　屍　屍　尸			①香港、台灣「尸」內有「死」，大陸則沒有。 ②部件「匕」，香港首筆是「撇」，台灣首筆是「橫」。 💡 注意　①香港、台灣「屍、尸」，大陸均作「尸」。香港、台灣的用法如：屍體；尸位素餐。②「屍」為大陸異體字。 📄 小知識　古籍中「屍」與「尸」的涵義是不同的。古籍中的「屍」就是指屍體；「尸」則是指祭祀時代表死者受祭的人，與屍體無關。

以上是核心差異描述時的三個維度。

有些差異屬於微差異，不納入比較因素。包括：結構疏密度、筆形接觸與非接觸狀態、筆形接觸點的位置、筆形傾斜度、飾筆設計等。

總之，同一個漢字，在中國大陸以及中國香港地區、中國台灣地區必然有字形完全一樣的，也必然有字形不完全一樣的。完全一樣，是漢字系統穩定性的表現；不完全一樣，是漢字系統有變化的表現。通過梳理字樣，能夠看到漢字的穩定與變化的總體面貌。

二、語文教學與研究

五、字表編排原則

由於本字典在香港地區出版，我們進行字形對比時，是以香港地區字形為立足點，來對比台灣地區和大陸字形的；因此，我們把香港地區字形排在前面，接着排台灣地區字形和大陸字形。為了能系統、直觀地呈現出地區間的漢字字形差異，本字典以表格形式排列字條：橫向按地區劃分，以香港─台灣─大陸為序；豎向依《通用規範漢字表》分三級先後排列，其下每級根據字形同異情況劃分為七區，其下每區按部首排序。通過這種表格式編排，從橫向看，能平行比較三者字形，辨識單字的地區差異；從縱向看，即能綜觀每個地區的字形，一目了然。

本字典收字 8229 個，先分成一級字表、二級字表、三級字表，與《通用規範漢字表》完全一致；再根據字形對比結果，把字形同異情況分成七區。大體而言，一至二區屬於字形相同區，三至七區屬於字形不同區。如表 1 所示。

表 1　本字典分區原則

分區	說明	示例
一區	香港、台灣、大陸字形相同。（大陸字形為傳承字，沒有繁簡區別。）	大 / 大 / 大
二區	香港、台灣、大陸繁體字字形相同。（大陸字形有繁簡區別，香港、台灣字形不與大陸簡化字字形比較。）	剛 / 剛 / 剛（刚）
三區	香港、台灣字形相同，與大陸（規範字 / 繁體字）不同。	為 / 為 / 爲（为）
四區	香港、大陸（規範字 / 繁體字）字形相同，與台灣不同。	户 / 戶 / 户
五區	香港與台灣、大陸（規範字 / 繁體字）字形不同。台灣與大陸（規範字 / 繁體字）字形相同。	衛 / 衞 / 衞（卫）
六區	香港、台灣、大陸（規範字 / 繁體字）三者字形各不相同。	絞 / 敍 / 叙
七區	香港、台灣、大陸用字有別。	佔 / 佔 / 占

在字形相同區中，需要再細分出兩個區，這是基於大陸部分漢字有繁簡體兩種字形的緣故。字形不同區則是以香港地區字形為本位，對比其與台灣地區、大陸的字形同異情況，從而交叉組合出三至六區，而安排在最後的七區則屬於特殊分區，是前文提到涉及字用層面的區別區位。

此外，我們觀察到同一部首的字，其部首一般具有相同的字形特點和書寫規律。傳統的部首分類法，正是按照每個漢字的形體偏旁來區分歸類的。因此，本字典將屬同一區的字頭，進一步按部首、筆畫數依次排列，以更好地歸納呈現部首方面的字形變化規律和相關知識。

六、字樣對比結果

根據前述的分區原則，我們對《通用規範漢字表》中的漢字進行了字形對比，按地區間的字形同異情況分別歸類，分區資料統計結果如表 2 所示：

表 2　各級字表分區數據統計表

分區	一級字表 （3661 字）	二級字表 （2999 字）	三級字表 （1569 字）	總計 （8229 字）
一區	1386 字 （37.86%）	1050 字 （35.01%）	573 字 （36.52%）	3009 字 （36.57%）
二區	649 字 （17.73%）	457 字 （15.24%）	263 字 （16.76%）	1369 字 （16.64%）
三區	971 字 （26.52%）	930 字 （31.01%）	466 字 （29.70%）	2367 字 （28.76%）
四區	242 字 （6.61%）	207 字 （6.90%）	104 字 （6.63%）	553 字 （6.72%）
五區	77 字 （2.10%）	75 字 （2.50%）	27 字 （1.72%）	179 字 （2.18%）
六區	277 字 （7.57%）	278 字 （9.27%）	136 字 （8.67%）	691 字 （8.40%）
七區	59 字 （1.61%）	2 字 （0.07%）	0 字 （0.00%）	61 字 （0.74%）

註：百分比四捨五入，取數至小數點後兩個位。

表 2 顯示，三者字形相同的漢字（一至二區）共 4378 個，佔 53.2%，在一半以上；字形不同的漢字（三至七區）共 3851 個，佔 46.8%。這反映現時三者字形相同與相異的漢字數量相差不多，而相同的略多於相異的，是一個關鍵的研究發現。

進一步分析字形相同區，可以看到一區字的數量不僅比二區字多一倍以上，而且更是佔整體比例三分之一強，是總數量最多的一個分區。值得注意的是，一區的字都屬於傳承字，大陸字形並無繁簡體區別，那就是說在三者社會現時通用的漢字中，有三分之一的字形是完全一致的。

再看字形不同區，超過一半的漢字屬於三區，即香港地區與台灣地區字形相同，與大陸不同。三區字共有 2367 個，這數量比起四至七區字的加總還要多。這主要是因為香港地區、台灣地區使用傳承字，大陸則曾推行規範漢字政策，在漢字規範化及簡化的過程中，制定一套新字形標準，包含規範字、繁體字、異體字的選用；當中，就有兩千多個漢字，選用了與香港地區、台灣地區字形不同的字形。

至於其餘分區中，我們認為值得特別關注六區和七區。六區中三者字形各不相同，它能反映出地區間各自獨特的書寫樣貌。我們注意到，其中有一部分字，三者在某一部件上即存有差異，例如部首"女"，當其構成左右結構的字時，三者的部首偏旁"女"寫法就不一樣，故所有女部左右結構字，均歸屬六區；有一部分字，三者則是基於多個部件形成差異，例如"脫"字，左部的"月"，香港地區、台灣地區字形相同，而右部的"兌"則是香港地區、大陸字形相同，組合成"脫"字就成了三者字形各不相同的字（見圖 6）。這是一個很值得深入研究的分區。

圖6

香港	台灣	大陸	字形差異描述
內部 11畫 左右 tuō	脫	脫	脫	①左部「月」，香港、台灣內部為「點、提」，大陸內部為兩「橫」。②右部「兌」，香港、大陸首兩筆為「點、撇」，台灣首兩筆為「撇、點」。

　　至於七區，雖然只有61個字，佔整體數量很少，但由於其涉及字用層面，是最容易混淆的一類漢字。此類字，台灣地區一般與香港地區用字相同，少數例外；大陸則多數視香港地區用字為異體字。舉例來說，"并、並、併"這組字，大陸以"并"為規範字，把"並""併"列為異體字；香港地區、台灣地區則三字分工，區別表義，如"并州""並列""合併"（見圖7）。從學習角度而言，七區字都是屬於《通用規範漢字表》繁體字表外的"一簡對多繁"字，是簡化字使用者學習香港地區用字時，最需要辨析清楚的一類字。

圖7

香港	台灣	大陸	字形差異描述
一部 8畫 上下 bìng	並	並	并	香港、台灣為「並」，大陸為「并」。 💡注意　①香港、台灣「並、并」，大陸均作「并」。香港、台灣的用法如：並且、並列；并（bīng）州。②「並」為大陸異體字。

　　還可以留意一點，資料統計結果顯示，各級字表中，每區佔比相差無幾，最多有不超過4.5%的比例差異。換句話說，就是不論漢字的使用頻度高低，地區間的差異度也沒有構成很大的落差。這很大原因在於漢字的主要構字方法，是以不同部件組合而成的組合字；而地區間的漢字差異在某程度上，存有部件上的規律性差異，並且同樣體現在組合字中。故此，只要把握地區間的漢字差異規律，便能有效推進字形趨同工作。

　　經過全面對比後，我們除了可以對地區間的字形同異現狀有一個比較具體的瞭解，也能藉此推敲背後的成因和規律，為漢字發展及漢字研究提供一個數據基礎。

七、漢字知識學習

漢字字形對比是立體的課題，在探究字形差異的同時，能拓展出其他方面的延伸學習。於是，本字典設有四個學習專欄：書寫提示、注意、辨析、小知識。設立專欄的目的，是幫助讀者瞭解漢字的知識和規律，使讀者深入瞭解漢字字形特點，形成正確的書寫習慣，更好地掌握和運用漢字。讀者在查找字形的同時，可以學習有關知識，利用這些知識來舉一反三，歸納推理，開闊思路。

（一）書寫提示

提示書寫漢字過程中注意的地方，適當提示書寫規律。

書寫是動態的，本字典關注讀者對筆畫書寫的完成度、準確度，在適當的地方予以提示。像土部的字，就會揭示書寫規律。獨體字 "土" 與作為部件（左右結構的字）的 "土"，最後一筆寫法肯定是不同的，"土" 作為部首居於左側時，完成最後一筆後，為便於書寫下一筆，自然會寫成 "提"，以確保筆在空中的運行距離經濟的原則。

（二）注意

將具有同類特點的內容進行規律性總結，以達到舉一反三的目的。如 "也" 字條指出："具有相同部件 '也' 的字：他、地、池、弛、她、馳。" 獨體字 "也" 的寫法存在差異，於是在欄目中列舉了部分具有該部件的其他字，進行類聚處理，能拓展讀者的字量，展示同一類聚信息裏共有的特徵，實際也是在提示讀者其中蘊含的規律性書寫信息（見圖 8）。

為了避免學習過程中的負遷移現象，通常都用正面提示的辦法，而儘量避免負面提示，盡力避免使用 "不要" "不寫作" 等詞語。

圖 8

香港	台灣	大陸	字形差異描述
土部 6畫 左右 de dì	地	地	地	右部「也」，香港、台灣首筆是「橫折」，大陸首筆是「橫折鈎」。 💡 **注意** 具有相同部件「也」的字：他、池、弛、她、馳。 ✎ **書寫提示** 土部的字：部首「土」在構成左右結構的字時，通常位於左部，末筆作「提」。

（三）辨析

對於特別容易混淆的字，本字典會以辨析的形式提示讀者，內容重在區別字形特徵。如"草菅人命"的"菅"字：形旁是草字頭，不是竹字頭，多用於姓氏。這樣就便於和"管"字進行區別。再如"潁"和"穎"：二字都是形聲字，聲均為"頃"，區別在所從的形旁，分別是"水"和"禾"；"潁"多用於地名，"穎"常用於表示才能出眾（見圖 9）。通過對比，將區別特徵揭示出來，便於讀者掌握字的寫法及用法。

圖 9

香港	台灣	大陸	字形差異描述
禾部 16畫 左右 yǐng	穎	穎	穎|穎	部件「匕」，香港、台灣為「橫、豎彎」，大陸為「撇、豎彎鈎」。 🔍 **辨析** 「穎」與「潁」。二字都是形聲字，聲旁均為「頃」，形旁對應的分別是「禾」、「水」。二字整體字形相似，要避免寫錯。「穎」用於表示才能出眾等；「潁」用於地名。

（四）小知識

介紹文字學知識，闡釋漢字結構，以便從文化層面更深入理解漢字，從而對漢字的系統性有更深刻的認識。如："阜"部的字，左邊的"阝"是由"阜"變形而來，通常表示和地勢、升降等有關，"降""陡""階""險""隧"等字即是；右邊的"阝"是由"邑"變形而來，通常表示和地名、邦郡有關，"都""郭""鄂""鄭"即是。

這四個欄目的設置，希望能總結規律、闡釋文化、溝通古今，以讀者為本，便於讀者掌握漢字書寫規律、漢字文化內涵、漢字造字理據、漢字結構特徵等。欄目的設置是對正文描述比較的補充，以提綱挈領的方式對漢字知識歸類，起到醒目的提示作用。本字典從多個方面突出"學習"的功效，四個欄目與正文其他內容形成互補，貫徹了自覺的拓展意識，是否有效，尚待檢驗。

綜上所述，中國大陸以及中國香港地區、中國台灣地區漢字字形差異的存在，多半是歷史原因形成的。漢字不斷演進，字形系統一直保持相對穩定的特性，但是它也在發展變化中。現代漢字在上述不同地區使用時，有些字形可能發生分化、類化現象，在筆畫關係、筆形、筆順以至部件、結構上，表現出差異。這也是漢字在發展中不可避免的事情。這些差異有些不明顯，有些明顯。通過逐字對比上述地區的漢字字形，把個中差異明明白白描述出來之後，我們可以分析這些差異的來源、規律，整體歸納出地區間的字形同異現狀，做到心中有數，從而掌握漢字今後發展可能出現的趨勢。

我們編寫這部《漢字字形對比字典》，不僅是給教學提供方便，而且有更長遠的設想，那就是考慮漢字字形進一步健康發展的問題。漢字是我們中華民族用以交流的工具，為了交流的方便，我們始終希望字形趨同，而不是擴大差異。差異顯現出來以後，就要進一步考慮趨同的措施和方法。這無疑給漢字規劃研究工作者出了一道題目，下一步的工作將是更為艱難繁重的。

如果經過深入研究，可以在字形存同的基礎上，制定相應政策，進一步縮小地區間的字形差異，這對於現代漢字的趨同發展，對於世界各地的漢字教學與交流，無疑能產生積極的推動作用。而且語言文字的統一對於一個民族的發展有着不可估量的作用，漢字字形的趨同，也更有利於加強中華民族的凝聚力。我們希望這本字典的出版，能給漢字字形的統一工作打好前戰，為未來實現漢字字形趨同的願景做出貢獻。

參考文獻

1. 〔清〕段玉裁:《說文解字註》,上海:上海古籍出版社,1988。

2. 教育部國家語言文字工作委員會:《通用規範漢字表》,北京:語文出版社,2013。

3. 李學銘:《常用字字形表》(二零零零年修訂本),香港:香港教育學院,2000。

4. 人民教育出版社辭書研究中心編:《小學生全筆順寫字組詞規範字典》,北京:人民教育出版社,2018。

5. 田小琳主編:《漢字字形對比字典》,香港:中華書局,2022。

6. 王力:《王力古漢語字典》,北京:中華書局,2000。

7. 王寧:《通用規範漢字字典》,北京:商務印書館,2013。

8. 王寧:《漢字構形學導論》,北京:商務印書館,2015。

9. 魏勵:《海峽兩岸漢字對照表》,北京:商務印書館,2015。

10. 香港特別行政區政府教育局課程發展處中國語文教育組編:《香港小學學習字詞表》,香港特別行政區政府教育局,2007。

11. 香港特別行政區政府教育局課程發展處中國語文教育組編:《常用字字形表》(二零零七年重排本),香港特別行政區政府教育局,2012。

12. 香港特別行政區政府政府資訊科技總監辦公室,公務員事務局法定語文事務部:《香港電腦漢字參考字形》,2017。

13. 香港特別行政區政府資訊科技署,法定語文事務署:《香港電腦漢字楷體字形參考指引》,2002。

14. 香港特別行政區政府資訊科技署,法定語文事務署:《香港電腦漢字宋體(印刷體)字形參考指引》,2002。

15. 〔清〕張玉書:《康熙字典(同文書局原版)》,香港:中華書局(香港)有限公司,1958。

16. 中華人民共和國教育部,國家語言文字工作委員會:《通用規範漢字筆順規範》,北京:商務印書館,2021。

(田小琳、趙志峰、鍾昕恩署名,刊於《辭書研究》2022 年第 6 期,2022 年 11 月)

07

普通話語用和表達

普通話語用和表達，是熟練掌握和運用普通話的重要問題，也可以說是關鍵問題。我們學習普通話的語音、詞彙、語法、修辭等等基礎知識，最後是要綜合地用在交流交際上。可以說，語用是最後的目的。而表達有口語的表達、書面語的表達，這二者又有密切的關係。

一、何謂普通話語用

語用學是語言學研究範圍的一門學問。語用是語言使用者在不同語境中話語交際的實際運用。語用學研究人們在不同語境中話語交際時表達和理解語言的基本規律。我們研討的題目，涉及以下語言學的門類。要瞭解這些科學術語，讓自己有一個正確的科學的概念。這包括：語用學、修辭學、修辭學中的積極修辭和消極修辭、語用修辭學、詞彙語用學、語境理論等。

語用學：主要指從語言使用者的角度來研究語言。例如，詞句的字面意義在具體語境中如何表達說話者的隱含意義；在語言交際中預設的使用會對其他人產生的效果。（引自全國科學技術名詞審定委員會公佈《語言

學名詞 2011》，北京：商務印書館，2011）

修辭學：研究提高語言表達效果的規律，這包括如何根據題旨情境，運用各種語言要素和語料，以及各種表現手法，準確恰當地表達思想感情。修辭又分積極修辭和消極修辭。陳望道在《修辭學發凡》中提出，沿用至今。（《語言學名詞 2011》）

積極修辭：又稱藝術修辭、特殊修辭。強調語言的形象性、具體性、生動性。包括辭格（比喻、比擬、借代、誇張、排比、對偶、反覆、摹繪、設問、頂真、映襯、婉曲、雙關、反語等）和辭趣。（《語言學名詞 2011》）

消極修辭：又稱規範修辭、平實修辭。要求做到表達的準確和平妥。包括語音修辭、詞彙修辭、句子修辭、篇章修辭等。（《語言學名詞 2011》）

語用修辭學：語用學和修辭學的交叉學科。綜合運用兩門學科的理論和方法，對言語活動和話語進行分析。包括言語環境、角色關係、前提和背景、言外之意等。（《語言學名詞 2011》）

詞彙語用學：語用學的一個分支。研究詞彙，主要是實詞，在實際使用過程中所發生的意義變化，以及在理解這些意義變化時所涉及的推理過程。（《語言學名詞 2011》）

語境理論：一種語用理論。結合詞語具體出現的語言環境來研究詞語使用中的意義。（《語言學名詞 2011》）

二、何謂表達

表達分為口語表達和書面語表達。自上世紀提倡新文化運動、提倡白話文以來，"我手寫我口"這句話，生動準確地表明了口語和書面語的密切關係。其實"我手寫我口"是近代外交官、維新思想家、詩人黃遵憲最早說的話。葉聖陶先生提倡白話文，作有《我手寫我口，我手寫我心》一篇文章，裏面說道："作文與說話本是同一目的，只是所用的工具不同而已。"朱自清先生在給王力先生的《中國現代語法》一書作序時說："本書所謂現代語，以《紅樓夢》為標準，而輔以《兒女英雄傳》。這兩部小說都用的純粹北京話。""這兩部書是寫的語言，同時也是說的語言。從這種語言下手，可以看的確切些。"朱自清先生這話的意思是說，典範的作品，寫的語言和說的語言是一致的。從白話文起，寫的語言不可能離開說的語言。有些人以為，說的普通話，和寫作的中文書面語，是兩碼事，把這二者完全割裂開來，不是科學的看法。葉聖陶先生、朱自清先生把二者的關係說得再清楚不過了。

我們研討的題目涉及以下語言學名詞，包括：口語、書面語、口語詞彙、書面語詞彙、談話語體、書卷語體等。我們首先需要有科學的認識。

口語：語言憑口、耳進行交際的口頭形式。(《語言學名詞 2011》)

書面語：用文字記載下來供人閱讀的語言，在口語的基礎上形成，使"聽、說"的語言符號系統變成"看"的語言符號系統，在文字產生之後才出現，詞彙豐富，表達更為準確。並不是所有的語言都有書面語。(《語言學名詞 2011》)

口語詞彙：與"書面語詞彙"相對。日常談話中經常使用的詞彙。例如"打官司""大拇哥"。(《語言學名詞 2011》)

書面語詞彙：又稱"書卷詞彙""書語詞彙"。與"口語詞彙"相對。常用於書面表達的詞彙。例如"訴訟""大拇指"。(《語言學名詞 2011》)

談話語體：又稱"口頭語體"。與"書卷語體"相對。在日常的、隨意的、非專門性的交談中形成的語文體式。適用於日常生活領域。(《語言學名詞 2011》)

書卷語體：與"談話語體"相對。運用書面語言進行各種社會性交際中形成的語文體式。主要適用於社會集體活動領域。可分為事務語體、政論語體、藝術語體、科學語體等。它們各自具有特定的功能和相應的語言材料，因而表現出各自的語體特徵。(《語言學名詞 2011》)

三、普通話表達中的幾個問題

下面我們談到的六個問題，說明普通話表達和詞彙、語法、修辭都有密切的關係。要想表達得體，對於這些語文基礎知識要有純熟的瞭解和靈活的運用。也說明作為語文教師，語文的基本功十分重要，以己昭昭，才能使人昭昭。

（一）詞語意義範圍的擴大和縮小及義項增加：

詞彙在使用過程中所表達的意義可能發生變化，一般包括三種情況：詞義的擴大、縮小、轉移。普粵對比中，我們也要注意到這些問題。同時，我們還提出義項增加的問題。這些問題都涉及語用和表達。

1. 詞義擴大： 詞彙的常規意義在實際的語境中，所指的範圍擴大。

古代漢語裏。"江"指"長江"，"河"指"黃河"，後來意義擴大，泛指江河。現代漢語裏，例如，直系親屬稱謂："爺爺、奶奶、叔叔、姨姨、哥哥、姐姐"等，使用時都可以擴大。又如："男生、女生"，本義指"男學生、女學生"，在台灣地區有時擴大指超過學齡的男人和女人，這用法範圍也在擴大。普通話的"師傅、老師"，甚至"老闆"現在都有擴大的趨勢。就連"夫人"這個尊稱，也有不少男人用來指稱自己的妻子。（古代諸侯的妻子稱夫人，明清一二品官的妻子封為夫人。）我們是不主張亂用尊稱的，還是要尊重傳統的禮貌用法。至於"先生"可以用來尊稱女性也要瞭解語境。

2. 詞義縮小： 詞彙的常規意義在實際的語境中，所指的範圍縮小。

古代漢語裏，"丈人"泛指老年男子，唐代以後縮小為指"岳父"。"臭"統稱氣味，現在只指臭的難聞的味道。"勾當"原來泛指事情，現在成為貶義詞。

"同志"在專指同性戀者時，也是縮小的表現。要注意"同志"的用法在不同語境區別很大。孫中山先生說，"革命尚未成功，同志仍需努力。"這裏的"同志"指為共同的理想和事業奮鬥的人，同一個政黨的人。後來擴大到人們慣用的彼此之間的稱呼。在內地正規的場合，主要使用"同志"這個稱呼。

3. 義項增加：義項是一個詞目分出的不同意義的項目。多義詞就有多個義項。

粵語中，常說某人手勢好，指的是手藝好。比普通話的"手勢"增加了義項，普通話沒有這個義項。普通話裏的"手勢"是指表示意思時用手所做的姿勢。（交通警打手勢指揮交通。）再如，"辛苦"一詞，常聽說："今天長跑一千米，很辛苦。"普通話一般說"很累"。"病了一直臥床，很辛苦。"普通話應該說："很難受。""辛苦"和"累"，意義有交叉，用起來有時有細微差別，"累"更口語化。（下煤礦是很辛苦的工作。/ 下煤礦是很累的活兒。）

又如，香港人常說，"她家裏有兩個小朋友，每天照顧小朋友很忙。"這裏"小朋友"指的是她的小孩子（小孩兒）。普通話裏，"小朋友"就是指"兒童"或者對"兒童"的稱呼。沒有指稱自己孩子的義項。又如，"手指"，是香港社區詞。普通話叫"優盤""閃盤""快閃記憶體盤"；台灣叫"大拇哥"。香港的"手指"，台灣的"大拇哥"都是在詞的常規意義中，增加了義項。也可以說詞義發生了轉移。又如，"飲茶"，本是喝茶的意思，又增加義項："到酒樓、茶樓喝茶、吃點心等。"這是粵方言對規範詞庫的貢獻。《現代漢語詞典》在這個義項前面加了"（方）"，是說明這個義項來自方言。這個義項的意思已經進入規範詞語。

(二) 書面語和口語的語篇色彩

"母親、媽媽、娘、媽咪"，四個詞所指的概念內涵是一致的。但是，很多語境裏，不可以換用。黃河是中華民族的發源地，所以可以說："黃河，我們的母親！"這句話裏"母親"不能換做"媽、娘、媽咪"。因為這四個詞有不同的修辭色彩。"媽、媽媽"是口語色彩，"娘"帶有北方農村的氣息，"媽咪"就是洋味道了。"母親"就有書面語色彩，過去寫信要稱"母親大人"。

香港有的詞造得很好。例如"僭建"，"僭"是個書面語比較濃的語素，表示超越本分，多用在書面語詞"僭越、僭位、僭禮"裏。"僭建"用來表示"違章建築、違規建築"很好，又是雙音節詞。

在《現代漢語詞典》第 7 版裏，在詞條後面標有"（書）"的，就是書面語詞，多是文言詞，一般在口語裏很少用。有的口語不常用，多在書面用，詞典也不會一一標出來。例如"進食""進餐""用膳"，都是"吃飯"的意思，可用於不同交際需要，例如："按時進食是個好習慣。""病人進餐時間醫院有規定。""貴賓用膳的餐具已經消毒。"但是，我們口語表達還是用"吃飯"一詞多，如果認為學生作文裏"吃飯"都要改為"進食"才符合書面語表達標準，那認識就不對了。

（三）褒義詞、貶義詞和中性詞

有些詞的用法，有不同社會習慣的問題。普通話裏用"郵遞員"，不用"郵差"，可能覺得"郵差"不夠尊重人。用"小姐"的稱呼，在某些語境也要注意，在餐館最好叫"服務員"。在香港，"郵差、小姐"都是可以用的稱呼，沒有這些問題。

詞的褒貶義用法，在不同語境裏不同，注意不要用錯，特別是貶義的用法。"策劃、檢討"，在內地原來都含有貶義，現在已經成為中性詞。有時，一個詞的意義，或是中性，或是貶義。例如，"處理"。說"香港機場一天處理了三千旅客"，這個用法不妥。可以"處理問題""處理日常事務"，"處理"也有"處治、懲治"的義項，"依法處理違法的人"，但是不能"處理旅客"。

同是褒義或貶義的詞，也有語義輕重的差別，使用時要得體，不要言過其實。"缺點、毛病、錯誤"，語義輕重不同，"毛病"比"缺點"稍重，"毛病"多用於口語；"批判"比"批評"語義重；"成就"（用於重大事情）比"成績"（用於一般事情）語義重。

（四）同形異義詞

粵普詞語對比中，同形異義詞是大家關注的一組。包括：班房、窩心、油渣、打尖等等。例如，"窩心"，北京話、東北話都是委屈的意思，心裏煩悶鬱積發洩不出來，可是吳語的蘇州話、閩語、粵語都是心裏舒服的意思，貼心的意思。這個詞南北方的用法正好相反，差異很大。普通話裏不能說"媽媽感到女兒送的禮物很窩心。"

再如，"班房"在香港就是教室的意思。香港的粵語受英語影響的時間長，"班房"是一個典型的例子。"班房"在內地是牢獄、監獄的意思。"坐班房"就是坐監獄、蹲監獄。粵語的"班房"是英語 classroom 的直譯、意譯，是教室的意思。如同"熱狗"（hot dog）一詞的直譯法。瞭解這個來源，對於香港"班房"一詞的意思就迎刃而解。

（五）虛詞的用法和功能

按教學語法體系的詞類分類，按《現代漢語詞典》（第7版）的詞類分類，虛詞包括副詞、介詞、連詞、助詞、歎詞、擬聲詞。

我們注意到，在普通話裏用為動詞的"因應"，在香港還可以用為介詞（很多介詞由動詞轉化而來）："因應大眾需要的改變，醫院拓展了服務範疇。"香港的書面中文裏，還多用"因應"作為連詞，表示採取一種措施的原因，也是一種因果關係（因應大眾需要，醫院拓展了服務範疇。）。在《現代漢語學習詞典》裏，我們在"因應"詞條下，增加了介詞和連詞的義項。《現代漢語詞典》裏沒有增加介詞、連詞的義項。

再如，"不如"，普通話裏有做連詞的用法，表示經過比較做出選擇，常用在複句後面的一個分句，與前一個分句的"與其"相配合。（與其抱怨別人，不如自己努力。）如果沒有比較，就不能隨意在後一句用"不如"。（＊今天天氣很好，不如我們去郊野公園吧。／今天天氣熱，去行山，不如去游泳。）可見，普通話裏連詞的用法，首先是要遵守形式邏輯的規則，邏輯和語法是不可分的。

（六）慣用語、成語、諺語、歇後語中的地域差異及文化差異

慣用語、成語、諺語、歇後語，都是漢語詞彙裏很出彩的部分，沉澱着中華民族的文化。除了成語之外，很多都是口語中常用到的。就是成語裏，也有一部分來自民間的口語。熟練掌握這些詞語，增加自己表達的生動性。是提高自己普通話能力的重要一環。在教學和教材編寫裏，對這些詞語注意不夠。教師在教學中可以適當地加入，彌補不足，提高學習趣味和教學成效。

1. 慣用語

慣用語通常是三音節，多表示貶義：拍馬屁（擦鞋）、抬轎子、吹喇叭、吹牛皮、走後門、拉關係、穿小鞋、炒冷飯、挖牆腳、牆頭草、碰釘子（撞板）、半瓶醋、傳聲筒、小廣播、開夜車、拉山頭、看哈哈等等。

有些慣用語的構成，普通話和粵語是從不同的角度來反映的。普通話說"捲鋪蓋"，粵語說"執包袱"，其實都是被解僱的意思。我們看舊時的電影就知道，那時出去打工要自帶鋪蓋，被褥捲成一捲；衣物就用一塊布做包袱皮，包成一個包袱，沒有箱子。如果被解僱，就要捲鋪蓋，收拾包袱，自己帶走。"捲鋪蓋"和"執包袱"說的是一回事。改革開放以來又產生了一個同義的新詞："炒魷魚"。大概因為時代的進步，出來打工不用自帶鋪蓋了，衣物也都放在箱子裏，舊詞不太好用了。《現代漢語詞典》第7版收了"炒魷魚"一詞，釋義為："魷魚一炒就捲起來，像是捲鋪蓋，借指解僱。

2. 成語

成語通常是四音節，粵普有的構詞不同。普通話說"掐頭去尾"，粵語說"斬頭截尾"，"掐"和"斬"對應，"去"和"截"對應，都是動詞。

再如，包羅萬象／包羅萬有，裝傻充愣／詐傻扮懵，黑燈瞎火／烏燈黑火等，粵普構詞都有差異。

來自民間口語的成語有：一口咬定、一盤散沙、齊心合力、精打細算、熟能生巧、沒精打采、眉飛色舞、目不轉睛、去粗取精、昂首闊步等等，表現力是很強的。

很多成語是有來歷的，出自古籍，或者出自寓言、童話、故事。如果不能透徹瞭解意思，就會用錯，或者不敢用。例如：歎為觀止、懸壺濟世、鱗次櫛比、不刊之論、差強人意、萬人空巷、美輪美奐、剪燭西窗、罄竹難書、程門立雪、秦晉之好、朝秦暮楚等等。這一類成語要有意識地編進中小學教材，才不會流失。教師在教學上可以適當應用，豐富教學內容，提升教學成效。筆者曾經說要"搶救成語"，這不是誇張的說法。

3. 諺語

諺語是在民間流傳的簡練通俗而含義深刻的固定語句。

普通話說"睜一隻眼，閉一隻眼"，粵語說"隻眼開隻眼閉"，這是語序不同，普通話是動賓結構，粵語是主謂結構。此外，普通話的名詞前面要搭配合適的數量詞："一隻眼"；而粵語則可以省略數詞："隻眼"。

兩地社會生活的背景不同，人文歷史、地理環境、氣候條件的差異，都會形成諺語的差異。例如，普通話說："過了這個村就沒這個店"，粵語說："蘇州過後有艇搭"，這是因為北方多陸路，南方多水路的關係。

也不是所有的普通話詞語都會有對應的粵語詞，甲地有乙地無的情況時常出現。普通話常用的"竹筒倒豆子""一個蘿蔔一個坑兒""按下葫蘆浮起瓢""哪壺不開提哪壺""針尖對麥芒"，這些說法粵語便沒有對照的固定詞語。我們要學會這一類詞語，便要注意擴大自己的知識範圍。

4. 歇後語

和諺語一樣，歇後語也是固定句式，結構上好像有謎面和謎底一樣。口語中廣泛使用。粵普的區別也要注意。有時不一定有完全可以對應的詞語。主要要積累普通話裏諺語的用法。

　　喻意的歇後語：八仙過海 —— 各顯神通、大水沖了龍王廟 —— 一家人不認識一家人、千里送鵝毛 —— 禮輕情意重。

　　諧音的歇後語：小蔥拌豆腐 —— 一清（青）二白、打破砂鍋 —— 問（璺）到底。

　　粵語也有很多歇後語，很生動，例如：冇掩雞籠 —— 自出自入、賣魚佬洗身 —— 冇聲（腥）氣（無腥味）、玻璃夾萬 —— 有得睇冇得使、阿茂整餅 —— 冇嗰樣整嗰樣、山草藥 —— 噏得就噏、床下底劈柴 —— 撞板。

四、如何提高普通話的表達能力

（一）沉浸於普通話語境，自覺培養良好語感

　　有機會到北京及北方的語境中短期生活；在香港自己有意創造普通話語境（設立普通話日）；看普通話電視節目（時事新聞、文化旅遊、電影、電視劇）。

　　此外要注意兒化詞、輕聲詞的發音和用法。兒化和輕聲是北京音系的特點，如果希望自己的普通話說得標準，就一定要重視這兩個北京音系的特點。輕聲在說話交談時出現的頻率很高，因為必讀輕聲的規律就不少，就說作為語法手段的助詞來說，結構助詞（的、地、得）、動態助詞（了、着、過）、語氣助詞（了、吧、嗎、呢等）都是輕聲，自己說一段話試一試，就知道它們出現的次數很多。輕聲（再加上輕讀）令北京音系富有音樂性，使得普通話有抑揚頓挫的變化。

　　兒化詞發音需要捲舌，是方言區人學習普通話的難點。必讀兒化詞並不是很多，為什麼聽北京人說話那麼多兒化詞呢？因為兒化詞顯示口語色彩，部分兒化詞有表示愛意和小的意思。學習兒化詞最好有語境，如果你沉浸在北京話交流的語境中，聽得多了，就明白很多詞是可兒化可不兒

化的；什麼時候應該兒化就自然體會出來了。只學習有限的教材是體會不了的。"明兒如果天兒好，咱們去哪兒玩兒？" 一句話，四個兒化詞，這就是北京人的口語。當然你可以說 "明天如果天氣好，咱們去什麼地方玩兒？" 完全沒有問題。

輕聲和兒化雖然是發音難點，卻應該儘早出現在低年級的教材裏。教師不需要講理論，只要堂堂課帶讀就好了。年齡越小，模仿力越強，學得快還說得準。

（二）積累普通話口語詞，使自己表達具體生動

普通話口語詞的詞彙量非常大，這是學習普通話的難點。例如，"他說話太橫。""橫"4 聲，就是口語詞，表示態度很兇，是常用的詞。又如，"拽我一把"，就是 "拉我一把"；"踹他一腳" 就是 "踢他一腳"；把上衣塞到下面的長褲裏，可以用"掖"；把未展上衣拉直，可以用"抻"，等等。

（三）熟悉普通話語法架構，避免方言影響

雖然粵語和普通話的語法系統的差異，沒有語音系統的差異大，可是常用句式還是有一些不同的結構。例如，狀語的位置、雙賓語的位置。虛詞方面，助詞的區別比較大；在連詞方面，粵語也有新用法（例如 "因應"）；粵語還有很多生動的歎詞，不一定普通話裏都有對應的詞語。

（四）明瞭消極修辭的重要，語言表達得體

消極修辭和積極修辭是一對相輔相成的概念，由陳望道先生在《修辭學發凡》一書中提出。積極修辭，指的是比喻、比擬、誇張等修辭格；消極修辭則指的是，根據不同的語境、不同的交流對象，所選擇的恰當的詞語和句式。消極修辭的至高標準，便是表達得體。我們平時表達更常用的是消極修辭，所以消極修辭並不 "消極"。

（五）運用 "古—方—普—外" 綜合比較的方法，瞭解詞源，理解詞義，擴展詞彙量

例如，粵語的 "皮草"，"草" 作何解，如果聯繫成語 "不毛之地"

便可以理解，"皮草"的"草"是"毛"的意思；"不毛之地"是連草也不生長的地方。再如，香港常用"僭建"一詞表示"違章建築"，"僭建"和"僭越"的"僭"，是一個意思，表示超越本分，古代指地位在下的冒用在上的名義或禮儀。這是"粵—古—普"比較。

又如，所有字母詞，構詞許多涉及外語。UFO，直接用英文的縮寫，也可以用中文"飛碟""空中不明飛行體"表示，那要看是在什麼語境，才有適合的選擇。

（六）案頭必備工具書

《新華字典》（第 12 版），北京：商務印書館，2020 年。

《現代漢語詞典》（第 7 版），北京：商務印書館，2016 年。

《現代漢語學習詞典》（繁體版），香港：三聯書店（香港）有限公司，2015 年。

《王力古漢語字典》，北京：中華書局，2000 年。

《全球華語詞典》，北京：商務印書館，2010 年。

《全球華語大詞典》，北京：商務印書館，2016 年。

還可以選用其他詞典：外來詞詞典、成語詞典、字母詞詞典、網絡詞語詞典。

五、建立開闊的正確的語言觀

語言文字是我們用於交流的工具，在生活、工作、學習中，人人須臾不能離開。漢語言文字，也承載了我們中華民族幾千年的文化。我們建立開闊的正確的語言觀，才能使我們有正確的學習態度，掌握好語言文字工具。香港社會是語言多元化的社會，為我們學習多種語言、多種方言提供了很多的機會。多掌握一門語言、一門方言，對於個人來說，是一種財富，包括物質上和精神上的財富。

"兩文三語"是香港最流通的語言文字。就 2021 年政府最新的人口調查報告顯示，能說普通話的佔 5 歲及以上人口的比例為 54.2%，能說英語的比例佔 58.7%，能說廣州話的比例佔 93.7%。能閱讀中文的 5 歲及以上人口比例為 90.1%，能書寫中文的比例為 87.8%。能閱讀英文的比例為 70.6%，能書寫英文的比例為 67.6%。整體看，香港人口的文化水平是很高的，這也是香港作為國際大都會的重要標誌。

香港作為國際大都會，普通話和英語要作為口語的流通語言，還有很大的提升空間。而教育是提升普通話和英語水平的保證。希望再過十年二十年，普通話能夠成為香港社會流通的語言。這對香港的整體發展，一定會有積極的促進作用。

參考文獻

1. 全國科學技術名詞審定委員會公佈：《語言學名詞 2011》，北京：商務印書館，2011。

2. 程祥徽、田小琳著：《現代漢語》（修訂版），香港：三聯書店（香港）有限公司，2013。

3. 中國社會科學院語言研究所詞典編輯室編：《現代漢語詞典》（第 7 版），北京：商務印書館，2016。

4. 田小琳、李斐、馬毛朋修訂：《現代漢語學習詞典》（繁體版），香港：三聯書店（香港）有限公司，2015。

5. 劉慧、李黃萍、張翼等編著：《普通話常用口語詞》，香港：三聯書店（香港）有限公司，2022。

（根據 2022 年 4 月和 12 月在香港教育局主辦的兩次講座上的講稿修訂成文）

08

新詞新語流行語和現代漢語的發展

一、現代漢語詞彙大家庭的構成

要瞭解新詞新語流行語的情況，首先要熟悉現代漢語詞彙大家庭的構成。按詞在詞彙體系中的地位，可以分為基本詞彙、一般詞彙、專業詞彙。

（一）基本詞彙

基本詞彙是現代漢語基本詞的總匯。基本詞彙是漢語在歷史發展中形成的語言詞彙的基礎部分。具有普遍性和穩定性，有些還具有能產性。例如：一、二、三、四，人、手、刀、口，我、你、他，風、雨、雷、電，紅、黃、藍、綠，跑、跳、行、走，生活、學習、工作等等。

（二）一般詞彙

一般詞彙是基本詞彙以外的詞彙。數量大，來源廣，穩固性和構詞能力比較弱，新陳代謝一般比較快。包括以下詞語：

1. 歷史詞語：歷史上曾經存在而後來已經消亡的指稱歷史事件、人物、現象、行為的詞語。例如，中國古代沿用一千多年的科舉制度裏，曾用過的詞語有"科場""科第""鄉試""會試""殿試""狀元""榜眼""探花"等。1905 年廢除科舉制，這些詞語就成了歷史詞語了。雖然大家現在不用了，但是歷史詞語還保留在歷史典籍和現代的許多書籍和文藝作品中。

2. 新詞新語：在社會不斷的發展中，為了指稱新事物、新現象和新概念而創造的詞語。例如，資訊時代到來，產生的一系列新詞語，"電子計算機""計算機""電腦""上網""地球村"等。又如，中國改革開放四十年以來，產生的新詞新語。例如："下海""特區""海龜（海歸）""農民工""自貿區""工匠精神"等。

3. 文言詞語：書面保留下來的古代詞。在現代漢語裏仍然使用，多用於書面。《現代漢語詞典》裏在詞條後常標誌為"（書）"。例如："鵠的""鴻鵠""穀觫""富商大賈""賈人""賈勇"等。

4. 方言詞語：方言是漢語的地方變體，是現代漢語共同語從方言裏吸收來的詞語。普通話詞彙以北方方言為基礎，並吸收來自各方言的詞語。例如，從粵方言吸收的"埋單""買單""飲茶""手袋"等。《現代漢語詞典》裏在詞條後常標志為"（方）"。再如，"外婆"標為"（方）"，說明詞典已吸收為通用詞語。北方常用的"姥姥"和南方常用的"外婆"為同義詞，都可以用，沒有對錯之分。

5. 外來詞語：又稱借詞，來源於外族語言的詞。包括：音譯詞（咖啡、巧克力、阿司匹林、布爾什維克），音譯加漢語語素詞（卡車、芭蕾舞、德先生、賽先生、小布爾喬亞、奧林匹克運動會），音譯兼意譯詞（奔馳、幽默、俱樂部、可口可樂），日語借形詞（幹部、左翼、料理、壽司），字母詞（WTO、GB、阿 Q、AA 制、OK 店、卡拉 OK）及含數字的字母詞（3D、5G、三 K 黨）。

6. 社區詞語：某個社區使用的，並反映該社區政治、經濟、文化的特有詞語。例如，內地的"兩會""中國夢""四套班子""精準扶貧""希望工程"，香港的"公屋""居屋""僭建""強積金""紀律部隊""八號風球"，澳門的「前地」"發財車""博彩業"，台灣的"藍綠白""記憶棒""拜票""走路工"。還有海外華人社區使用的詞語，例如，新加坡的"組屋"，馬來西亞等的"交通圈"（環島）、"交通燈"（紅綠燈）、"吃風"（旅行）、"吃風樓"（度假屋）、"檳榔律（路）"等。

（三）專業詞彙

1. 術語：指社會科學、自然科學等各個不同科學部門所用的專門術語。隨着資訊的迅速發展，有的術語也進入一般詞彙。例如，"電腦、遺傳工程、鐳射、光導纖維"等方面的科學術語經常見於報端，科技知識普及，這些專門術語應用的範圍就擴大了。

2. 行話：指社會上某一行業用的詞彙。社會分工不同，各行各業用的與工作聯繫密切的詞彙就不同。例如，印刷行業，要用不同的紙印刷書刊畫冊，那麼就有"書紙（道林紙）、新聞紙、字典紙、粉紙、啞粉紙"等詞語。

二、新詞新語隨社會的變化產生

語音、詞彙、語法各自的體系，都會隨着社會的變化而變化。從古代漢語、近代漢語到現代漢語，漢語的發展經過幾千年的變化，語音、詞彙、語法的發展都可以看出清晰的軌跡。如果看一百年以來現代漢語的發展變化，其中，語音系統和語法系統的變化，不如詞彙系統變化得快，相對比較穩定。而社會的急劇變化，則帶來數不清的新詞、新語、流行語。語言作為交流的工具，必須承載社會文化的豐富內容，作為人們交流思想感情的工具才能稱職。

人類社會已經從農耕時代，跨越了工業革命時代，進入到資訊時代。數不清的新事物、新科技成果天天湧現。如果我們不迅速地趕上時代的發展，十分留意新詞、新語、流行語，那就成了裹足不前的小腳女人，無法融入現代生活了。

（一）新詞新語產生的來源

1. 創造全新的詞語：

利用現代漢語語素庫中現有的語素，根據組詞規律組造全新的詞語，這是新詞、新語、流行語主要的來源。例如：

並列（聯合）： 殘疾　傷健　亮麗　反腐倡廉　一帶一路

偏正（修飾）： 電腦　飛碟　硬體　軟件　粉絲　共享　自由行

主謂（陳述）： 獨資　雙贏　智障　自閉　自籌　中外合資

動賓（支配）： 上網　下崗　傳真　博彩　抖音　走秀

動補（補充）： 走高　走軟　走紅　走熱　跑偏

2. 舊詞語賦予新義：

在原有的詞語裏，增加新義項。這樣的好处是不用再增加新詞語，容易記　。例如：

筆記本： 原義為用來做筆記的本子。現在增加一個新義項，即筆記本式的計算機。

掃街： 原義指用掃把清潔街道。現在用作台灣地區選舉拉票的比喻說法，每條街如同掃街般都要拉票，不要遺漏。

下海： 原指到海裏去，舊時指從事舞女等行業。現在增加一個新義項，指放棄原來的工作而經營商業。

3. 從方言詞語、外來詞語、社區詞語中吸收新詞語：

從方言詞語裏吸收： 得瑟、忽悠、手袋、塞車、飲茶、買單（埋單）

從外來詞語裏吸收： 的士、巴士、做秀（做騷）、AA 制、WTO、VIP

從社區詞語裏吸收： 藍領、炒魷魚、寫字樓、白馬王子、垃圾食品

（二）新詞新語與時俱進

新詞新語的產生反映社會的發展，如果社會急速發展，新詞語的產生會迅速配合社會需求。中國在結束 "文革十年動亂" 之後，開始了改革開

放的新時代。自 1978 年以來，四十多年的階段，讓我們看到新詞新語的急速增加。詞語新陳代謝之快，令人目不暇接。前面說到，人類社會的發展，由農業社會，進入工業社會，再進入資訊社會。這個變化非常大。資訊社會產生了大批的新詞語。

例如，與 "網絡" 有關的詞語：

網絡	網吧	網蟲	網購	網戀	網迷
網民	網選	網頁	網友	網站	網址
網絡電話	網絡犯罪	網絡警察	網絡教育	網絡經濟	網絡文學
網絡遊戲	網絡商店	網絡語言	網上商店	網上銀行	網絡綜合症
上網	聯網	萬維網	互聯網	互聯網 +	

再如，與 "電子" 有關的詞語：

電子版	電子錶	電子琴	電子書	電子眼	電子戰
電子詞典	電子函件	電子匯款	電子貨幣	電子垃圾	電子認證
電子商務	電子污染	電子信箱	電子音樂	電子郵件	電子郵箱
電子遊戲	電子政務	電子出版物	電子計算機	電子顯微鏡	

以上這些詞語，都是利用現代漢語的語素庫的現存語素來組造的。語素組合的規律也符合組詞規律。

三、流行語反映資訊時代的發展

我們先釐清流行語的概念內涵，再舉例分析一些流行語。

（一）何謂流行語

在一定時期社會上廣泛流行的詞，也說潮語。流行語具有時代性、創新性，但是也具有不穩定性。流行語需要經過時間的檢驗，經過使用者約定俗成的過程，可能會有少部分會沉澱下來，進入通用詞語。

流行語的音節數目有多有少，少到一個字，多到十幾個字如同諺語。結構上不拘一格。

《咬文嚼字》雜誌 2017 年合訂本，由編輯部公佈的 "2016 年十大流行語" 有：洪荒之力、吃瓜群眾、工匠精神、小目標、一言不合就 ××、"友誼的小船，說翻就翻"、供給側、葛優躺、套路、"藍瘦，香菇"。

《咬文嚼字》雜誌 2018 年合訂本，由編輯部公佈的 "2017 年十大流行語" 有：不忘初心、砥礪前行、共享、有溫度、流量、油膩、尬、懟、打 call。

前後出現在香港商務印書館普通話教材的 "普通話新詞新語工作紙" 裏的流行語也有不少，看出教材編寫者相當重視流行語的吸收，這也符合年輕學生在語言使用上喜歡新潮的傾向。例如：

中一						
懟	穩	嚏	炸裂	修仙	迷妹	比心
吊打	錦鯉	衝鴨	C 位	吸睛	吸貓	泪目
美呆	手滑	刷屏	掉粉	樹洞	水逆	冒泡
躺贏	吃土	開黑	圈粉	寶寶	小鮮肉	怪我咯
黑轉粉	網約車	親情價	皮一下	店小二	搞事情	鏟屎官
小姐姐	小哥哥	領盒飯	天了嚕	有錢任性	積極廢人	慌得一比
教科書式	瞭解一下	笑出腹肌	前方高能	實力甩鍋		
你咋不上天	什麼仇什麼怨	確認過眼神	滑坡式許願	服務型朋友		
皮一下很開心	雙擊六六六	正確打開方式	嫉妒使我醜陋	打電話 / 打 call		
友誼的小船說翻就翻	社交網絡囤積症	大吉大利，今晚吃雞				

中二						
飯（fan）	梗	佛系	巨嬰	退群	吃藕（chou）	秒刪
有毒	安利	秒讚	吸粉	實錘	友荒	入坑
萌翻	老鐵	放水	笑抽	擺拍	換客	加一
騎行	呵呵	亮瞎	套路	補刀	輕鬆籌	拉仇恨
僵屍粉	敲黑板	扎心了	熊孩子	互聯網+	玻璃心	腦殘粉
辣眼睛	給跪了	約約約	什麼鬼	家裏有礦	人體蜈蚣	滿血復活
放飛自我	五毛特效	深夜放毒	你行你上			
我勸你善良		詐屍式育兒		階梯式起床	拍照式折舊	紅點強迫症
隱形貧困人口		厲害了我的哥	心理陰影面積		你是在逗我嗎	
上流社會邊緣人士			你的良心不會痛嗎		撸起袖子加油幹	
工匠精神（大國工匠）			驚不驚喜，意不意外			

中三						
站	愛豆	走你	彈幕	耍寶	凍齡	裸捐
水深	怒讚	網紅	尬聊	戲精	噴子	打臉
眾籌	種草	拔草	槓精	官宣	安排	划水
路轉粉	段子手	老司機	神回覆	毒雞湯	小目標	瑪麗蘇
道德帝	神助攻	沒毛病	抖機靈	死忠粉	海螺人	電閘人
拖油瓶	門面擔當	吃瓜群眾	網絡暴民	洪荒之力	脫粉回踩	一帶一路
人設崩塌	點讚之交	口頭胖子	坐躺體質	肥宅快樂		
你醜你先睡		排遣式進食	人間不值得		朋友圈認親	二倍速追劇
還有這種操作		不扶牆就服你				
我的內心幾乎是崩潰的			請收下我的膝蓋			

（二）流行語的命運

流行語中，有一部分會成為新詞新語為通用詞彙吸收；有一部分就是流行一時，興一段時間就消失了。誰生存誰消失，是由語言運用的 "約定俗成" 的規律限制的。這如同新式服裝的流行，時興的時候大家爭先模仿，過了一段時間，很多流行一時的樣式又被淘汰了。

一般來說，符合詞彙構詞規律的容易吸收，音節數目多為雙音節、三音節、四音節的容易吸收。例如："抖音、網紅、凍齡、裸捐、水深、共用、智能 +、互聯網 +、段子手、小鮮肉、店小二、心靈雞湯、洪荒之力、不忘初心、砥礪前行、工匠精神、一帶一路" 等。像三音節的 "打醬油、敲黑板、搞事情、領盒飯、毒雞湯、辣眼睛" 可以歸到慣用語一類。

有的是現代漢語裏固有的詞語，過去用的少，現在流行起來。例如："懟"，《現代漢語詞典》標為 "（書）"，釋為 "怨恨"（怨懟）。現在引申為 "用犀利的語言回擊對方"。

如果字數多，例如 "擼起袖子加油幹" "幸福是奮鬥出來的"，都可以成為勵志的新諺語。"友誼的小船，說翻就翻" 如果還會繼續用，也是諺語了。

流行語也有字母詞，例如：打 call、C 位。

虛詞的 "美美噠" 的 "噠"，作為語氣助詞是新造的。擬聲詞 "呵呵" 原本表示笑聲，網絡上多作歎詞用了。

在構詞方式上，如果不合一般規律，則不大容易保存。例如："眾籌"。習慣上會理解為主謂結構。而這裏的 "眾" 不能做主語，意思是通過網絡平台向群眾募捐，以支持個人或組織發起的活動。

網絡語言中，把 "不要" 寫為 "表"，把 "喜歡" 寫成 "稀飯"，把 "這樣子" 寫為 "醬紫"。那麼這些網絡語言可能流行一時，不大可能進入通用詞語。

一般人看了半天也不明白的詞語，在網絡上可能流行一時，進入通用詞語的機會比較少。例如："藍瘦，香菇"（諧音"難受，想哭"），再如："開黑、開掛、天了嚕、瑪麗蘇"等。

四、如何豐富自己的詞彙貯存

瞭解了新詞、新語、流行語的來龍去脈，我們對於豐富自己的詞彙貯存，可以有一定的方式方法。下面這些方法提供大家參考。

（一）熟悉現代漢語詞彙基本知識

1. 漢語構詞的語素以單音節語素為主，自古到今如此。單音節語素寫到書面就是一個漢字。漢語有豐富的語素庫，最新公佈的通用規範漢字有8105 個。這樣，就限制了詞語的音節數目。常用詞以雙音節詞和單音節詞為多，三音節詞在近現代有所增長，到四音節詞，音節數目基本飽和。五音節以上的詞語，多為專有名詞或者科學術語。格言、諺語常常是一個短語或短句。這是漢語詞彙的一個重要特點。

2. 漢語語素構詞是有一定的語法組合規律的。主要有聯合、偏正、主謂、動賓、動補五種。此外還有重疊法、附加法。新詞、新語組造要符合這些規律。這是固定的漢語組詞規律，它和短語的組合規律基本一致。也是漢語語法的一個特點。

3. 一般詞語的來源，目前主要包括新詞新語、方言詞語、外來詞語、社區詞語等。這不同的來源豐富着現代漢語詞彙的詞庫。

（二）運用"普—方—古—外"比較的方法

詞彙在歷史的發展進程中，歷時和共時的情況會交織在一起。所以比較研究的方法是一種科學的方法。上述一般詞語的來源，也提供我們開闊自己的思路。

1. 普粵詞語構詞對比，利於學生舉一反三，掌握普通話詞語。例如，上課 / 上堂，普通話用"課"，粵語用"堂"。"課堂"是雙音節詞。下雨 / 落雨，下車 / 落車，普通話用"下雨""下車"，粵語用"落雨""落車"，

而 "下落" 又是一個雙音節詞。那就是說，普通話的構詞語素和粵語的構詞語素，經常是同義、近義語素。

換個角度看，"貼近" 是雙音節詞，粵語說 "莫太貼"，普通話說 "不要太近"。"融化" 是雙音節詞，粵語說 "雪融了"，普通話說 "雪化了"。"光亮" 是雙音節詞，粵語說 "天光了"，普通話說 "天亮了"。"瘋癲" 是雙音節詞，還可以重疊為 "瘋瘋癲癲"，粵語說 "黎癲咗"，普通話說 "你瘋了"。

有時候，還會出現這種情況：普通話說 "桌子" "桌椅板凳" "一張桌子"，粵語說 "枱" "一張枱"。可是，普通話說 "枱球"，粵語說 "桌球"。普通話可以說 "枱布"，也可以說 "桌布"。漢語構詞有各種各樣的組合情況，約定俗成就好了。

2. 古今詞語對比，利於學生深入瞭解詞義。 有的詞語，其中的構詞語素很難一眼看清楚，那就要從古代漢語入手考慮考慮。我上世紀八十年代到香港，看到香港有 "皮草店"，那時，"皮草" 一詞還沒有進入普通話詞語。走進店裏一看，原來賣的是 "皮裘"，是北京人說的 "翻毛大衣"，有 "狐皮大衣" "貂皮大衣" 等，動物的 "毛" 是在大衣外面的，不是皮革。那為什麼用 "草" 這個語素構詞呢？我忽然想起成語 "不毛之地"，是指不長草的地方，成語 "不毛之地" 讓我解開了這個謎，"皮草" 的 "草"，原來是 "毛" 的意思。同理，後來在香港的酒店裏看到 "布草房"，就是酒店放棉織品例如枱布、床單、被單等的房間。這 "布草" 就是 "棉毛" 的意思。"皮草" 是 "皮毛"，"布草" 是 "棉毛"。這就一通百通了！

3. 粵語詞語和普通話詞語都吸收外來詞語，瞭解外來詞語來源，活躍學生思維。 由於英國在香港曾經殖民管治 150 多年，這個歷史原因造成英語對粵語有比較大的影響。"班房" 在香港就是 "教室"，不是普通話裏的 "牢獄" 的意思。普通話說 "蹲班房"，就是 "坐監" 的意思。原來粵語的 "班房" 就是英語 classroom 直譯過來的，如同 hot dog 直譯為 "熱狗"。

（三）廣泛閱讀、練習聆聽、培養語感

　　詞彙的積累靠語言環境，特別是普通話口語詞彙、新詞新語的積累，更需要語言環境的熏陶。看電視，看電影，聽廣播，讀書看報，假期旅行等都是學習積累詞語的好辦法、好語境。當然，首先自己要有一個自覺學習語言的好習慣，聽不明白看不懂的詞語，要隨時記下來問別人，或者查字典。好像我剛到香港時，看各種香港報紙，發現有一些詞語看不明白。例如，香港人說的“金魚缸”，指的是中環的股票交易所，我就是請教香港朋友才知道的。把“殯儀館”叫成“大酒店”，這是避諱的修辭方法，的士司機都知道。“每事問”，是孔老夫子教給我們的好辦法。不會就問，不懂就查，逐漸培養自己敏銳的語感，詞彙量就會積累起來了。

（四）善用字典詞典工具書

　　教師教學備課需要工具書。目前辭書出版呈繁榮景象，各類詞典都可以找到（可見參考文獻提供的各類辭書）。教師善用辭書，指導學生善用辭書，養成良好的查詞典的習慣，事半功倍。

1. 呂叔湘主編:《現代漢語八百詞》(增訂本),北京:商務印書館,1999。

2. 中國社會科學院語言研究所詞典編輯室:《現代漢語詞典》(第 7 版),北京:商務印書館,2016。

3. 商務印書館辭書研究中心編著:《現代漢語學習詞典》,北京:商務印書館,2010。

4. 商務印書館辭書研究中心編著,田小琳、李斐、馬毛朋修訂:《現代漢語學習詞典》(繁體版),香港:三聯書店(香港)有限公司,2015。

5. 台灣中華文化總會:《兩岸常用詞典》,2012。

6. 李行健主編:《兩岸常用詞典》,北京:高等教育出版社,2012。

7. 李行健主編:《兩岸差異詞詞典》,北京:商務印書館,2014。

8. 田小琳編著:《香港社區詞詞典》,北京:商務印書館,2009。

9. 李宇明主編:《全球華語詞典》,北京:商務印書館,2010。

10. 李宇明主編:《全球華語大詞典》,北京:商務印書館,2016。

11. 何九盈、王寧、董琨主編:《辭源》(第三版),北京:商務印書館,2016。

12. 王寧主編:《〈通用規範漢字表〉解讀》,北京:商務印書館,2013。

13. 香港教育局課程發展處中國語文教育組編:《香港小學學習字詞表》,香港教育局,2007。

14. 蘇新春主編:《現代漢語分類詞典》,北京:商務印書館,2013。

15. 劉湧泉編著:《字母詞詞典》,上海:上海辭書出版社,2001。

16. 沈孟瓔主編:《實用字母詞詞典》,上海:漢語大詞典出版社,2002。

17. 劉湧泉主編:《漢語字母詞詞典》,北京:外語教學與研究出版社,2009。

18. 侯敏主編:《實用字母詞詞典》,北京:商務印書館,2014。

19. 梅家駒主編:《現代漢語搭配詞典》,上海:漢語大詞典出版社,1999。

20. 曾子凡、溫素華編著：《新版廣州話·普通話速查字典》，廣州：廣東世界圖書出版公司，2010。

21. 張勵妍、倪列懷、潘禮美編著：《香港粵語大詞典》，香港：天地圖書公司，2018。

22. 周何總、丘德修編：《國語活用詞典》，台灣：五南圖書出版股份有限公司，2004。

23. 國語日報出版中心主編：《新編國語日報辭典》（修訂版），台灣：國語日報社，2013。

24. 全國科學技術名詞審定委員會公佈：《語言學名詞2011》，北京：商務印書館，2011。

25. 程祥徽、田小琳著：《現代漢語》（修訂版），香港：三聯書店（香港）有限公司，2013。

（根據2019年3月在香港商務印書館舉辦的講座上的講稿修訂成文）

09

戰爭詞語在抗疫中熱用

　　自 1978 年中國改革開放四十年以來，國家的重點轉為經濟建設，轉為四個現代化的建設，因此在"文革"十年動亂時期熱用的戰爭詞語漸漸越用越少，而"工程"之類的詞語越用越多。國家超大型工程、建築工程、電力工程、水利工程、航天工程，以至用"工程"比喻造詞："希望工程""菜籃子工程""米袋子工程""送溫暖工程"等，這說明詞彙隨着社會的變化而變化。和平時期一長，戰爭詞語就不喜歡用了。

　　過去頻繁使用戰爭詞語，在中國有很深的歷史根源。自 1840 年的鴉片戰爭起，中國積貧積弱，常常受到外來侵略者的攻擊。就從辛亥革命結束清朝封建統治算起，中國一直纏繞在戰爭中。先是軍閥混戰，接着是北伐戰爭（1926 年 7 月—1928 年 12 月）。北伐戰爭期間，1927 年蔣介石發動"四一二"事變，國共分裂。1927 年 8 月 1 日共產黨舉行南昌起義，由此標誌着長達十年的第一次國共內戰正式爆發。1931 年至 1945 年，是延續了 14 年的抗日戰爭，其中部分年代交叉在內戰中。1946 年國共和談破裂，1945 年至 1949 年解放戰爭，直到 1949 年 10 月 1 日建立新中國。而解放全中國的戰爭延續到五十年代初。1950 年到 1953 年又爆發了抗美援朝戰爭。

在戰爭年代，必然產生大量戰爭詞語。例如，自抗日戰爭開始，形容各種戰爭形式的詞語，有全民抗戰、持久戰、殲滅戰、陣地戰、遭遇戰、阻擊戰、突擊戰、閃擊戰、保衛戰、游擊戰、地道戰、空戰、海戰、陸戰等等。關於各類的戰爭詞語，天天見於報刊，中國老百姓耳熟能詳。抗日戰爭中流傳的《游擊隊員之歌》，裏面都是戰爭詞語。

中華人民共和國成立後，除了局部戰爭，國家已經處於和平建設時期。但是，由於戰爭剛剛結束，各級幹部多是來自戰場，所以，仍然會用戰爭詞語來比喻來形容很多事物。例如，做一個建設計劃，強調要有"戰略"眼光，要做好"戰鬥"準備；完成一個工作任務，叫"打好這場仗"；說到不同的崗位，會用"戰鬥在各條戰線"的比喻；人人喜歡自比"戰士"，做好工作是"站好崗"，離開一個工作崗位或者退休，是"站好最後一班崗"。

到了"文化大革命"十年內亂時期，戰爭詞語被用到極致。有很多新詞語：紅小兵、紅衛兵、軍宣隊、兵團戰士、軍墾戰士、五七戰士、文攻武衛等。有一陣子實行軍管，有軍管會、軍代表，學校的年級、班級改為連排建制，一個年級是一個連，一個班級是一個排。有連長、排長、班長。各個機構的群眾組織都是"××戰鬥隊""××戰鬥組"。而且會啟用戰爭年代的地名、事件名稱作為戰鬥組的名稱，例如"井岡山""遵義""延安""八一""紅軍""長征"等；也會啟用一些烈士的名字來命名，例如"方志敏""葉挺""董存瑞""黃繼光"等。如果政治觀點一致、"戰鬥目標"一致，就是"同一條戰壕的戰友"。

"文革"結束四十多年了，很多"文革"詞語已經消失了。你問年輕人，什麼叫"黑五類"？他可能說是："黑豆、黑棗、黑米、黑木耳、黑芝麻"，都是健康食品啊！完全不知道"黑五類"在當時指的是"地富反壞右"，這種唯成分論的概念。你再問什麼叫"文攻武衛"？那就乾脆回答不上來了。"文攻武衛"是"文革"中一個錯誤的口號,文攻,指口誅筆伐;武衛,指武力捍衛。口號提出並實行後,令武鬥升級,造成全國混亂。

在和平建設時期,戰爭詞語的使用頻率減少,這是自然而然的事情。但是,風水輪流轉,沒承想最近"新冠肺炎病毒"的大流行讓戰爭詞語捲土重來!

在中國這是一場全民的行動,要把"新冠肺炎病毒"像敵人一樣消滅得完全乾淨徹底,用上戰爭詞語最管用,最有號召力。我請朋友提供最近內地報刊上或者城鎮橫幅標語上所用的戰爭詞語給我,很快從網上查來幾百則,下面分別摘錄十則。

報刊標題裏有:

1. 以**戰時狀態**投入疫情防控(《解放軍報》2020 年 2 月 17 日)

2. 為**堅決打贏**疫情防控**人民戰爭總體戰阻擊戰**提供法治保障(《黑龍江日報》2020 年 2 月 19 日)

3. 以"**總體戰**"思維打贏疫情防控**阻擊戰**(《吉林日報》2020 年 2 月 20 日)

4. 兩手抓兩手硬 **打贏兩個戰場**(《中國石油報》2020 年 2 月 21 日)

5. 科技提升防控疫情**戰鬥力**(《人民日報》2020 年 2 月 24 日)

6. **堡壘**建在抗疫**最前沿**(《健康報》2020 年 2 月 24 日)

7. **築牢**防控疫情的家庭**防線**(《中國婦女報》2020 年 2 月 24 日)

8. 以堅定的信心**打贏**疫情防控**人民戰爭、總體戰、阻擊戰**(《湖南日報》2020 年 2 月 25 日)

9. 發揮制度優勢 **打贏**疫情防控**濟南戰"疫"**(《濟南日報》2020 年 2 月 27 日)

10. 北建工堅決**打贏**疫情防控**阻擊戰**(《建築》2020 年 4 月)

橫幅標語裏有：

1. 向**戰鬥**在<u>抗擊</u>疫情<u>一線</u>的醫務工作者致敬！
2. 堅決**打贏**肺炎疫情**防控仗**！
3. 立即行動，防控疫情，**守土有責**，**守土盡責**！
4. 萬眾一心，**眾志成城**，堅決**打贏**疫情防控**阻擊戰**！
5. 緊急行動起來，**打一場**防控新型冠狀病毒疫情的**人民戰爭**！
6. **強堡壘**，做先鋒，當表率。堅決**打贏**疫情防控**這場硬仗**！
7. 強化責任擔當，**形成強大合力**，堅決**打贏**疫情防控**攻堅戰**！
8. 發揮黨組織**戰鬥堡壘作用**，築牢抗擊疫情防控長城！
9. 讓我們一起努力，早日**打贏這場看不見硝煙的戰爭**！
10. 一場抗擊肺炎的<u>**戰爭正在進行中**</u>，正確防護！**眾志成城**！我們終將成功！

更為典型的例子是新華社武漢 3 月 10 日發的一則電文。標題是這樣的：

<u>習近平在湖北省考察新冠肺炎疫情防控工作</u>
<u>看望慰問奮戰在一線的醫務工作者解放軍指戰員社區工作者公安幹警</u>
<u>基層幹部</u>
<u>下沉幹部志願者和居民群眾時強調</u>
<u>毫不放鬆抓緊抓實抓細各項防控工作</u>
<u>堅決打贏湖北保衛戰武漢保衛戰</u>

從新華社發出的電文看，習近平主席在看望慰問大家時，用了很多鼓舞人心的話語，這些戰時鼓動語令人鼓舞，令人前行，增強了人們戰勝疫情的信心。摘錄几段如下：

1. 在這場嚴峻的鬥爭中，湖北各級黨組織和廣大黨員、幹部**衝鋒在前、英勇奮戰**，全省醫務工作者和援鄂醫療隊員**白衣執甲、逆行出征**……

2. 疫情發生以來，包括軍隊在內的廣大醫務工作者發揚特別能吃苦、**特別能戰鬥的精神，義無反顧奔赴湖北和武漢，毫無畏懼投入防控救治工作，日夜奮戰，捨生忘死，不負重託，不辱使命**，同時間賽跑，與病魔較量，為武漢疫情防控工作作出了重要貢獻。

3. **抗擊疫情有兩個陣地。一個是醫院救死扶傷陣地，一個是社區防控陣地。**……加強社區防控措施的落實，**使所有社區成為疫情防控的堅強堡壘。打贏疫情防控人民戰爭要緊緊依靠人民。**

4. 人民解放軍、中央和國家部委、各省區市鼎力相助、**火線馳援。打響了疫情防控的人民戰爭、總體戰、阻擊戰。**經過艱苦努力，湖北和武漢疫情**防控形勢發生積極向好變化，取得階段性重要成果，初步實現了穩定局勢、扭轉局面的目標。**

像這樣用戰爭語句來進行動員的話語，在上文裏還可以舉出很多。上行下效，在廣泛報道習主席視察湖北之後，用類似同樣話語的報道越來越多。可以說，目前在疫情蔓延、全民抗疫階段，戰爭詞語是出現頻率很高的詞語，為大眾所熱用。

在電視上看到，鍾南山醫生回答記者提問時說，在武漢是遭遇戰，以後就是阻擊戰了。聽眾都能聽明白。

為什麼要用戰爭詞語來比喻抗疫工作？這個比喻的運用恰當不恰當？比喻因形式的不同有三種：明喻、借喻、隱喻。它們都要遵守一個基本原則，即比喻中的喻體與本體在本質上要極其相似而在外形上極不相似。"抗疫"這個本體，和"戰爭"這個喻體，看是兩件不搭界的事，抗疫是人類和病毒的較量，戰爭是人類敵我雙方的生死鬥爭。但是，它們在事件結果的慘烈上又是極其相似的：戰爭是要有犧牲的，抗不過病毒也是要有犧牲的。中國的抗疫工作和過往的人民戰爭在團隊的眾志成城、奉獻精神、捨生忘死方面，也是相當一致的。因而，這個比喻是恰當的。

本文上述例句都是用戰爭詞語直接表示抗疫鬥爭的，這些句子採用了借喻的修辭手法，即在喻體和本體之間不用比喻詞（如、像、有如、恰似；是、成為、等於）來連接。例如：

1. 堅決打贏湖北保衛戰武漢保衛戰。

2. 打響了疫情防控的人民戰爭、總體戰、阻擊戰。

例 1，是典型的借喻。直接用喻體 "湖北保衛戰武漢保衛戰" 來代替本體。例 2，是把本體 "疫情防控" 放到定語的位置，整體仍不失為借喻，且令表達更準確，更簡潔。

我們渴望和平，反對戰爭。希望疫情早日結束，病毒被人類統統消殺，那麼，我們又可以少用一些戰爭詞語來作比喻了！

（刊於香港中國語文學會《語文建設通訊》第 121 期，2020 年 7 月）

10

港澳社區詞極具研究價值

鄭美嫦博士《論港式中文詞彙規範問題》一文，展現香港語言生活中很多生動活潑的現象，從詞彙到語篇，論及香港語言規範問題。文中所談，多涉及社區詞，這也是我研究中關注的問題，讀來感到十分親切。我也來呼應一下鄭博士的文章，一起討論社區詞的問題。

關於社區詞，鄭文介紹了香港社區詞的發展蓬勃的情況。她列舉了香港社會發展中許多與時俱進的社區詞，例如：打大鱷、炒家、任一招、北上就業、北望神州、自由行、自駕遊、金融海嘯、SARS 價、迷債、慳電膽券、置安心、曾九招、逆按揭、共用屋等詞語。這些都是香港人自創的詞語，反映香港經濟層面的新事物。正說明了社區詞是和本社區的社會背景緊密聯繫的。有一些詞語在香港社會流通，也有一些會從香港進入內地和其他華人社區，社區詞也是流動的。

的確，香港社區詞直接反映香港社會的發展變化。肆虐世界的新冠疫情在香港也流行兩年多了，有關的香港社區詞，例如：安心出行、疫苗通行證、來港易、回港易、電子針卡、黃碼、藍碼、電子手環、逆隔離等。這一類詞都同疫情、疾病有關，所以組詞中規中矩，很少反映出香港社區詞造詞喜歡用比喻、借代、摹繪、誇張、委婉等修辭手法。

　　而善用修辭手法組造生成香港社區詞，是香港社區詞的一大特點。比喻造詞最多，不可勝數，經常利用給一些詞增加義項的方法，或者選用喻體用來比喻造詞，例如：金魚缸、鱷魚池、大閘蟹、太空人、草根階層、夾心階層、沙灘老鼠、人蛇、蛇頭、冬菇亭等。利用借代手法來表明一個人或者一類人，例如：咖啡妹、手袋黨、藍帽子部隊、煲呔曾、鬍鬚曾等，選用的借代特徵香港人一聽就明白。喜歡利用色彩摹繪詞語，例如：黃色暴雨、紅色暴雨、黑色暴雨、黑警繩、紅警繩、花警繩，用色彩詞區別詞語意義十分明顯。喜歡利用誇張手法引人注意，例如：四大天王、（坐）霸王車、（食）霸王飯、打工皇帝、通天巴士、綠色炸彈、紅色炸彈等。也有避忌委婉的說法：炒魷魚、大信封、飲咖啡、大酒店等。還有很多表現本地事物特色的詞語，例如：絲襪奶茶、鴛鴦飯、齋啡（飛沙走奶，即咖啡不加白砂糖和牛奶），這些一看就引人入勝。至於外來概念詞，例如：白手套、白武士、大白象，不明白來源，就會一頭霧水。

　　香港社區詞的另一個特點，就是要從"普—方—古—外"多方面因素來分析它的來源和結構，這和香港是多語社會直接有關係。首先說普通話的因素，社區詞不是方言詞，它通常是以漢語通用語素來構詞的，例如：表示香港市民住房的不同名稱有公屋（公共屋邨）、居屋（居者有其屋）、丁屋、海景樓、屏風樓、私人樓宇、豪宅等，也有居住條件比較差的籠屋、寮屋（木屋）、劏房、板間房等。這些都是以大家都明白的通用語素構詞。上面一段所舉例詞也是如此。所以，社區詞容易在不同社區流通。例如，"垃圾蟲"一詞，在港澳社區及新馬泰社區都是流通的，指不顧公共道德隨意扔垃圾的人。中國香港和新加坡對於垃圾蟲均有罰款等懲罰規定。希望這個詞也能進入中國內地，讓不講公德的人自律。香港還有"清潔龍"一詞和"垃圾蟲"相對。

　　再說方言的因素。香港人在口頭上還有把員警和警署叫做"差佬""差館”的方言習慣，粗俗的還有“差佬”“差婆”的說法。這個構詞語素的“差”字，還保留在香港社區詞“差餉”裏。“差餉”，早期稱為“警捐”，“差”即“警”，“餉”即“捐”。1845 年根據《徵收警捐條例》開始徵收。此費用專門用於維持社會治安及消防的警察，只向商戶徵收。現在“差餉”擴大了詞義，是香港政府向所有工業、商業和住宅樓宇業主徵收的稅項，是政府一般收入的一部分。我們只有聯繫了粵方言，才明白“差餉”一詞的來源。“差人”的說法過去在香港、澳門和兩廣流通，但是，“差餉”現在只在香港流通了，是地道的香港社區詞。

三說文言的因素。上面舉例的“差人”“差餉”，這個構詞語素“差”也是中國古代就有的，清朝有衙差、官差、差役這些常用詞。《現代漢語詞典》第 7 版裏，“差”有一個義項是：“舊時指被派遣的人；差役：聽差 /解差。”（139 頁）。香港社區詞用文言語素、書面語語素都比較少，例如：布政司（英治香港時政務司的舊稱，沿用清朝官名）、署理、覊留、執達吏（執達主任俗稱）、饑饉三十、僭建等。“僭建”一詞常見於香港報刊，任職高官的住宅如有僭建，常被披露於報端。內地叫“違章建築”。“僭”是文言語素，“僭越”表示超越本分，古時指地位在下的冒用在上的名義或禮儀、器物等。“僭建”是雙音節詞，比“違章建築”簡約，應該為規範詞彙所吸收。

四說外語的因素。文言式微，這是百年來中文使用的一個趨勢。在香港，英國殖民管治 150 年，英文便佔了優勢。香港回歸以後，《基本法》規定：“香港特別行政區的行政機關、立法機關和司法機關，除了使用中文以外，還可以使用英文，英文也是正式語文。”隨着多年的教育，香港 5 歲以上人口，會說英語的佔 58.7%。這是 2021 年香港政府統計處最新人口統計報告中的數字，高於會說普通話的 54.2%。在全國的城市中英語的流通量估計是最高的。因此，外語的因素對社區詞影響很大。社區詞中，外來概念詞、音譯詞、意譯詞、音譯加意譯詞、字母詞都有。外來概念詞（其中有意譯詞），例如：白馬王子、夢中情人、白手套、白武士、大白象、白領等。音譯詞（有時加漢語語素），例如：茶煲（麻煩的意思）、安可/安哥、吧女、吧台、的士高等。音譯加意譯詞，例如：熱狗巴士等。字母詞（純西文字母或西文字母加漢語語素），例如：OL、DJ、UFO、e 通道、e 藥通、D 場（的士高）、O 記、P 牌、BB 辣等。"BB 辣"一詞，真是生動！BB 是英文 baby 的縮寫，嬰兒的意思，BB 辣表示最低一級的辣，好像嬰兒是人最初的階段。這大概只有港人的活潑思維可以想出來。

　　綜合上面的第二個特點，從"普—方—古—外"四個方面看香港社區詞，研究社區詞，正說明香港社區詞的來源和組造，是和香港社會的多元文化和多語環境，密切聯繫在一起的。香港社區詞的特點還有很多可描述的地方，篇幅所限不再贅述。

　　目前，關於社區詞的研究，已經有很多成果，《全球華語詞典》（2010）和《全球華語大詞典》（2016）相繼出版，為社區詞理論向縱深研究提供了大量語料。田靜、蘇新春《基於〈全球華語大詞典〉的大華語社區詞研究》的博士論文提要發表於 2019 年《語言文字應用》第四期上。田靜用科學的方法進行計算，"結合詞典各區的收詞情況，將計算所得'社區'（詞彙區）確定為大陸、港—澳、台灣，新—馬—泰與印尼—汶萊—菲律賓。"對比的結果發現，"港澳社區社區詞整體面貌受到英語和粵方言的較大影響，造詞心理活躍，造詞動力充足，擅長評價、歸納，傾向選用多種形式創造、構造詞語。"田靜還特別提出："中國港澳社區社區詞各類詞彙特徵的差異性相對最為顯著，特色最為鮮明、因而相較於其他社區也最有研究價值。"看到這個結論，我感到很鼓舞，我們對於香港社區詞的數量還應該有進一步科學的統計，對於社區詞的組造特點還應進一步分析，特別是那些有來源的社區詞；就香港社區詞的整體概貌可以再做準確的描繪。香港社區詞是港人集體對詞彙的新創意，它活躍在香港的語言生活中，是香港社區多語多文化的一個標誌，也是香港對大華語社區詞詞庫的貢獻。

　　至於鄭文中談到香港社區詞缺乏整理的問題，這也是研究的重要方面。不過，鄭文在這個問題中所舉的詞例，多半都不是社區詞（維生素和維他命，取錄和錄取，都可以並存）。社區詞的定義在《語言學名詞2011》裏有明確的描述，見 81 頁，05.103 詞條。

參考文獻

1. 田小琳編著：《香港社區詞詞典》，北京：商務印書館，2009 年，2022年重印。

2. 李宇明主編：《全球華語詞典》，北京：商務印書館，2010。

3. 李宇明主編：《全球華語大詞典》，北京：商務印書館，2016。

4. 全國科學技術名詞審定委員會公佈：《語言學名詞 2011》，北京：商務印書館，2011。

5. 中國社會科學院語言研究所詞典編輯室編：《現代漢語詞典》第 7 版，北京：商務印書館，2016。

6. 田靜、蘇新春：《基於〈全球華語大詞典〉的大華語社區詞研究》論文提要，刊於《語言文字應用》，2019(4)：142 頁。

7. 田靜：《基於〈全球華語大詞典〉的大華語社區詞研究》，北京：東方出版社，2023。

8. 香港特別行政區政府統計處：《2021 人口普查簡要報告》，2022 年2 月。

（刊於香港中國語文學會《語文建設通訊》合刊，127－128，2022 年 11 月）

第二部分

香港推普與社區詞研究

一、普通話推廣
二、華語社群研究

11

齊齊快樂學習普通話
——齊巧娟著《齊看故事　樂學普通話》序言

　　三歲到十二歲是人生最快樂的童年時代，也是學習掌握運用語言的最佳年齡段。在這段時期，學會說的語言會終生不忘，也可以學說多種語言。這是有科學根據的，也有許多實例證明。

　　香港是國際大都會，是多元語言社會，流通着粵語、英語、普通話。如果在童年時期，學習得法，這三種話都可以學會。由於香港地處粵方言區，九成香港人的語言都是粵語。粵語在社會上流通最廣泛。交流語言、工作語言、教學語言、傳媒語言，都離不開粵語。童年沉浸在粵語的海洋，耳濡目染，會說粵語應該是順理成章的事。英語是當前世界上最流行的語言之一，香港曾受英國管治 150 年，相對英語水平比較高，這是歷史形成的。而且，回歸後，《基本法》規定英語仍然是正式語文，保證了英語在香港的繼續流通。普通話在香港回歸之後，二十多年來，普及速度很快，政府統計處報告，已經有近半數的香港人能說普通話了。這說明香港市民對於普通話的認可度相當高。普通話是中國人、也是全世界華人交流的語言工具，隨着資訊社會的到來，世界已經成為地球村，掌握和運用普通話這個交流工具越來越顯得重要了。

學習普通話，要從小開始。三歲幼兒時期開始學習普通話是不錯的時段，到十二歲小學畢業，說流利普通話的能力應該基本具備了。在香港，普通話課程是從小一到中三的必修課程。但是，只是依靠課堂上有限的時間，還是不足夠的。只有在課外有更多的說普通話的語境，才能幫助孩子們連續不斷地學說普通話。這就需要很多的有聲課外讀物來營造語境，來承擔這個工作。

像齊巧娟老師所著的《齊看故事　樂學普通話》就是很好的課外讀物。這類讓孩子們喜聞樂見的讀物目前還是太缺乏了。《齊看故事　樂學普通話》有明顯的一些特點，可以吸引孩子們。

第一，圖文並茂。台灣畫家徐家麟妙筆生花。他所繪製的家庭有爸爸、媽媽和姐弟共五人及兩隻寵物貓兒。每個人／動物都有自己的性格特點。不論在什麼情境中，他們眼睛都睜得大大的，精神奕奕：開心起來，張開大嘴巴，瞇縫着眼睛，笑彎了眉毛。篇篇有圖畫，讓孩子們具象思維活躍起來。進入到角色的生活環境裏，自己也成了其中的人物。

第二，重視漢語拼音的學習。讀本循序漸進地教會孩子們運用漢語拼音注音、正音。普通話是聲調語言，到高級 D 冊則集中聲調學習，包括標調、數調、定調。在拼法上介紹二拼、三拼方法，家長老師可靈活選用。《漢語拼音方案》是聯合國認可的轉寫漢語的國際標準，是中國人名、地名拼寫的國際標準。在資訊時代，漢語拼音在輸入中文方面提供了十分便利的條件。學會拼音，孩子們就有了自學的能力。有了輸入中文的能力，一舉多得，事半功倍。

第三，營造普通話學習語境。溫馨的家庭是孩子們在童年時代樂於學習普通話的語境。例如，A 冊的家庭生活、手足之情，就是集中在家庭裏進行的對話。B 冊走出家庭，進入校園，又有校園的交流環境。這些都幫助孩子們懂得怎樣適應不同的語境來表達自己的思想感情。而家庭和校園的語境是他們最熟悉的。

第四，培養孩子良好的品德。在家裏，敬父母，愛手足：在學校，敬師長，愛同學；這就要求會說很多禮貌語言。培養孩子從小懂禮貌，有教養；這就要求會說客氣委婉的語言，多說讚美之詞。讀本通過講故事，引導孩子們有愉悅的心情，熱愛生活。讓孩子們從小有陽光的心理，有正面的人生態度。這些是每位家長十分看重的內容。

　　以上這些特點都集中在一個意思裏，就是輕輕鬆鬆地快樂學習普通話。

　　此外，課外讀本不是教材，只能選擇重點難點，做教材的補充。例如，語言知識部分，各冊都選擇幾個重點。再如，D 冊介紹的後綴 "子" 字詞，是生活中出現頻率很高的詞語。學會了這些詞很實用。兒化韻的詞，有濃重的口語色彩，是說好普通話必須掌握的。雖然有一點難，但也要克服發音的困難學會它。

　　齊巧娟老師祖籍東北吉林省，受教育於台灣和香港，工作於台灣和香港。她具有東北人的爽朗與堅毅，又得到南方江河湖海的浸潤，秀外而慧中。她多年編寫普通話教材，具有教學普通話的豐富經驗，令她為孩子們編寫的課外讀物具有歷史文化的沉澱，亦令讀物具有較強的時代性和針對性。

　　我和巧娟老師在香港中文大學結識，巧娟編寫的《齊看故事　樂學普通話》成書，我很樂意推薦給老師、家長和孩子們。希望孩子們齊齊在快樂中學習普通話，說好普通話。

　　是為序。

田小琳

2020 年 6 月 22 日於香港

（刊於齊巧娟著《齊看故事　樂學普通話》，香港：小魚亮光出版社，2020 年 7 月）

12

讀經典書　學普通話
——王力著《廣東人怎樣學習普通話》再版前言

　　王力先生所著的《廣東人怎樣學習普通話》早於 1951 年出版，1983年在香港重版時，先生做了增補修訂。現在由香港中華書局再版，時間又過了三十幾年。我要說，這本書經得起時間的考驗，仍然是一本我們學習普通話的經典之作。

　　眾所周知，王力先生是中國現代語言學的重要奠基人。他融會貫通古今中外，以科學的思考，用豐富的語料，窮一生的精力，在中國語言文字學的各個領域，收穫了豐碩的成果。一百年來，以王力和呂叔湘為代表的第一代語言學家，成為一個團隊，為我們開創了新天地。篳路藍縷之功卓著！

　　王力先生著作等身，龍蟲並雕。我們這裏不做全面的介紹。《廣東人怎樣學習普通話》，雖是一本學習普通話的普及的書，從中卻可以看到王力先生在音韻學和現代語音學及方言研究方面的功力。這本書的對象不僅有廣東人，還有客家人、潮州人、海南人，十分適合多方言並存的香港讀者。王力先生自己說，他在深入淺出方面下了很大功夫，我們也見到，在通俗的解說裏處處有點睛之筆。

全書分為緒論、上篇總論、下篇分論、結論四部分。

緒論部分，釐清了普通話和方言的關係，明確了普通話定義。"現在咱們所要大力推廣的是以北方話為基礎方言，以北京語音為標準音的普通話。"他讓學習者要做好思想上的準備。就是"要訓練耳朵"，"要訓練舌頭"，"要訓練眼睛"，這"三要"真是說到點子上，是學習普通話的重要入門方法。王力先生是國家語言文字政策法規制定的參與者。《漢語拼音方案》，簡化漢字方案的制定，都有他的功勞，他積極促進了現代漢語規範化的進程。緒論部分就顯現了王先生宏觀的眼光。

上篇總論，是本書的主體。分語音、語法、詞彙三章，包括了語言的三要素。第一章語音部分，粵普音系差異最大，着筆最多。第二章語法部分，粵普語法差異小，筆墨不多。第三章詞彙部分，粵普差異也不小，而且規律類推不容易，所以分為十五個專題討論。

語音部分為主體中的重點。漢字的音節包括聲母、韻母、聲調三部分，在概說之後，聲母的討論有六節，韻母的討論有四節，最後討論聲調。聲母部分按聲母表所分的六組不同發音部位，一個一個詳細分析。在分析中往往有提點我們的地方。例如說到 zh ch sh r 這組音，王先生說，"捲舌音發音的時候，舌尖彎到硬齶最後的部分，因此得到'捲舌'的稱呼，其實舌不一定要'捲'，只是舌尖儘量向高處就行了。"這就是發音的要點，並非把舌頭捲起來。所以我們現在把這一組音叫做"翹舌音"了。語音部分差不多佔了本書一半的篇幅，大家要細細讀，發音部位和發音方法拿捏準了，便能校正自己的讀音。

下篇分論，是王力先生別出心裁的安排。上篇總論從語音理論上講得一清二楚了，他還是怕讀者實際不能掌握，說起普通話來會出這樣那樣的問題而自己不覺得。分論共四章，包括廣州人怎樣學習普通話，客家人怎樣學習普通話，潮州人怎樣學習普通話，海南人怎樣學習普通話。都是說的這些地方的人說普通話時的通病。好像廣州人學習普通話，就歸納出

18 個缺點。完全用舉例的方式來講述。全章所舉容易讀錯的字詞例子，幾百上千。還設有句子練習，糾正錯誤。

這分論講解的角度，值得我們普通話教學者和教材編寫者認真體會學習。這也充分體現了王先生寫作這本書時，對讀者負責的態度。

我有幸於 1958 年至 1963 年，在北京大學中文系學習，聆聽王先生授課，包括古代漢語、漢語史、音韻學、中國語言學史等多門課程。大學畢業論文《段註說文關於詞義變遷的研究》是王力先生指導的。1985 年我定居香港，主編《普通話》雜誌，王力先生為雜誌題簽，並為創刊號的封面人物。這表示他大力支持在香港推廣普通話，也對香港同胞學好普通話寄予厚望。師恩難忘，王力先生的道德文章，滋養一代代的後人，薪火相傳，是我們的責任。

香港中華書局總經理兼總編輯侯明女士慧眼獨具，在香港社會推廣普通話日漸深入的時刻，決定再版王力先生的《廣東人怎樣學習普通話》，造福讀者。不僅對於學習普通話的讀者是福音，對於教學普通話的老師也有很大的啟迪作用。我遵侯明總編所囑為再版寫這篇前言，向大家隆重推薦這本經典之作。

田小琳於香港

2021 年 6 月

〔刊於王力著《廣東人怎樣學習普通話》，香港：中華書局（香港）有限公司，2021 年 7 月〕

13

口語詞語承載文化
—— 劉慧等著《普通話常用口語詞》序言

　　香港回歸二十五年，變化很大。高樓大廈鱗次櫛比，擴路建橋路路暢通。看城市外景，比回歸前，更像一個世界級的大都會。作為全球的金融中心、物流中心、旅遊中心、購物中心，香港提供給大家更好的現代化服務。在粵港澳大灣區的城市裏，香港是璀璨的東方明珠，舉足輕重。享譽世界的"獅子山精神"在香港人中代代相傳。

　　還有一個很大的變化，很多人都注意到了，就是在香港的語言生活中，普通話的迅速流通。內地朋友來香港購物，覺得如沐春風。進到商店裏面，售貨員一聽口音，馬上用普通話前來招呼，買賣沒有了障礙。走去乘車，巴士上，地鐵裏，都用三種語言報站，普通話、粵語、英語都有，再不怕乘錯車下錯站。更不用說的士司機、酒店服務員了。內地朋友都誇香港人的普通話進步得很快，他們有了賓至如歸的感覺。

　　的確，香港人了不起！我們看看香港統計處發佈的關於香港人口統計的簡要報告（2021 年），就可以更清楚了。原來，香港 5 歲以上的人口，已經有 54.2% 的人會說普通話了，這比十年前增加了 10% 左右。超過一半人可以說普通話，這是個不小的比例。香港人努力學習的精神，還可以從一個普通話測試裏看到。國家級普通話水平測試從 1996 年在香港生根，也有 26 年歷史了。在香港的大學都有測試中心，共計有 14 個測試點，一年四季給市民提供培訓和測試的服務。至今已有近 14 萬人次參加國家級測試，大部分應試者取得合格以上的資格，而且，應試者的水平逐年提高。這個測試可以說是香港推普中的一道亮麗的風景線。

隨着香港人的普通話水平不斷提高，我遇到很多香港朋友，他們越來越不滿足已有的普通話水平，常自謙地說，"我的普通話普普通通"，他們希望自己能說得不"普普通通"，能說得更流利更地道一些。特別是他們在電視上看到一些外國朋友在用標準的普通話侃侃而談，有的還在說相聲，說得跟北京人一樣，真羨慕得不得了。

那學習普通話有什麼訣竅呢？其實一蹴而就的訣竅是沒有的，靠的是勤學苦練。一是要糾正自己的發音，特別是聲調，聲調準了，就像唱歌入調了，整體聽起來讓人覺得舒服。我常說，聲調是普通話的"靈魂"。普通話一共有 400 多個音節，加上聲調，才 1300 多個音節，熟讀音節表是基本功。二是增加自己的口語詞彙和句式。看普粵對比，語音差異最大，其次就是詞彙，特別是口語詞彙。如果普通話的口語詞彙數量掌握得不夠，聽和說都會受到影響。我們常常聽到香港朋友說，他們和內地朋友交流有時是聽不明白一些詞語，並不都是語音問題。

如何積累和擴大學習者的普通話口語詞彙量，這是在普通話教學實踐中迫切需要解決的問題，也是眾多的學習者關注的問題。現在，香港三聯書店出版這本《普通話常用口語詞》，就可以作為一個好幫手，來幫助大家解決這個難題。

《普通話常用口語詞》由香港六位分別在三所大學任教的資深普通話教師編寫，香港恒生大學劉慧老師牽頭，團隊包括李黃萍老師（香港教育大學）、李春紅老師（香港恒生大學）、張翼老師（香港理工大學）、李賽璐老師（香港恒生大學）、羅丹丹老師（香港恒生大學，兼任本書插圖）。關於普通話口語詞的教學，他們在長期的教學工作裏，經歷了發現問題、提出問題、又一起討論解決問題的過程，費時多年，編寫出這本十分實用的《普通話常用口語詞》。他們從規範的《現代漢語詞典》第7版中，挑選並增補了大家常用的口語詞共計600多個，數量已經足夠多。如果你能夠掌握這些口語詞，你的普通話表達就很不一般了。

每個詞條下面，不僅有釋義，還有豐富的例句，給學習者提供了使用詞語的語境。在有些普通話口語詞下面，還提供粵語常用的口語詞，好讓學習者作對比，令人更容易理解普通話口語詞的含義。例如，普通話說"掐頭去尾"，粵語說"斬頭截尾"，"掐"和"斬"對應，"去"和"截"對應，都是動詞。普通話說"睜一隻眼，閉一隻眼"，粵語說"隻眼開隻眼閉"，這是語序不同，普通話是動賓結構，粵語是主謂結構。此外，我們還看到，普通話的名詞前面要搭配合適的數量詞："一隻眼"；而粵語則可以省略數詞："隻眼"。這些口語詞的普粵對比，大家比較容易掌握。

有些口語詞的構成，普通話和粵語是從不同的角度來反映的。普通話說"捲鋪蓋"，粵語說"執包袱"，其實都是被解僱的意思。我們看舊時的電影就知道，那時出去打工要自帶鋪蓋，被褥捲成一捲；衣物就用一塊布做包袱皮，包成一個包袱，沒有箱子。如果被解僱，就要捲鋪蓋，收拾包袱，自己帶走。"捲鋪蓋"和"執包袱"說的是一回事。改革開放以來又產生了一個同義的新詞："炒魷魚"。大概因為時代的進步，出來打工不用自帶鋪蓋了，衣物也都放在箱子裏，舊詞不太好用了。《現代漢語詞典》第7版收了"炒魷魚"一詞，釋義為："魷魚一炒就捲起來，像是捲鋪蓋，借指解僱。"

還有，兩地社會生活的背景不同，人文歷史、地理環境、氣候條件的差異，以及文化的差異，都會形成詞彙的差異。例如，普通話說"過了這個村就沒這個店"，粵語說"蘇州過後冇艇搭"，這是因為北方多陸路，南方多水路的關係。當然，也不是所有的普通話口語詞都會有對應的粵語詞，甲地有乙地無的情況時常出現。普通話常用的"按下葫蘆浮起瓢""哪壺不開提哪壺""針尖對麥芒"，這些說法粵語便沒有對應的固定詞語，學習者要特別注意。

由上面所舉的一些例子，我們看這本《普通話常用口語詞》，不僅學習了普通話和粵語的生動的口語詞，還可以學到很多語言文化的知識，豐富了我們的表達，提高了我們的文化水平。因此，我誠摯地向讀者推薦這本有知識有趣味的圖文並茂的《普通話常用口語詞》，教學者和學習者都可以各取所需。希望大家喜歡，從中得益。

田小琳

2022 年 5 月於香港

〔刊於劉慧、李黃萍、張翼等編《普通話常用口語詞》，香港：三聯書店（香港）有限公司，2022 年 7 月〕

14

金融行業學習普通話的秘訣
——田小琳、劉鍵編著《金融行業普通話》前言及後記

學習普通話首先要明確三個問題。

一、什麼叫普通話？

普通話是中國的標準語。憲法規定，國家推廣全國通用的普通話。

普通話的標準：以北京語音為標準音，以北方方言為基礎方言，以典範的現代白話文著作為語法規範。這是從語言的三要素即語音、詞彙、語法三方面，對普通話規範的描述。

中國有 56 個民族，130 多種語言；漢民族是人數最多的民族，說漢語的人數佔全國 95% 以上。現代漢語又包括多種方言。大方言區有：北方方言（官話）、晉語、吳語、閩語、客家話、粵語、湘語、贛語、徽語、平話和土話等，每個方言區下面還可以分為很多方言片、方言小片。因而，中國的語言生活是多元化的。五湖四海的中國人要互相來往，互相交流，每個人要在社會中學習、工作和生活，就要用全國通用的普通話。不然，說粵語的人怎麼和說閩語的人溝通呢？會說國家的標準語，是受過教育和有文化素養的表現之一。會說普通話，也為自己的發展帶來方便和

好處。

香港地處粵方言區，90% 以上的香港人日常是用粵語（或說廣東話）溝通的。隨着資訊時代的發展，偌大的地球已經成為地球村，香港作為國際金融中心，作為國際大都會，每天來往着成千上萬的內地同胞、台灣同胞和世界各地的華人，我們作為主人接待他們，進行商貿等各方面的往來，也需要用全國通用的普通話來交流。但這並不妨礙我們繼續使用粵語。香港 "兩文三語" 的語言政策，就是希望在香港社會能夠流通普通話、粵語和英語；在書面語方面，中文、英文都是正式語文。

二、學習普通話的訣竅是什麼？

學習普通話有訣竅嗎？首先要有學習的興趣。普通話是華人用來互相溝通的語言，說好普通話，對自己有百利而無一害。普通話是從金、元、明、清各代近六百多年以來，逐漸形成的民族共同語。能說一口流利的普通話，是很享受的事情。在學習普通話的過程中，掌握以下的學習方法，可以事半功倍。

1. 大膽開口說：不要怕自己的發音不準，多說常說，能用普通話流利地表達自己的意思，能和別人溝通，就達到目的了。

2. 認真仔細聽：聆聽是理解的過程。聆聽發音準確的普通話，有助於改善自己的發音，聽得準，才能說得準。

3. 熟練運用拼音：漢語拼音是注音的工具，學好了一生受用。應盡量用最快的速度集中學拼音。用拼音輸入法打中文，速度快、效率高。

用拼音輸入法打中文，可以幫助自己掌握規範的普通話詞彙，舉個例子，你想打 "包羅萬有"，輸入 b l w y 之後，可能出現 "暴露無遺" "玻利維亞"，就是沒有 "包羅萬有"，為何？因為 "包羅萬有" 是粵語，普通話是 "包羅萬象"。還有 "豬朋狗友"，打 zh p g y 根本沒有，因為普通話說 "狐朋狗友"。

漢語拼音是正音的工具，你用拼音輸入法打字，如果聲母或者韻母打錯了，你要的那個字就出不來，在你尋找正確拼音的過程中，間接幫你正音了。

學習普通話，也是學習中文。任何一種語言，口語和書面語都是相輔相成、密切相關的。不要把普通話當成第二語言或者外語來學。標準的口語和標準的書面語是一致的。這就是"我手寫我口"的道理所在。提高了說普通話的水平，也會有助於提高中文書面語的水平。

我們學習了粵語和普通話在詞彙和語法上的區別，在書寫書面語時，就可以避免方言的影響。我們擴大了普通話詞彙量、學會了大量普通話句式，表達上就更加得心應手。

三、學習《漢語拼音方案》有什麼好處？

《漢語拼音方案》是在 1958 年由政府正式公佈的。聯合國在上世紀八十年代，已經將漢語拼音作為轉寫漢語的國際標準，國際標準化組織也以漢語拼音作為拼寫中國人名、地名的國際標準。《漢語拼音方案》在現今的互聯網時代發揮了更大的作用，也進一步走向世界。2015 年 12 月 15 日，ISO 總部正式出版 ISO7098：2015 的英文版，將漢語拼音作為新的國際標準向世界公佈。

《漢語拼音方案》具有國際化的優點，它的第一部分字母表，共計 26 個字母，與英語字母表完全一樣，採用的是國際上最常用的拉丁字母表，只是讀法不同。這就比 1918 年政府公佈的"注音符號"進步了。注音符號用的是漢字部件來表示，台灣沿用至今，也發揮了很好的作用。

第二部分聲母表和第三部分韻母表，裏面的聲母、韻母就是從上述的字母表裏選取字母表示的。第四部分是聲調符號，普通話聲調很簡單，只有四個。第五部分隔音符號，是書寫時才用的。

漢語拼音的首要作用是給漢字注音，每一個漢字的字音，都包括聲母、韻母、聲調三部分。所以,用漢語拼音可以給每個漢字準確注音。

目前,電腦、手機等成為人們不可或缺的資訊工具,用什麼方法輸入中文最快?漢語拼音成了最好的工具之一。中國網民數以億計,九成以上用拼音輸入中文。這個技能學會了,學習、工作的效率會大大提高,事半功倍。所以建議讀者可在學習之餘下載有關軟件,練習用拼音輸入中文。

我們明確了學習普通話的重要性,瞭解了普通話定義的內涵,學會了《漢語拼音方案》,找到了學習普通話的訣竅,不能紙上談兵,下一步就是要開口說普通話,要能用普通話應付日常的交流。在日常的交流中,注意正音,練習說得順暢。

能夠用普通話應付日常的交流,這已經達到了基本要求。再進一步就是要能夠用普通話作為自己的工作語言,適應工作要求,表達得體,提高工作效率。如果在工作中能夠和中國內地同行及海外華人社會的同行,用普通話流利交談,相互學習,自己一定會感到視野大為開闊,並有很大的成功感。

《金融行業普通話》這本教材,就是幫助香港的金融專業人士輕鬆跨越工作語言障礙的助手。有了這本教材,工作中學習普通話的一些語言難題可以迎刃而解。

《金融行業普通話》是針對香港以粵語為母方言人士需要編寫的金融專業普通話教材。進入信息時代,金融行業與時俱進,在業務發展上有很多變化。這些新情況在過去出版的有關金融行業的普通話教材中,很難得到充分的體現。

香港是世界公認的國際金融中心,金融行業從來是香港的主要行業,香港有句俗話說,"銀行多過米店"。本港金融人才濟濟,來自世界各地。金融行業所用交流語言,主要有英語、普通話以及粵語等。別的不說,其中對於運用普通話能力的要求越來越高。和中國內地人士交流,普通話是主要的語言,再加上中國台灣地區,還有東南亞和海外的華人社區,如果不能用普通話流利交流，工作便會有很大的局限。

目前來看，香港本地的金融專業人士，掌握運用普通話的情況還未夠理想，特別是在專業用語方面。因而這本教材可以幫助各級各類學校金融專業的學生學習普通話的金融專業語句，以助他們在職場競爭一臂之力；同時在金融行業培訓時可以廣泛使用。教材通俗易懂，對話口語化，配有多種練習，還有配音資料。教材隨時可以放在手機和電腦上，十分便於自學。

本教材在專業內容上具有涵蓋全面、與時俱進的特點，包括了在金融行業通用的許多內容，諸如開立賬戶、辦信用卡、建新公司、證券投資、保險服務、貸款租賃、防備詐騙等，還包括 5G 金融時代、金融數字化、網絡通訊應用、粵港澳大灣區公司註冊及大灣區金融業務等嶄新的內容，可謂面目一新。

教材共有 12 課，每課兩篇課文，圍繞一個中心，還附有短文和知識窗來補充。列有課文詞語、補充詞語，以擴大詞彙量。粵普詞語和句子的對比，則幫助學習者轉換語碼，建立語言新思維。口語練習，設有情境，可以學以致用。饒有趣味的插圖，希望提高大家的學習興趣。

〔刊於田小琳、劉鍵編著《金融行業普通話》，香港：三聯書店（香港）有限公司，2022 年 10 月〕

15

香港精神的不斷傳承
—— 張家城著《細說香港民間推普七十年》序言

　　香港作為國際大都會，屹立於世界大城市之林，是個奇跡。奇跡不是天上掉下來的，是香港幾代人雙手創造出來的。香港人的拚搏精神，被譽之為香港精神。1997 年香港回歸祖國之後，實行“一國兩制”，香港背靠祖國，有了施展的更大平台。近年在世界級的各項經濟指標中，香港一直連續保持着名列前茅的地位，是名副其實的國際貿易中心、金融中心、物流中心。鱗次櫛比的高樓大廈，數量和平均高度遠超過紐約，世界第一。

　　香港社會文化多元，中西文化交融，也是國際大都會的一個特徵。回歸祖國之後，《基本法》第一章總則第九條規定，“香港特別行政區的行政機關、立法機關和司法機關，除使用中文外，還可使用英文，英文也是正式語文。”即中文是第一位的，中文和英文都是正式語文。香港特區政府推行的“兩文三語”政策表明，在口頭語言交流中，普通話、粵語、英語，都可以流通。這些語言文字政策，也是“一國兩制”政策落實的體現。

　　由於《中華人民共和國憲法》總綱第十九條裏，有“國家推廣全國通用的普通話”的規定，香港社會自然應該將國家的規範語言普通話，擺到首位來關注。

推廣普通話，是否就會影響粵語在香港的使用呢？答案是絕不會的。

香港地處粵方言區，九成的香港人以粵語為母方言，粵方言是最流通的口語，這種情況在香港會長久地存在，不必擔心，我常比喻說香港的語言環境如同粵語的海洋。就是其他方言區來香港定居的人，也不少都會說會聽粵語，不然生活很不方便。加之香港中小學的教學語言多採用粵語，媒體語言多採用粵語，就連工作語言也是離不開粵語。所以，擔心推廣普通話會影響粵語在香港的流通，是過慮了。

目前，主要的任務還是要加強推廣普通話的力度。我們看到，香港政府在回歸後制定了一系列方針政策來推廣普通話。首先是 1998 年將普通話列入核心課程進入中小學，從教育入手解決這個問題，思路十分正確。為配合普通話成為核心課程，積極培訓普通話教師，2000 年設立普通話科教師語文評核，教師通過基準試要求，方可任教，保證了普通話課程的基本質素。基準試已經推行二十二年，每年都在繼續。估計有超過四萬人通過基準試，而且教師成績在不斷提高。可以說中小學已經建立起了一支合格的普通話教師隊伍。香港各大學也都有各類普通話課程的設置，從初級到高級，從普通課程到專業課程。有特色的是各大學都和國家語言文字委員會合作，成立了國家級普通話水平測試中心，二十五年以來，有超過十四萬人次參加這一考試，有力促進了普通話推廣。此外，社會上很多機構和團體也重視普通話培訓，是不可忽視的民間推普力量。

正是由於上述香港政府和民間的齊心協力，根據政府統計局 2021 年公佈的數字，香港社會已經有 54.2% 的人口（5 歲以上）會說普通話了。比起回歸前，數字有大幅度上升。目前，全國推廣普通話的比例在 80% 左右，香港還有比較大的差距。隨着粵港澳大灣區的建立，對香港推普時間表的訂立有了更為迫切的要求，香港政府和民間，要聯手增強推普的力度，大踏步趕上去。如果發揮香港精神，就沒有克服不了的困難。

我們回過頭來看看香港歷史，一群有遠見的香港年輕人在半個世紀前，是怎樣學習和推廣普通話的，他們的精神就是香港精神，學習他們的香港精神，對我們目前的推普工作會有很大的啟發和推動作用。在《細說香港民間推普七十年》這本書裏，我們看到，作者張家城先生，還有他的同道許耀賜先生等等一眾人，是從上世紀七十年代就開始學習和教學普通話了。他們的老師劉秋生先生又是怎樣一位推廣國語的好老師。這一群師生自覺肩負起了推普的使命。中華民族的文化、中華民族的語言，是中國人的命根子，不能隨意地丟掉。也許就是這樸素的思想支持着他們。那時，還是英國殖民官管治香港的時代，英文在香港是第一位的，沒有中文的地位，何況普通話？在香港今天看來十分簡單的事情，那時做起來是十分不簡單的。

《細說香港民間推普七十年》裏，記敘了青年會大專國語研究學會、香港普通話研習社、香港普通話教師協會、香港普通話教育中心相繼成立和開展工作的歷程。書中的第四、五、六、七部分，用大篇幅記錄了香港普通話研習社在七八十年代的發展和興盛情況，香港普通話研習社成為香港民間最大的推普團體。1976 年到 1980 年，參與香港普通話研習社領導和註冊的有：譚兆璋、許耀賜、張家城、梁瑞堂、梁復興、羅南華、鄧錦華、曾慶慧、姚德懷、周天健、張美芳、甘非池、李毅成、冼錦維等。我們對他們積極推普的態度和忘我工作的精神，佩服不已。

我 1985 年到香港定居，那時中英《聯合聲明》已經簽署，香港未來的走向已經明確，1997 年 7 月 1 日回歸祖國。作為一個國家培養了多年的語言文字工作者，一個中文教師，我抵達香港後就十分自覺地關注香港本地的推普工作，也希望投入到香港的推普工作中。1986 年香港普通話研習社成立十週年的大會，我作為嘉賓與會。接着，我在香港普通話研習社開辦普通話教學法班，也在普通話教育中心任教；後來我成為香港普通話研習社的學術顧問。我也有幸成為香港民間推廣普通話的一分子。

香港普通話研習社現在已經成立四十六年了，《細說香港民間推普七十年》還沒有完整記敘她四十多年的歷史。希望創立香港普通話研習社的同仁和後繼者，完成這歷史的敘述。特別是香港普通話研習社有遠大眼光，在香港政府支持下，創辦了香港普通話研習社科技創意小學。二十年來，該小學全部課程（除英語之外）用普通話作為教學語言，可以說在教學語言方面，是香港小學校中的一支標杆。

此外，推動香港中文和普通話工作的香港中國語文學會，1979 年 4 月 24 日註冊成立，至今也成立四十三年了。當年註冊創辦人有許耀賜、梁熾焜、馬蒙、毛鈞年、莫天隨、黃繼持、姚德懷、游社煖等，他們都為香港的推普工作立下汗馬功勞。也希望在創會者領導下，組織寫作小組，完成學會歷史的記錄。

除了本港的推普人士，我們看到作者在自序裏，特別提到感謝語言學界的前輩學者對香港推普工作的關心和支持。兩位泰斗王力先生、呂叔湘先生在八十年代先後訪港，支持香港民間的推普工作。這方面我也有同感。1985 年我準備到香港之前，就出版了《普通話》雜誌的創刊號，準備到香港後，繼續通過《普通話》雜誌講解國家的語言文字政策，用深入淺出、生動活潑的短小文章為香港讀者介紹普通話的知識。王力、呂叔湘、倪海曙、周有光、張志公、朱德熙六位先生，接受我的邀請，出任了《普通話》雜誌的顧問。他們心繫香港，為雜誌做封面人物、題詞、撰文，至今回憶起來還令我感動不已。《普通話》雜誌辦到 1997 年結束停刊，後期也曾和香港普通話研習社合作編輯出版。現在翻看《普通話》雜誌，那上百位作者名單的組成是國家語言學界裏的一支推普先鋒隊伍。深深感謝每一位作者對香港推普工作的支持，他們也是香港推普工作的成員，由此可以看出香港的推普工作者從不孤單。這件事情也算是我對本書內容的一點補充。

任何事物都有它產生發展的歷史進程，瞭解歷史，是為了更好地推動事物向前發展。希望讀者從《細說香港民間推普七十年》一書中，看到香港推普先行者的精神，這也是香港精神的體現。讓我們一起不斷發揚香港精神，把香港的推普工作做好。

田小琳

2022 年 8 月

〔刊於張家城著《細說香港民間推普七十年》，香港：紅出版（青森文化），2023 年 3 月〕

16

分類學習詞語　促進中文表達
——陸陳主編《我的第一部中文學習詞典》序言

　　陸陳主編《我的第一部中文學習詞典》，是陸陳漢語語言學校（以下簡稱"陸陳漢語"）三十年來教學研究和教學實踐的積累所得。這個研究和實踐的成果值得我們重視和借鑒。

　　為什麼書名說的是中文學習詞典，而翻開來一看，並不是像一般的詞典一樣，在詞語後面注音和解釋詞義？這首先是一部詞語分類的學習詞典，按我們邏輯思維對事物的分類，把反映同一類事物的詞語集中起來學習。接着將詞語放在交際語境中進行組合，符合概念、判斷、推理的思維訓練，思維從來和語言是密不可分的，所以，這是一個創新的學習方法。

　　中文教育，特別是國際兒童的中文教育，非母語的語言環境，可想而知會遇到很多的難題。從哪裏入手，可以讓孩子們有學習興趣是一個問題，而學習興趣的培養是持續學習動力的來源。興趣不是通過做遊戲簡單輕鬆形成的，學習而有成果，學生的興趣就來了；隨之而來的學習動力，是擋也擋不住的。

　　面向少年兒童的《我的第一部中文學習詞典》，通過大量詞語的積累過程，可讓他們體會到學習中文的快樂。大量詞語的輸入是這部教材的第一個特點。打個比方說，孩子們喜歡玩積木，你只給他七八塊積木讓他搭房子，他只能給你搭個簡易平房出來；你要是給他七八十塊積木呢，他就給你搭一個宮殿出來。他看着自己搭建的宮殿自然樂不可支，還想着再創造下一個奇跡呢！這說明掌握和運用大量詞語，可以給孩子們發揮中文表達的能力。

　　大量詞語的輸入，要有一個科學的、符合孩子邏輯思維的考慮；不是隨意把詞語 "撿到籃子裏就是菜"。《我的第一部中文學習詞典》採取了把詞語聚集分類的辦法，來加大學習的詞彙量，這是有科學研究根據的。蘇新春教授主編的《現代漢語分類詞典》是一部成人用的學習詞典。詞典 "前言" 裏認為，分類詞典 "能滿足人們在使用語言過程中經常存在的聯想、類推、比較、篩選的心理過程，以選用最合適的詞語，達到最佳表達效果。""一部好的分類詞典，總是展現了一種語言詞彙的全貌和內部系統，體現了該語言社區的真實社會生活，認知方式及觀念世界。" 這個道理放在給孩子們編寫學習詞語的教材上一樣管用。

　　《我的第一部中文學習詞典》的主題設計，是以 "人與自我""人與社會""人與自然" 三大主題版塊來做總綱領，分為 15 個單元，再細分為：數字、顏色形狀、時間、方位、我、我的家、食物、動物、植物、社區 /城市、學校、娛樂、體育運動、社會、自然等範疇。學生學習過這些分類詞語，以及舉一反三、觸類旁通的學習方法之後，根據老師的引導，自己再去擴充詞語。例如，本系列第三冊，在 "去動物園""在海洋館""你知道哪些鳥呢""昆蟲博物館" 的課程裏，講述了關於陸地上野獸類及家畜類的 40 個詞語，海洋中動物及魚類的 40 個詞語，禽鳥類 40 個詞語，昆蟲類 20 個詞語，在此基礎上，學生會通過其他途徑（旅遊、看電影電視、閱讀書籍）繼續吸收同類詞語歸類，開闊眼界，自然而然地擴大了詞語積累。這種分類集中學習詞語的方法，在一般的中文教材裏是極少見的。

　　詞語是語言的建築材料，掌握得越多，表達思想感情就越細緻、豐富、準確。說也好，寫也好，都會感到得心應手。有的人不善表達，經常會說"哎呀，我沒詞兒了"，詞彙貧乏，自然影響表達。

　　《我的第一部中文學習詞典》並沒有停留在積累詞語這一步驟上。教材的第二個主要特點，就是訓練學生組合詞語的能力。"組詞組""說句子"就是訓練學生組合能力的主要內容。從某種意義上說，這是語法、修辭、邏輯的綜合訓練，十分符合中文的特點。因為中文沒有嚴格意義上的形態變化，語法、修辭、邏輯三方面結合得特別緊密。語法管表達得對不對，修辭管表達得好不好，邏輯則管表達要符合思維的規律。

　　詞語只是我們表達的一個小的語言單位。中文的語言單位從小到大分為語素、詞語、詞組（短語）、句子、句群五類。這是語言學界有共識的分類。語素是最小的語音和語義結合的單位，詞語就是由語素構成的。《我的第一部中文學習詞典》從詞語起步，自然涵蓋了語素部分。成詞不成詞的語素都在詞語裏顯現出來。詞語和詞語組合，形成各式各樣的詞組（短語），在中文裏到詞組這一級，組合的豐富方式基本齊全了，這是中文的重要語法特點。每一冊的"學詞語"後面，就是"組詞組"。在"組詞組"部分，比較多的是實詞之間的組合，實詞包括名詞、動詞、形容詞、數詞、量詞、代詞。例如，第三冊前四課中的"組詞組"，有："那頭獅子""兇猛的老虎""很多海星""拍拍翅膀""一頭貓頭鷹""蝴蝶飛舞"等。詞語和詞語的搭配要正確，這是語法規則的基本要求。

　　詞組帶上一定的語調語氣，就成為句子。詞典在"說句子"部分，虛詞（副詞、介詞、連詞、助詞、歎詞、擬聲詞）就出現全了，因為虛詞是中文語法的主要表現手段。句子的六種主要成分主語、謂語、賓語、定語、狀語、補語也都呈現出來了。例如，第三冊前四課中的"說句子"，有："梅花鹿長得真漂亮。""可愛的考拉在樹上睡覺。""大鯊魚游得快極了。""喜鵲在樹上喳喳叫。""巨嘴鳥的嘴真大呀！""小蝸牛從殼裏伸出了腦袋。""我用放大鏡觀察昆蟲外形。"句子的組成，則有進一步要求：語法正確、符合邏輯、修辭得體。

巧妙的是，教材並沒有出現語法、修辭、邏輯的一系列術語，而是在組合訓練中，實現"精要、好懂、有用"的編寫原則。在基礎教育中，強調語法、修辭、邏輯的綜合訓練，是前輩語言學家王力先生、呂叔湘先生、朱德熙先生、張志公先生共同的主張。我很高興在陸陳主編的這套教材裏，看到了這些真知灼見的貫徹。

教材的第三個特點是，將語言單位的組合訓練進一步提升為句群和語篇的訓練，滿足學生表達思想感情的整體需要。因為我們通常的表達都往往不限於一個句子，而是意義上有聯繫的一群句子。句群是語法的最大單位，又是語篇的最小單位。句群在表達中的組織，至關重要。很多句群用中心句作為組織句子的核心，句子之間的邏輯關係，也需要虛詞關聯。在教材每一課最後的部分"學段落、講故事"和"看圖說話"，積累了前面練習"學詞語""組詞組""說句子"的成果，加上簡要的提示語，讓學生再做一個完美的小結。教會學生組織句群和段落，大大提升了學生用中文表達的自信心。這就是我前面說的，學習有成果，興趣自然隨之而來；學習有興趣，就有學習動力。孩子們就喜歡上中文了！

《我的第一部中文學習詞典》在編寫過程中，在教學實踐中，與內地小學語文教材和香港、台灣兩地的小學語文教材做了比較，也參考了新加坡小學語文教材，不斷完善，不斷補充，最後確定了 2400 個詞語進入詞典，在三年的時間裏可完成教學計劃。陸陳作為主編，親力親為，多年的編寫過程態度認真嚴謹。

綜上所述，我認為這是一套有創新特點的教材，圖文並茂，設計新穎，無論在學校課堂還是家庭輔導自學，都易學好用，在目前的中文教育特別是國際兒童的中文教育裏，可以發揮積極作用。特此將《我的第一部中文學習詞典》推薦給學校及老師、家長，希望大家來一起推動兒童中文教學的革新。

是為序。

田小琳

2022 年 3 月於香港

〔刊於陸陳主編《我的第一部中文學習詞典》，香港：中華書局（香港）有限公司，2023 年 7 月〕

17

為港澳發展貢獻語言之力

近日，教育部、國家語委支持開展了第八屆港澳教師普通話能力提升培訓班，80 名香港和澳門的中小學及幼稚園老師參加了一個多月的線上課程學習後，到北京參加了沉浸式線下培訓。歷經三年新冠疫情後重啟現場培訓，作為香港一名參與普通話教育研究工作近 40 年的 "推普人"，得知這個消息，我很欣慰。

普通話作為國家通用語言，對於深化內地與港澳更加緊密的交流合作、助力香港和澳門更好融入國家發展大局、推動粵港澳大灣區高品質發展等有着重要而深遠的意義。港澳教師參加普通話培訓，是提高普通話水平和教育教學能力的有效途徑，放眼長遠，對港澳青少年和兒童打好普通話語言基礎必將大有裨益。

香港回歸祖國後，香港特區政府日益重視教師的普通話培訓。1998年起，普通話科列入中小學的核心課程，這是在香港推廣普通話的重要舉措。為適應這一需要，普通話教師立即進入培訓程式。回歸 26 年以來，香港普通話教師的培訓工作經歷了曲折的變化，但從未停止過，而且在工作中不斷積累經驗、收到實效。

香港教育局每年為普通話教師提供不同主題的在職教師培訓，例如課程發展處提供的課程詮釋、聽說教學、拼音教學、學習難點的處理、學習評估、營造語境等內容的培訓，以提升在職教師教學素質及教學技巧；並進一步拓展至普通話表演藝術、語用文化、傳意與應用等方面的內容，以提升教師的語言素養。課程發展處也協助及鼓勵教師參加教育部、國家語委舉辦的粵港澳中小學教師普通話推廣及教學能力提升班等課程，還舉辦教師內地文學文化交流團，開展中華經典誦讀展演交流、青少年語言文化線上研修活動，以促進和內地更加密切的交往，拓寬教師視野，提升教學能力。

香港普通話教師十分珍惜培訓機會，積極參加各種培訓活動，提升自我的意識強烈。例如，香港教育局多年來舉辦的"普通話（小學）研討會 / 工作坊""普通話（中學）研討會 / 工作坊"，都是請知名學者和資深教師與大家分享普通話研究和教學的成果與經驗，內容豐富多彩、具體實用，廣受中小學教師歡迎。2022 年新冠疫情期間主要是上網課，研討會限名額 200 人，在很短時間內就報名滿額。講座後，講稿、簡報作為重要資料留存於教育局有關網頁，供教師參考研討。

除了教育局舉辦的各種教師培訓活動，香港許多大學也重視中小學教師的培訓工作。比如開設普通話科教學實務課程，針對中小學普通話科教師，包括專任、兼任教師以及輔導老師，培養他們教授普通話的技能，加深他們對學科的認識，提高教學反思能力，改進教學效能。

香港的民間推普團體在教師培訓工作上也做出了貢獻。例如成立超過 40 年的兩家非牟利團體：香港中國語文學會、香港普通話研習社，廣泛開展各項普通話教學和推廣活動。他們是香港推普工作不可或缺的積極力量。

在香港，與普通話培訓工作相輔相成的是普通話測試，"以測促訓"是一個成功的經驗。中小學普通話科教師不僅要接受培訓，還要接受測試。在準備測試的過程中，他們的普通話水平得到有效提升。2001 年起，香港考評局和教育局合辦教師語文能力評核，又稱為基準試，以評核考生是否具備任教普通話的語文能力。每年評核工作結束，都會發表詳細的評核總結報告，除了公佈各卷評分的分項數字，還會分析考生試卷中存在的問題並且提出建議，對考生的普通話水平提高非常有幫助。

比普通話基準試更早讓香港教師青睞的是國家級普通話水平測試。1996 年，香港大學與國家語委合作，成立了香港第一家普通話培訓測試中心。至今同類的培訓測試中心已經多達 15 個，全年為香港市民和教師開放服務。目前已經有約 14.8 萬人次參加測試。由於獲得合格以上分數的考生都可以申領國家語委頒發的證書，許多考生嚮往通過這個測試，他們覺得領取這張證書不僅證明了他們的普通話能力，更體現出他們對國家的歸屬感。新冠疫情期間，為滿足考生需求，測試工作也沒有停止，而是採用線上線下相結合的靈活方式繼續開展測試。目前香港的國家級測試員有一百多人，這支隊伍的成員愛國愛港、推普意識強、測試經驗豐富，在香港的普通話測試和普通話教育中發揮了重要作用。

黨的二十大以後，教育部、國家語委應港澳之需，加大港澳教師普通話培訓支援力度，在語言能力培訓的同時，還特別重視中華優秀傳統文化的融入，注重中華文化的體驗與實踐，增強了學員對中華優秀文化的思考、理解和認同，有效促進了心靈契合。港澳教師普通話培訓架起了一座內地與港澳交流合作的"同心橋"，不斷為港澳長期穩定繁榮發展貢獻語言之力。

（刊於《光明日報》2023 年 8 月 1 日第 12 版）

一、普通話推廣

18

深入語言生活方有斬獲
——《語言戰略研究》卷首語

　　作家要出好作品，需要深入生活，這是大家常說的話。其實，深入生活，對我們語言學工作者一樣重要。我們希望有研究成果，就需要深入社會的語言生活。

　　方言學工作者給我們做了好榜樣，方言調查就是深入方言區的語言生活，做田野調查。你也調查，我也調查，中國的方言地圖就準確地繪製出來了。民族語言學工作者也給我們做了好榜樣，中國除了漢族以外有 55 個少數民族，有上百種語言，少數民族語言的現狀，經過 70 年的田野調查研究，也是成果纍纍了。已進入耄耋之年的戴慶廈先生，遠離北京的家，在雲南大學為他設立的民族語言研究工作室裏堅守崗位，帶領年輕學者，深入雲南各少數民族的語言生活，不離不棄！

　　語言學研究的其他領域，也常常以深入語言生活為首要條件。邢福義先生擅長複句研究，他總結研究經驗的第一條，就是"重視語法事實的發掘"。據說他為了研究複句的各種形式，訂閱東西南北中有代表性的文學期刊，從文學語言中廣泛搜尋複句的例句，文學作品裏會為他提供包含口語化的生動說法。我讀過他的《漢語複句研究》（2000 年），驚異於例句來源之豐富多樣，各種題材體裁的書籍文章都有。根據這麼豐富的語料所做的歸納分析，再上升到理論的闡述，便能站住腳，便有說服力。

2013 年，我們香港七位學者作為一組，參加邢福義先生牽頭的國家社科重點項目"全球華語語法‧香港卷"的工作。目的是，要調查瞭解在香港的語言生活裏，港人運用語法有什麼特點，這不是可以憑想像來閉門造車的。大家確定了以香港社會流通的一種書面語 —— 港式中文為調查對象，看組詞造句與通用中文有什麼差異。這些差異是個別的，還是形成規律的，都要用語料說話。我們搜集了上百種書籍刊物，以及政府文件、商貿文件，還有多個網絡上提供的資料，從詞法、句法角度歸納分析出港式中文在語法運用上的多種特點，這些特點不見於通用中文。同時我們還從香港年輕人喜聞樂見的漫畫書籍裏選用例句，看重的是書裏的口語表達形式。《香港卷》全卷共選例句多達兩千多條。香港組用三年的時間完成了三十萬字的調查報告。

我在 1993 年提出的社區詞概念，是積自八年詞語資料的分析歸納得出的，對於這些僅流通於香港社會的詞語，我有書面調查，也有口頭調查。又經過多方面深入分析，釐清社區詞和方言詞、社會方言等術語的差別，篩選出 2418 條詞條編成《香港社區詞詞典》（2009）。之後李宇明主編的《全球華語詞典》（2010）出版。到 2011 年，全國科學技術名詞審定委員會公佈《語言學名詞 2011》，其中的詞彙學部分收入"社區詞"詞條。定義簡明扼要。社區詞是"某個社區使用的，並反映該社區政治經濟文化的特有詞語。例如，內地的'三講''菜籃子工程'，香港的'房奴''強積金'，台灣的'拜票''走路工'。"（頁 81）仔細算起來，社區詞這個語言學名詞概念的確定，用了 25 年的時間。鍥而不捨，深入香港社會的語言生活，方有此斬獲。

還有更多的例子可以說明，深入社會的語言生活，是取得理想收穫的前提條件。否則我們的語言研究便會成為無源之水，無根之木。

（刊於《語言戰略研究》2020 年第 3 期，北京：商務印書館）

19

開闢華語語法調查研究之新天地
——田小琳主編《全球華語語法·香港卷》後記

　　"全球華語語法研究"是 2011 年立項的國家社科基金重大項目，邢福義教授為首席專家，汪國勝教授主持具體工作。在"前言"裏邢福義教授已經詳細介紹了本項目的立項目的、調查研究的原則、項目的工作進程及各卷結項的情況。這是首次在中國香港、中國澳門、中國台灣地區及海外的新加坡、馬來西亞和北美的華人社區進行的較大規模的華語語法的調查和研究工作。雖然只是開頭，卻有創新的意義。

　　《全球華語語法·香港卷》自 2011 年 12 月啟動，至 2015 年 10 月完成，歷時三年十個月。全卷約 32 萬字。參加香港組的同仁共七位：組長為田小琳教授，成員有石定栩教授（香港理工大學）、鄧思穎教授（香港中文大學）、趙春利教授（暨南大學）、馬毛朋博士（嶺南大學）、李斐博士（嶺南大學）、秦嘉麗（香港浸會大學、山東大學在讀博士）。

　　《香港卷》分工情況為：田小琳總負責全卷，並與馬毛朋、李斐、秦嘉麗完成第一章至第四章；石定栩、趙春利主要負責第五章至第七章；鄧思穎主要負責第八章。在工作過程中，小組多次召開工作會議，每一部分的綱目和內容都是大家討論確定的。各章節互相銜接，前後呼應。最後由田小琳統稿定稿。

《香港卷》的工作自啟動以來一直得到邢福義先生和汪國勝先生的支持與指導，我們與華中師範大學語言與語言教育研究所及其他各組學者交流頻密，互換研究成果，獲益良多。2014 年春，田小琳等到華中師範大學拜訪邢福義先生，大家取得的一致看法是：《香港卷》研究的範圍是港式中文，而非粵語；求異去同，做異不做同，異同是就普通話而言的；詳寫港式中文語法獨特的部分，港式中文可視作通用中文的社區變體；以漫畫等口語書面化的文本作為特殊口語文本來研究。

我們在工作開始時，就搜集了包括粵語語法研究等有關的研究資料，這些參考資料對我們很有幫助。在選擇語料方面，《香港卷》涉及的範圍廣泛，包含了報刊、雜誌、書籍及政府文件、行業文件的多種紙質語料，還有電子語料庫上的各種語料；題材包含了政治、經濟、文化、生活、娛樂等各方面的內容。

除了語料豐富以外，在研究方法上，運用了“普—方—古—外”綜合分析、比較的方法。港式中文在通用中文的基礎上夾用粵語語句、英語語句、文言語句，所以，這種綜合分析的方法可以左右逢源，能有效解決問題，因而得出的一些結論比較有說服力。

《香港卷》主要內容包括以下幾部分：概論（第一章）、詞法部分（第二、三、四章）、短語組合部分（第五章）、句法部分（第六章）、篇章部分（第七章）。從構詞、詞、短語、句子到篇章，照顧到了由小到大的全部語法單位。最後，總結粵語語法對港式中文的影響（第八章）。從《香港卷》的目錄可以看出，我們首次對港式中文的語法系統進行了詳盡的描寫和比較全面的描述，概括出了港式中文語法的主要特徵，這對深入認識港式中文作為香港流通的社區語體有重要的意義。

在研究中，我們認為存在不足的地方是口語語料吸收不足，目前吸收反映口語資料的部分，主要在虛詞一章的語氣助詞和歎詞兩節裏，這兩節的語料來自香港的漫畫書刊，語料相對接近口語。據香港特區政府 2016 年公佈的人口統計資料，母語為粵語的人口佔 88.9%，會粵語的人口佔 94.6%，因而香港人最流通的口語就是粵語。人們的粵語口語中常常會夾用英語語句。如果選用口語語料，難免就是粵語語料。在香港，普通話並未達至與粵語一樣流通的水平，也還沒有產生以普通話為基礎的並可以與書面的港式中文相對應的港式普通話。至少所謂港式普通話並未成氣候，這也是難以選用口語語料的原因之一。

在《香港卷》即將付梓之時，我代表香港組全體同仁，感謝邢福義教授和汪國勝教授，我們能夠參與這個科研項目的研究，深感榮幸。我也感謝香港組全體同仁，本着合作精神、團隊精神，我們才能勝利完成任務。感謝《全球華語語法》各卷學者在工作中給予我們的支持。感謝商務印書館完成《香港卷》的出版，感謝責任編輯劉建梅女士認真負責的工作。

最後，敬請讀者批評指正。

田小琳

2020 年 10 月於香港

（刊於田小琳主編《全球華語語法·香港卷》，北京：商務印書館，2021 年 9 月）

20

分辨漢字字形同異之新探索
—— 田小琳主編《漢字字形對比字典》前言

本字典在 2022 年春天出版，是我們呈獻給新年的禮物。

眾所周知，中國使用規範漢字，已經列入《中華人民共和國國家通用語言文字法》。中國大陸（內地）^① 使用的規範漢字，除了傳承字，還包括已經使用了半個世紀的簡化字，而與這些簡化字對應的繁體字只在規定的範圍內使用。中國的香港地區、台灣地區使用的漢字，則沒有包括簡化字在內。就繁體字字形來看，中國不同地區都有各自習慣的寫法。

字形的差異首先給漢字教學帶來問題。在香港地區，教師和家長指導學生寫字時，常常遇到疑問。例如，一個 "化" 字，倒數第二筆是一 "撇"，還是一 "橫"？和最後一筆 "豎彎鈎" 是相接，還是相交？一個 "戶" 字，首筆是一 "點"，還是一 "撇"？一個 "及" 字，筆畫數到底是四畫還是三畫？相信，在國際漢語教學中，同樣遇到這些問題。不同工具書中，同一個漢字有時寫法不同，讓讀者無所適從。

---

① 在中國不同地區之間，"香港" 與 "內地" 為對應概念，"台灣" 與 "大陸" 為對應概念。本字典三者並稱，為表述簡練，統一使用 "大陸"。

這引起我們關注漢字字形的差異問題。中國的大陸地區以及香港地區、台灣地區的漢字，到底有多少字形是相同的，多少字形是有差異的，值得比較一下。其實，這些差異的存在，是因為歷史的原因形成。漢字是我們漢民族創製的記錄漢語的書寫符號系統，至少有三千年以上的歷史，一直保持有相對穩定的系統，但是它也在發展變化中。現代漢字在上述地區使用時，有些字形可能發生分化、類化現象，在筆畫關係、筆形、筆順以至部件、偏旁部首、結構上，出現差異。這些差異有些不明顯，有些明顯。這也是漢字在發展中不可避免的事情。

我們通過逐字對比上述地區的漢字字形，把個中差異明明白白描述出來之後，可以分析這些差異的來源、規律，整體歸納出地區間的字形同異現狀，做到心中有數，從而掌握漢字今後發展可能出現的趨勢。如果經過深入研究，可以在字形存同的基礎上，制定相應政策，進一步縮小地區間的字形差異，這對於現代漢字的趨同發展，對於世界各地的漢字教學與交流，無疑能產生積極的推動作用，而且更有利於加強中華民族的凝聚力。

2013 年國務院公佈了《通用規範漢字表》。"規範漢字" 是經過系統整理、通行於大陸地區現代社會一般應用領域的標準漢字。《通用規範漢字表》收字 8105 個，按漢字的通行度，分有三級字表。一級字表共收 3500 字，是使用頻度最高的常用字集；二級字表共收 3000 字，使用頻度次於一級字；三級字表共收 1605 字，是在特定領域中較為通用的字。表中 8105 個漢字，基本上反映出了現代社會漢字的面貌。我們考慮，要比較中國的大陸地區以及香港地區、台灣地區漢字字形的同異，必須以《通用規範漢字表》為依據。

現時電腦字體種類繁多，所顯示的漢字字形皆有不同之處。因此，當我們要進行漢字字形對比時，字體選用是重要的考慮。基於《通用規範漢字表》使用宋體，而這亦是現代社會通行的漢字印刷體，因此我們經過調研後，採用了四種各自合乎中國的大陸地區以及香港地區、台灣地區社會用字的宋體字體。這些字體所顯示的字形，均能反映各地的書寫習慣。在此前提下，我們才能進行有意義、有價值的字形對比，供讀者教學參考及學術研究。

在《通用規範漢字表》的基礎上，我們根據所選定的電腦字體進行字形對比。由於本字典在香港地區出版，因此把香港地區字形排在前面，接着台灣地區字形與大陸地區字形；每個漢字的屬性基本按香港地區的標準描述。

目前，本字典共收字頭 8229 個，較《通用規範漢字表》8105 字多，這是因為大陸地區的字形有“一簡對多繁”的緣故，而本字典對此做了妥善的處理。這裏需要先解釋一個問題，一些人以為漢字系統裏每一個字都有繁簡體的差異，我們來看看實際的情況。1964 年公佈的《簡化字總表》共分三表：第一表所收的是 352 個不做偏旁用的簡化字；第二表所收的是 132 個可作偏旁用的簡化字和 14 個簡化偏旁；第三表所收的是應用第二表的簡化字和簡化偏旁得出來的簡化字。1986 年，國家語言文字工作委員會經國務院批准重新發佈了《簡化字總表》，調整後的《簡化字總表》，實收簡化字 2235 個。2013 年公佈的《通用規範漢字表》，基本涵蓋《簡化字總表》裏的字，僅有 31 個字未收入，這包括個別的方言字、異體字、文言用字及專業領域用字，這 31 個字已經沒有什麼實用價值了。此外，還增收了一部分在社會語言生活中廣泛使用的簡化字。現時，簡化字在《通用規範漢字表》裏約佔三成。在本字典裏，大陸地區的繁簡體字形均有列出，為了方便比較，先列繁體字，再列簡化字。香港地區、台灣地區的字形和大陸地區的繁體字字形可以作比較，和簡化字字形就不比較了。

此外，《通用規範漢字表》中有 40 個字，因本字典所選電腦字體出現缺字情況，以致無法比較其字形，存此暫缺。包括：二級字表的“啷、㤘、扨、鹮”，三級字表的“㑇、嘓、㙍、塯、墋、塝、岫、岍、㥁、殆、瑅、瓕、硝、碍、砝、磲、硗、胋、苵、蒳、鐩、郊、邾、酆、鈋、鈹、鍌、錂、鏾、鐥、鏢、阸、弦、鲃、鰣、鰫”。

根據凡例列出的分區原則，我們對《通用規範漢字表》裏的漢字進行了字形比較，按不同地區字形同異情況分別歸類。經過全面對比後，我們可以對用字現狀有一個比較具體的瞭解：在本字典收錄的8229字中，三者字形相同的漢字共4378個，佔五成以上；字形不同的漢字共3851個，約佔四成半。雖因技術原因未能窮盡《通用規範漢字表》所收單字，但三者的字形同異面貌已經得到總體展現，能夠極大地便利讀者查檢、掌握漢字字形。

關於字形差異的比較和描述，我們關注的是核心差異，在“字形差異描述”一欄做出了較為細緻的分析。這包括：（一）筆畫交接關係不同。筆畫是漢字構形書寫的最小單位，是組成漢字各種形狀的點和線。筆畫之間相接、相交、相離的差異通常看作是核心差異，如：“丑 / 丑”，香港、台灣第三筆“橫”與首筆“橫折”相交，大陸第三筆“橫”與首筆“橫折”相接。（二）筆形不同，筆畫稱謂有別。這類字一般作為部件構字時，在書寫上亦具同樣的規律性變化，如：“今 / 今”，香港、台灣第三筆是“短橫”，大陸第三筆是“點”。（三）構字部件不同，構字理據或其他有區別。這類字常涉及取用不同的形旁或聲旁，如：“雞 / 鷄”，形旁不同；“線 / 綫”，聲旁不同。（四）漢字結構不同，屬性不一樣。如：“慼 / 感”，分屬半包圍結構和上下結構，其構字的筆畫亦呈現出長短變化。

對於以上核心差異導致字樣內部發生質的差異的情形，本字典擇要點予以描述，可以清楚看到漢字體系從筆畫到部件再到結構的分別，從而為科學識字、準確寫字奠定基礎。如果字形僅在結構疏密度、筆形傾斜度、飾筆處理等方面有細微出入的，我們不視為字形有質的差異，不做描述。

本字典在“字形差異描述”欄目下設有四個專欄：注意、辨析、小知識、書寫提示。設立專欄的目的，是幫助讀者瞭解漢字的知識和書寫規律，使讀者深入瞭解漢字字形特點，形成正確的書寫習慣，更好地掌握和運用漢字。從這個角度看，這部字典也是一部學習字典。讀者在查找字形的同時，可以學習有關知識，利用這些知識來舉一反三，歸納推理，開闊思路。

總的來看，本字典通過對比中國的大陸地區以及香港地區、台灣地區的漢字字形，系統地進行歸納並分區排列，使三者字形的同異狀況一目了然，可供各地語言文字教學與研究者查考。一部字典要經過多次的打磨才能不斷完善，我們誠摯希望讀者提出寶貴意見和建議，以備修訂。

田小琳

2022 年春於香港

〔刊於田小琳主編《漢字字形對比字典》[①]，香港：中華書局（香港）有限公司，2022 年 5 月〕

---

① 《漢字字形對比字典》於 2023 年獲得"第四屆香港出版雙年獎"語文學習類出版獎。

21

填補港式中文語法研究之空白
——田小琳主編《港式中文語法研究》前言

《港式中文語法研究》是《全球華語語法·香港卷》的繁體版。

《全球華語語法·香港卷》由北京商務印書館於 2021 年 9 月出版。總主編邢福義教授和副總主編汪國勝教授為該書撰寫了前言，詳細介紹了開展全球華語語法調查研究的來龍去脈。這項研究是 2011 年國家社科基金重大項目"全球華語語法研究"的組成部分，首次在中國的香港特區、澳門特區和台灣地區，及海外的新加坡、馬來西亞和北美的華人社區，進行較大規模的語法調查和研究。《全球華語語法·香港卷》是這項工作的成果之一。

香港中華書局總經理、總編輯侯明女士在瞭解了《全球華語語法·香港卷》的研究內容之後，決定出版本書的繁體版，向香港、澳門、台灣的讀者及海外華人中使用繁體字的讀者推介本書。本書的內容只涉及香港的有關情況，而香港使用的書面漢語變體通常稱為"港式中文"，所以本書更名為《港式中文語法研究》。

全球華語語法研究的香港組成員共七位。組長為田小琳教授（前香港嶺南大學），成員有石定栩教授（廣東外語外貿大學 / 香港理工大學）、鄧思穎教授（香港中文大學）、趙春利教授（暨南大學 / 香港理工大學）、馬毛朋博士（香港嶺南大學）、李斐博士（香港嶺南大學）、秦嘉麗女士（香港浸會大學）。

　　全書 32 萬字，共八章。田小琳教授總負責，並與馬毛朋博士、李斐博士、秦嘉麗女士負責第一章至第四章；石定栩教授、趙春利教授負責第五章至第七章；鄧思穎教授負責第八章。自 2011 年啟動工作至 2015 年 10 月完成全書，歷時三年十個月。在工作過程中，小組多次召開工作會議，討論綱目和章節、章節內容、章節的銜接等。各章節完成後，由田小琳教授統稿定稿。其間得到邢福義教授和汪國勝教授的大力支持與悉心指導。

　　本書所描寫的語法現象屬於在香港社會流通的港式中文。港式中文是香港社區使用的一種中文書面語，可以視為通用中文在香港的社區變體。港式中文夾用粵語、英語語句及香港社區詞，也有一些文言語句，借用了部分粵語和英語的語法結構，還包括了硬譯形成的特殊句式。我們所調查所研究的，不是通用中文的語法特點，也不是粵語的語法特點，而是在香港流通較廣的港式中文的語法特點。在選擇語料時，我們涉及的範圍十分廣泛，包括了報刊、雜誌、書籍及政府文件，行業文件等多種紙質材料，還有電子語料庫上的各種語料；題材包括政治、經濟、文化、生活、娛樂等各個方面。語料不受局限，找到的社區變體特點也就更為全面。

　　在分析研究語料時，我們運用了“普—方—古—外”綜合分析的方法。香港的語言生活是多元化的，語言的接觸、方言的影響和語言政策的作用，三個因素都在起作用。具體地說，由於歷史的原因，英語長期佔有重要的位置，自然會對漢語產生影響。香港地處方言區，約九成人的方言是粵語，粵語對於書面語體無疑會產生較大影響。在香港回歸祖國之後，特區政府推行“兩文三語”的政策，中文和英文都是正式語文；普通話、粵語、英語都在社會上流通。這種多元化、寬鬆的語言政策符合香港語言生活的實際，也是書面語體形成港式中文的重要因素。所以，運用這種“普—方—古—外”綜合分析的方法，能夠比較全面地觀察語言現象，有效地解決問題，得出一些比較有說服力的結論。全書的框架主要包括以下幾個部分：概論（第一章），詞法部分（第二、三、四章），句法部分（第五、六章），篇章部分（第七章）。從語素、構詞、詞彙、短語、句子到篇章，照顧到了由小到大的語法單位，並且最後還討論了粵語語法對港式中文的影響（第八章）。由目錄的細目看，我們對港式中文的語法系統進行了詳盡的描寫，做了比較全面的討論，基本概括出了港式中文語法的主要特徵。當然，這方面的研究還只是開頭，希望今後有更深入的研究。

特別需要說明的是，我們認為港式中文是香港社會流通的地區中文變體，使用群體人數眾多，體現了地方文化特色。另一方面，港式中文與全國、全世界通用的中文有不少差別，有些差別比較明顯，有些則比較隱蔽，有些差異不難被其他地方的讀者理解，有些則會形成誤讀、誤判，甚至造成預想不到的後果。對這些差別作出詳盡的描述和分析，可以幫助香港人瞭解港式中文和通用中文的異同，更好地與其他地方的同胞和華人進行交流。這也是全球華語語法調查研究的初衷之一。

最後，在本書付梓之際，我們衷心感謝邢福義教授、汪國勝教授，邀請並帶領我們參加全球華語語法研究的項目，令研究成果成書；衷心感謝北京商務印書館支持在香港出版繁體版。衷心感謝香港中華書局總經理、總編輯侯明女士的精心策劃，使本書在香港順利出版。感謝責任編輯楊安琪小姐、美術設計高林付出的辛勞。

希望讀者給予批評指正。

田小琳

2022 年 3 月 5 日

〔刊於田小琳主編《港式中文語法研究》，香港：中華書局（香港）有限公司，2022 年 7 月〕

22

景觀研究係社區文化重要標誌
——劉鍵著《香港地區語言景觀研究》序言

　　我和劉鍵老師認識多年。在香港的學術會議上，在教師普通話測試工作中，常常碰面。他在香港中文大學文學院任教期間，同時攻讀陝西師範大學的語言學及應用語言學博士，博導是趙學清教授。在選擇博士論文的研究方向時，劉鍵老師來家裏和我討論，我建議選擇香港語言生活中的話題，做社會語言學方面的研究，語料容易搜集，又貼近生活，接地氣；研究的結果會有一定的實用價值。

　　在趙學清教授的指導下，劉鍵老師選擇了香港地區的語言景觀研究，正合他的專業。開題報告也順利通過了。我覺得，這個題目有的寫。以香港回歸前後的歷史和現實情況看，語言景觀是研究的豐富礦藏，可挖掘的寶貝太多了。而前人所做的研究工作又不太多，很多空白可以填補。

　　從開題到寫作完成，大約兩年半的時間。這個研究課題貫穿了劉鍵老師學習的過程，也是一次研究工作的寶貴經歷。他在寫作過程中，我們因編一部字典時常見面。他告訴我，他主要到香港的中環、尖沙咀、旺角、上水四個區去拍照，體會到香港的街景簡直是他論文取之不竭的語料庫。他發現很多商舖的招牌上英文和漢字都有，還有少量日文的。街上的廣告，夾雜了不少粵語和英語。這多文多語的語言生活，真是繽紛多彩。還有一些具體問題，我們有時也會討論，例如放在餐館外面的餐牌、做廣告的易拉架，算不算是景觀呢，景觀的範圍好像很廣。我仔細地聽着他講，也用研究香港社區詞和港式中文的例子給他補充。從言談中，感覺到他已經進入角色了。看來，寫博士論文要喜歡自己選擇的題目，是成功的重要條件。

努力學習真是有成果，劉鍵的博士論文經過評審和答辯，順利通過，成績優秀。現在論文修改成書，《香港地區語言景觀研究》就要付梓了。我由衷地感到高興。劉鍵博士囑我寫序，我就談談自己的感想吧。

首先，我欣賞劉鍵博士穿街走巷，做了細緻的"田野調查"。這種實地調查是一種獲得語言材料的方法。他對着街道上的文字景觀，拍照上千張，最後確認有 1191 張有效樣本。這個樣本量就有了說服力。除了靜態樣本，還有有聲的動態樣本，共計 50 個小時。香港流通的"兩文三語"，活靈活現地出現在香港的景觀中，從另一個角度顯現了香港社會語言生活的生動情況。語料的實實在在的積累，給論文在理論上的展開，提供了前提。這一步是絕不能缺少的。如果只是百十來張少量照片，或者間接引用別人的資料，那就會失去了發言權。

接着，我欣賞劉鍵博士從歷時和共時兩個方面，縱橫捭闔，通過香港街景對香港的社會現象作深層次分析。歷時和共時，是我們做語言研究的兩個坐標，少了誰，都缺少了科學的分析。歷時的研究，是讓我們看到香港的語言生活在一定時間跨度內所經歷的種種變化；共時的研究，則是讓我們看到香港的語言生活在其歷史發展中的某一個時期的狀況。索緒爾引入語言學研究的兩大時間維度，被劉鍵用香港街景的實例，做了很好的闡述。他還將歷時、共時概念融入本書的主要章節，反映了研究的理論高度。

我預計，論文的結論會對香港社會現時的景觀，提出若干有益的建議。果然，在最後章節，劉鍵博士根據調查研究的情況，提出了可行的辦法。他建議加強語言景觀中普通話和簡化字的建設，這是規範化的大問題。香港作為中國的特別行政區，在語言文字規範化問題上，無疑要和國家的大政方針靠攏，為的是便於和內地交流。他建議景觀中儘量少使用粵語，如果需要使用時，應該制定統一的粵語字詞標準。而景觀中的英文建設則需要加強，因為香港是國際大都會。細節上，他還注意到了要為香港的少數族裔提供景觀服務。

這本書還有一個特點是圖文並茂，58 張插圖隨文其中，我們對照着圖片來看書中的分析，一定會感到饒有興趣。讀了這本書，出門再觀察香港的街景，說不定會產生親切感，發出會心的微笑呢！

誠摯地向讀者推薦這本好看的書。

是為序。

田小琳
2022 年春於香港

（刊於劉鍵著《香港地區語言景觀研究》，香港：和平圖書有限公司，2022年 6 月）

23

多元語言文化共融的學術盛會
——《澳門語言學刊 2022 年特刊》卷首語

王寧　田小琳

　　澳門語言學會主辦、澳門科技大學國際學院協辦的"多元文化環境中的語言研究和中文教育"線上國際學術研討會，2021 年 11 月成功召開並圓滿落下帷幕。研討會的豐碩成果集中反映在這本《澳門語言學刊》的特刊裏。我們受澳門語言學會會長黃翊博士委託，來寫這期特刊的卷首語。

　　這次會議，由於疫情的阻隔，新老朋友未能匯聚一堂當面踴躍爭論、盡情暢敘，然而即使線上見面，也無礙大家高漲的情緒。從學者們帶來的文章裏，我們看到大家對這次會議的高度重視，也看到大家學術研究和教學工作中的盡責與專注，以及學者們豐厚的學術積累。

　　澳門語言學會舉辦的這次研討會的主題具有很強的專業性和現實意義，既面向澳門、粵港澳大灣區，也面向廣大海內外的學者，給與會學者一個寬闊的平台來展現研究成果，有逾百篇文章提交大會。大會充分安排了學者線上的發言和研討，讓人人有暢所欲言的機會，而在收入本期《澳門語言學刊》特刊時，限於篇幅，經過編委會精心遴選，僅選定了 43 篇文章入刊，其中學者文章 34 篇，"銀娛"優秀青年學者獲獎文章 9 篇。

　　特刊內容分為五個部分，從各個方面扣緊了會議的主題，覆蓋了研究的各個層次和多種維度。

一、**漢字漢語研究**。這個部分既深入到本體的理論研究，又及時和緊密地結合了語言文字的應用問題。2021 年 10 月 11 日國家標準化管理委員會剛剛公佈了《古籍印刷通用字規範字形表》，已經有專門的文章討論其重大意義。眾所期盼的《現代漢語大詞典》即將出版，關於詞典的編纂理念與應用功能也在這次會議的文章中做了專門的介紹。這兩項大工程都是語言學界為社會服務的最新建業，作者以最快的時間將研究成果帶到大會。在這個欄目裏，關於漢語漢字研究的核心價值和對文化自信產生的影響、提倡漢語和非漢語結合的研究思路、提倡語言比較的意識的理論闡發，以及關於方言字的研究和關於漢語漢字特點研究等理論的探討和人物介紹，也產生了十分有深度的論文。

二、**多元環境中的語言文化研究**。這部分文章給我們展示了包括廣東、香港、澳門、台灣以及海外的多元環境的背景下語言文字的諸多問題。澳門語言資源豐富，文化多元共容，可以稱為大灣區多元語言文化的模範之城。文章列舉豐富資料，讓我們瞭解了穗港澳基礎教育文化交流的情況、海外華語的文化遺產、以及傳統文化與文史教育在台灣面臨的問題與挑戰等。精彩紛呈，令人眼界開闊，耳目一新。

三、**多元語言環境中的語言教育**。這部分文章不但有對過去工作的經驗總結，還提出了不少語言教育的新想法，包括新組織、新業態，以及試圖構建一個適應線上線下語言有融合發展的新體制。更多的文章涉及課程、教材、教法，都是教育第一線學者的用心之論。香港的中文教育現狀在歷次會議上都為大家特別關注。香港回歸祖國 25 年了，中文教育有沒有全面回歸？發展前景如何？如何加速推進？這些現實問題研討熱烈，文章的許多見解和建議，對香港中文教育的發展有極大的幫助。特別應該提出的是，這部分文章裏還有關於川康地區的語言認同與語言教育、韓國疫情期間線上漢語課教學的經驗的介紹。這些多元語言環境新的聚焦點，給這個專題帶來了新的面貌。

四、**語言資源和語言應用**。這部分文章中，有的回應國家的語保工程，對語言文化多樣性背景下中國語言資源保護的實踐和經驗作了全面闡述，學者們用"有傳統，無疆界"形象地說明澳門語言資源現狀及發展前景。有的關注在國際中文教育視域下中國西北少數民族文化資源狀況，希望填補研究空白。還有的討論東莞外來務工人員語言使用狀況，我們的語言研究工作者為弱勢群體發聲的正義感，值得我們為之點讚。

五、**多語能力和跨文化理解**。這部分文章的作者以澳門的年輕學者為主，他們十分關注澳門人特別是澳門大學生語言能力的發展，包括澳門大學生跨文化交際能力的發展，澳門專上院校通識課程中語言溝通課程的開設，以及以澳門為例來分析交際個體對多元文化識別和理解力的提升途徑等。澳門年輕學者這支語言學隊伍在學術會議上異軍突起，可喜可賀！

特刊最後用專門的篇幅刊登了優秀青年學者獲獎文章。獲獎論文題目不拘一格，涉及語言文字本體的研究，涵蓋語音、詞彙、語法各方面；也涉及漢英葡語言比較研究，研究範圍的地域有中國的青海、深圳、香港、澳門等地，還有關於泰國的專論。更有與時俱進的社會語言學方面的文章：新冠疫情背景的澳門語言景觀中多語狀況調查等。我們衷心祝賀獲獎的青年學者，期盼他們有更多的研究成果問世。

這是一次別開生面的學術研討會，成就了由澳門語言學會主編的這期豐富多彩的特刊。澳門語言學會成立於回歸祖國以前的 1994 年，為了迎接澳門回到祖國的懷抱，他們為中文在澳門應取得的官方地位大聲呼籲。澳門回歸祖國以後，他們又為澳門特區政府制定語言文字政策積極建言獻策。澳門語言學會在近三十年的時間裏，為活躍海內外學者的交流，十分密集地舉辦了數十次大中型的學術會議。會議聚焦重要話題，讓學術研究服務社會，服務國家。幾代語言學的學術帶頭人和學者長期努力，與各個大學一起，將澳門打造成中國語言學界進行國際學術交流的勝地。學術研究會議結束後以嚴肅認真的態度出版的學術論文集，記載了學者們為語言文字回歸祖國做出的努力，也承載了大家的文化傳承、文化認同。

《澳門語言學刊》已經出版了 58 期，學風端正，內容豐富，方向正確，影響巨大。這期特刊必會延續《學刊》的優秀傳統，傳達學者們專精的研究成果，弘揚他們高度的文化自信和真誠的愛國精神。

（刊於澳門語言學會《澳門語言學刊 2022 年特刊》，2022 年 10 月）

二、華語社群研究

大華語社區詞之鳥瞰圖
—— 田靜著《基於〈全球華語大詞典〉的大華語社區詞研究》序言

我和田靜都姓田，老田與小田的緣分始於 2017 年。

那是 2017 年 10 月，澳門理工學院澳門語言文化研究中心舉辦 "語言與現代化" 學術研討會。周荐先生當時主持澳門語言文化中心工作，年年舉辦研討會，四方朋友以文會友，堪稱語言學界當時的盛事。香港是澳門近鄰，我幾乎每年都去參加。

那次去澳門之前，被告知廈門大學蘇新春教授帶了他的博士生參加會議，而這位博士生準備以社區詞作為博士論文研究的內容。這是我最高興聽到的事情。到會之後，見到田靜，是位年輕的女學生，我們就像老朋友一樣聊起天兒來。我送給她幾本書，有程祥徽先生和我合寫的《現代漢語》（2013）教材，詞彙章節比較充分描述了社區詞內容；有《現代漢語學習詞典》（2015），香港三聯書店委託我主持修訂的繁體版，我特意加進了一些港澳台的社區詞詞條；還有我的一本論文集《香港語言生活研究論集》（2012），裏面收有論述社區詞的文章。會議期間，我幫小田梳理研究思路，講述了我在十幾年間積累語料、調查研究、分析比較、歸納推理、反覆論證，提出社區詞概念的過程和研究中遇到的問題，我希望她在理論上做進一步深入研究，有所突破。儘管在 2011 年，全國科學技術名詞審定委員會公佈的《語言學名詞》裏，已經收錄了 "社區詞" 這個詞條，但是有關社區詞的理論研究還有很多題目要做。我們談得很投契，我發現，田靜已經在蘇新春教授指導下，讀了許多文章，思考了許多有關社區詞的問題。

研究社區詞，首先要掌握充分的語料。北京商務印書館出版了《香港社區詞詞典》（2009）之後，相繼出版了《全球華語詞典》（2010）和《全球華語大詞典》（2016）。《香港社區詞詞典》是地區性的，收香港社區詞 2418 條。《全球華語詞典》是全球性的，收錄世界各華人社區內使用的華語詞語約 10,000 條。《全球華語大詞典》既收錄全球華人社區普遍使用的通用詞語，也收錄主要的華人社區使用的特有詞語，收詞約 88,400 條。我對田靜說，你的研究已經有充分的豐富的語料提供，這是多麼好的先決條件。這幾本詞典，還有其他有關詞典，就是你研究的案頭書，須臾不能離開了。道理很簡單，沒有語料在先，哪裏有理論在後？會後，田靜告訴我她購齊了上述詞典，後來的論文題目，就是以《基於〈全球華語大詞典〉的大華語社區詞研究》為題的，我聽了很是高興。

田靜是個用功的學生，在她準備博士論文的過程中，先行寫出了《社區詞的研究分期、研究視角及其在詞彙學中地位》一文，這是她第一篇關於社區詞的論文（後刊登於《中南大學學報（社會科學版）》），也為寫作畢業論文打了前站。

時間過得快。2019 年 7 月，我在香港收到蘇新春先生的邀請信，邀請我到廈門大學去主持田靜的博士畢業論文答辯會；我欣然前往。答辯會的委員還有復旦大學申小龍教授，廈門大學李如龍教授、林寒生教授、鄧曉華教授。此外，參加答辯會的還有特地從福州來廈門和我會合的福建省前語委辦主任金秋蘋老師，她在語委工作時，得到蘇新春教授支持，是合作夥伴；還有申小龍教授的兩位助手，以及田靜的同學們。滿滿坐了一教室。答辯會開始充滿嚴肅的氣氛，蘇新春教授講話之後，田靜開始報告論文的要點，答辯委員提問，田靜做答辯。之後，學術研究氣氛活躍起來。答辯委員既肯定了論文的優點，又指出不足之處，給田靜修改論文和做深入研究指明了方向。討論中，大家還就社區詞的研究現狀，交換了意見，這也給我很大啟發。

田靜的論文答辯順利通過了。我很高興她在幾年的時間裏，心無旁鶩，努力鑽研，在導師指導下按時完成研究課題，取得好成績。

現在田靜的論文要成書出版了。我們審視目錄，她經過兩年的繼續探討，根據答辯會上老師們的建議，將內容條分縷析，做了合乎邏輯的歸納；更運用科學方法進行計算統計，令研究成果有資料的根據，研究的特點更加突出；還從詞彙學的角度，對社區詞進行義類分析定位。

從全書看，我認為這本書有以下幾個值得注意的特點。

一、**視野開闊，研究的語料是大華語視野下的社區詞**。以《全球華語大詞典》中收錄的非通用詞即大華語社區詞作為主體研究語料。這個平台是開闊的，所有華語社區都在其中。《全球華語大詞典》所涉及的社區包括：中國大陸（內地）、中國港澳、中國台灣、新馬印尼菲、泰國、越老柬緬汶萊、東北亞、以及北美、歐洲、大洋洲等。詞典裏所收錄的各華人社區的特有詞語，是現階段收集比較多的特有詞語了。田靜按詞典義項細緻統計，包括參見條，採用了 13,150 個。語料充分，調查研究的對象均在其中，下一步研究得出的結論，便具有可信性。而且社區的合理劃分，提供了對比研究的先決條件。

二、**社區詞以詞義為區別性特徵**。主體義類是以"人、社會生活、日常生活、工作"為核心內容，名物性為依附性特徵。田靜分析了社區詞義類的整體分佈特徵，參考了蘇新春先生編著的《現代漢語分類詞典》（商務印書館，2013）的分類標準，得出這樣的結論。這個義類體系的建構是和社區詞的定義相呼應的。《語言學名詞》裏描述社區詞是："某個社區使用的，並反映該社區政治、經濟、文化的特有詞語。例如，內地的‘三講’‘菜籃子工程’，香港的‘房奴’‘強積金’，台灣的‘拜票’‘走路工’。”（商務印書館，2011，頁81）由此看出，田靜對於主體義類的劃分是準確的。

三、用量化精準分析，科學分區分級，對比出各個社區在社區詞構成時的特色，包括生成特點、詞語結構特點、詞義內容特點等。對比的結果發現，詞義典型性社區由典型到非典型，依次為中國內地、新—馬、中國台灣、泰國、中國港澳。原型社區總偏差由小到大，依次為新—馬—泰、中國台灣、中國內地、印尼—汶萊—菲律賓、中國港澳。在反覆對比後，還特別提出：“中國港澳社區社區詞各類詞彙特徵的差異性相對最為顯著，特色最為鮮明、因而相較於其他社區也最有研究價值。”這是過去研究中沒有提出過的新看法，沒有對比研究，提不出這個看法。

以上幾個特點正是本書在社區詞理論研究上有新意的地方。我想對第三點多說幾句。書中指出，對比各社區的社區詞的詞彙特徵，中國港澳社區的社區詞，相較於其他社區最有研究價值。這對於我們繼續深入研究港澳社區詞的特點是一個促進。港澳社區是多語流通的多元文化社區，在回歸祖國，實行“一國兩制”後，香港的“兩文三語”政策，澳門的“三文四語”政策，都使得港澳社區的語言文字運用呈現生動活潑的局面。加之香港是國際大都會、金融中心、物流中心的特殊地位，這個社會背景令人們勇於創新、不斷創新；而社會的新發展變化必然折射到語言的運用上，特別是詞彙的展現上。所以，港澳社區詞的進一步深入研究，是擺在我們面前的新任務。我們也希望港澳社區詞在與各社區充分交流中為人理解，不斷有港澳社區詞被吸收進現代漢語詞典，豐富現代漢語詞彙。

田靜所著《基於〈全球大華語詞典〉的大華語社區詞研究》是學界關於社區詞研究方面的一項新成果。學術研究最重要有傳承，在大家取得共識的情況下，一起向前走。不斷發現問題，解決問題，有了新的共識，再向前走。成果才能積累，學術才能進步。

我曾開玩笑地說，現在老田和小田都是"八零後"。小田是真的八零後生人，正值充滿活力的青年時代，渾身有使不完的勁頭。老田的"八零後"則是借來一用的了。即使這樣，那也會不甘落後，正如同金色的晚霞灑滿世間，我們語言學界有一群八零後，還在繼續發光發熱。我們更願意幫忙把年輕人扶上馬，由他們快馬加鞭向前奔跑。

田靜已經站在青島大學的講台上當老師了。當她的第一本書要付梓時，我衷心希望她做一位好老師，教學和科研相結合，有更多的研究成果問世。

是為序。

田小琳

2022 年中秋節

於香港城市花園

（刊於田靜著《基於〈全球華語大詞典〉的大華語社區詞研究》，北京：東方出版社，2023 年 3 月）

25

教學和科研相結合的成果
—— 李斐著《香港語文研究論集》

　　李斐博士是我在嶺南大學教書時的舊同事。我欣賞他的學歷，陝西師範大學中文系本科四年，碩士三年，南京大學中文系音韻學專業博士三年。真是經歷了"十年寒窗"的。這扎扎實實的基本功，正是站在大學講台上所需要的。轉眼他在嶺南大學中國語文教學和測試中心教書十六年了。陝西師範大學聘他為客座教授。

　　李斐博士用心沉浸在香港的語言教學中，教學相長是必然的結果，教學素質需要不斷提高，會對科學研究提出進一步要求。我在嶺南大學時，一直主張語文中心的老師要有學術研究成果，這不是為了研究而研究。而是因為深入研究才能提高自己的學術水平，而不會只滿足在原來大學畢業的水平原地踏步。教師科研水平的提高，會直接反映到教學上，受益的便是大學生。科學研究和教學相輔相成，是一個互為影響的良性循環。

　　李斐博士是做到了這一點的。下面先說說我們在合作研究中的兩件事情。

　　2008 年我在嶺南大學時，和李斐、馬毛朋三人申請了"港式中文研究"項目，得到了大學批准，給予研究經費資助。港式中文是在香港社區廣泛流通的一種社區語體，這種書面語體也可以看做是通用中文在香港社區的變體。它主要的特點是在通用中文基礎上夾用少量粵語語句、英語語句以及文言語句，形成一種港味的書面語。得出這個結論是在搜集大量語料，並進行判斷、歸納、推理的基礎上得出的。我們發表了系列文章，2010 年的結項報告由李斐博士執筆總結，得到了大學的認可。

本來這個研究成果我們已經準備成書，書名初步定為《港式中文研究》，大家在分別執筆補充資料、核實資料。2011 年，華中師範大學邢福義先生牽頭的 "全球華語語法研究" 作為國家社会科學基金重大項目上馬，希望我組建團隊完成《全球華語語法·香港卷》。我和馬毛朋、李斐二位商議，我們毅然決定參加邢先生的團隊。《香港卷》是以港式中文作為主要調查研究對象的，那麼，有我們已經研究的一些成果，是完成任務的好條件。後來我們三人和石定栩、鄧思穎、趙春利三位教授，還有秦嘉麗老師一起，七人共同協作，統一認識，分工執筆，於 2015 年交上了 32 萬字的書稿，完成了任務。2021 年《全球華語語法·香港卷》在北京出版（商務印書館），2022 年，《港式中文語法研究》作為《香港卷》的繁體版，在香港出版（中華書局）。國家有關機構給 "全球華語語法研究" 項目結項的成績是優秀等級。《全球華語語法》共六卷，成為教育部人文社會科學重點研究基地成果，中國語言文學國家雙一流建設學科成果。

李斐博士參加《全球華語語法·香港卷》詞法有關部分的寫作。在研究過程中，還發表了文章《港式中文詞類活用現象調查報告》《港式中文同素逆序詞考論》，刊登在核心刊物華中師範大學的《漢語學報》上。此後，他繼續研究港式中文，從不同視角看這種語體的特點，發表了以下文章：《港式中文外來詞結構類型分析》《港式中文同型異質詞特點探析》《香港樓宇命名修辭特點分析 —— 港式中文研究實踐》等，現一併收入本論文集，成為港式中文研究系列。

差不多在《香港卷》進行研究的同時，我們又接受了一個新任務。時任香港三聯書店總編輯侯明女士，希望我主持《現代漢語學習詞典》（原為北京商務印書館辭書研究中心編著，北京商務印書館出版）繁體字版的修訂工作。對象是香港、澳門、台灣以及海外使用繁體字的讀者。我邀李斐、馬毛朋兩位一起修訂這本厚厚的詞典，書成長達 1865 頁。我們和三聯書店的責任編輯鄭海檳一起參加詞彙學的國際學術研討會，吸收同行意見，把這一修訂工作當做詞典編寫的研究工作來做。收在這本論文集的兩篇文章，《關於辭書修訂與創新的幾點認識》《編纂與修訂詞典的大中華視野》，記錄了我們共同考慮的問題，根據訂定的修改原則，我們加入了新的元素，例如，吸收了幾百個香港、澳門、台灣的社區詞，吸收了若干字的台灣注音，吸收了港式中文裏幾個常用的虛詞，增加了詞義比較、詞語語用的新知識，在不少例句的內容上做了更新。附錄增加了數字開頭的詞語，擴充了字母詞數目。可見，沒有深入的研究，就沒有創新。這本詞典的修訂，令李斐博士對於詞彙的研究充滿了興趣，我們看到論文集裏收入的許多關於詞彙和字典的文章，都是他別開生面的收穫。例如，《社區詞的界定、定位及研究意義》《吸引眼球 ——〈新華字典〉第 11 版讀後》等。還有他在《咬文嚼字》、香港《文匯報》等報刊上發表的有趣味性的一批小文章，都是他在研究中增強了語感，從香港語言生活中發現的問題。文章有創新的內容，符合新詞新語湧現的潮流。像是《說說字母詞BB》那一篇，由當做嬰兒講的字母詞 "BB" 生發出去，有 "BB 車"，甚至還有 "BB 辣"（調味中最微小的辣味）。如果觀察不細緻，是發現不了的。

從上面的兩項工作中，我對李斐博士的研究能力、研究水平都有了更多的瞭解。他在碩士、博士階段專修的方言學、音韻學也都沒有疏離，除了他出版的專著《初唐詩格律演變研究》（上海古籍出版社，2021 年）以外，在這本論文集裏，我們繼續讀到有關的文章，例如，《漢語方言研究方法簡析》《陝西潼關話 [pf] 類聲母的歷史層次》等。

最後我要說的是，收入這本集子的，還有很多篇和教學工作結合緊密的文章，有不同課程的，有教材編寫的，有教學法的，有關於測試的，這是十分令我欣賞的。語言學本體研究固然重要,而教學研究也是科學研究很重要的一部分。教學好,是教師的本分。由教學產生的問題,經過調查研究去解決,那就最有成效。

在細細讀這本論文集時,我聯想起一件往事。記得那是 1980 年,正值王力教授八十壽誕的年份,學術界、教育界、出版界共同舉辦了一次盛會:"慶祝王力先生學術活動 50 週年",會議於 8 月 20 日在全國政協禮堂召開。教育部部長蔣南翔先生到會,在座的還有以葉聖陶、胡愈之、呂叔湘、葉籟士、董純才、倪海曙、周有光、吳宗濟、殷煥先、王均等為代表的許多著名學者。我作為王力先生的學生也被邀參加會議。學者們一一發言,從各個方面詮釋王力精神的內涵。我清楚地記得蔣南翔部長在講話中,高度評價了王力教授,說 "他是教學和科研相結合的一個典範"。蔣南翔部長希望大家以王力先生為榜樣,"在高等院校中,把教育和科學研究緊密地、有機地結合起來,相互促進,不斷提高。" 老部長的話,今天聽來也是硬道理。

那時我在人民教育出版社工作,我心裏想,如果有一天我在大學教書,那就要學習王力教授,努力做到教學和科學研究相結合。1985 年,當我在香港定居之後,在多所大學兼職講課,後來在嶺南大學全職教學十年。我終於有了向我的老師王力教授學習的機會,實現自己的願望。

這種教學和科學研究相結合的精神,我欣喜地在李斐博士的文集中看到了。王力先生的高足魯國堯先生是李斐的博士生導師,原來,王力先生的精神在代代薪火相傳。這是可以告慰王力先生的了。

是為序。

田小琳

2023 年 3 月於香港

(刊於李斐著《香港語文研究論集》,香港:和平圖書有限公司,將於 2024 年出版)

第三部分

語文學人交往

26

小學三城求學記

小學六年，我在西安、上海、北京三城上小學。從六歲到十二歲。

1940 年，我出生在陝西省西安市，西安是十三朝古都。我的祖籍是陝西白水縣，白水是倉頡故里。傳說黃帝的史官倉頡造字，當時"天雨粟，鬼夜哭"（《淮南子》），可知創造文字是驚動天地的大事。2010 年，聯合國確定每年中國的穀雨節氣那天（4 月 20 日）為中文日，紀念中華文字始祖倉頡造字的貢獻。原來我是倉頡後人哪！

下面我來說說三城求學的故事。

我六歲進西安的小學。學校離家裏住的南馬道巷不遠，在夏家什子，叫第二實驗小學。那時我就喜歡國文課，教語文的蔣貞老師說得一口流利的國語，真好聽。蔣老師用國語帶讀課文，記得最清楚的是這句："國父孫中山先生，家住廣東翠亨村"。要把國語說準，就要學習注音符號。課本的漢字上都有注音符號，自己可以練習。我在小學二年級時已經學會說流利的國語了。還有學習毛筆字，每天要帶墨盒和毛筆上學校，除了課堂上老師教的之外，回家還要寫很多張。在田字格的寫字簿上，先寫大字，再在大字周圍寫小字，密密麻麻寫滿一張紙才行。所以我自小知道漢字是方塊字，橫平豎直才好看，這是基本功！

母親年輕時曾領取楊虎城將軍的助學金，從西安到北京求學，她在女子師範讀書，是高中畢業生。她重視子女的課外教育，假日會帶我們上城牆，去鐘鼓樓，見識雄偉的古建築；去遠處的翠華山，親近大自然。她去易俗社劇院聽秦腔，也帶着我們。噢！那震天價響的秦腔啊，多麼有氣魄！雖然聽不懂詞兒，但愛那鑼鼓聲的伴奏。到聖誕節，她會帶我們去教堂，看那位和藹可親的英國榮牧師；我佇立在一棵聖誕樹前不肯走，那是最美的聖誕樹。母親時不時讓我們姐弟五人聆聽一位大姐姐用英語朗讀故事書，不管我們聽懂聽不懂。在北京上過學的母親，真的非同凡響。要知道，和她同齡的婦女，那時不少還裹着小腳呢！

在西安上了兩年小學，父母親有大動作，因為父親做生意的緣故，全家要搬到上海。父親也是受楊虎城將軍資助的，他不僅在北京上了匯文中學的高中，還繼續到上海上大學，讀商科，所以他熟悉上海。本來母親在西安把我們幾個女孩子都打扮成男孩子樣子，剪的分頭，穿的中山裝；到了上海這十里洋場，她就給我們換上了裙子。我插班上中國小學也要考試，進到教室，一位女老師用上海話說了一通，我猜是要考作文，便按事先準備的，寫了一篇“我的家庭”。後來才知道，作文題是“乘涼”，可我一頭霧水。後來，因為整天和同學一起，我的上海話沒過多久就會了。我記得我對母親說，我的同桌同學叫“母雞”，寫出來原來是“馬琪”，惹得我母親大笑。

語文夏老師發現我會說國語，還說得不錯。她的國語不靈光，就用我來當小老師了。每逢讀新課文，必定叫我站起來範讀。我在家裏好好練習，做好準備。國文仍然是我最喜歡的課程。母親買了很多書給我，課內外配合，閱讀的天地打開了，作文也越來越好。上海到底是大都會，小學三年級就有英文課，每天背英文課文，是件愉快的事。

母親照舊帶我們擴大見識。附近的城市：南京、蘇州、杭州，都帶我們去參觀旅遊。就說去南京吧，最難忘是拜謁中山陵。國父孫中山先生安息在這裏，無論如何要爬上去。在小孩子眼裏，那台階一層一層升上去，沒完沒了啊！這中山陵真是宏偉高大，象徵着國父的崇高精神。

1949 年 5 月 27 日，遠處隆隆的炮聲迎來了上海的新時代。我們早上起來望向窗外，柏油馬路上，整整齊齊坐着解放軍戰士。他們進入上海城以後，不擾民，就睡在了大街上，給上海市民留下了第一個好印象。很快地，市民們給解放軍送水送飯走上街頭。

1949 年 10 月 1 日，新中國建都在北京。父母親的朋友希望他們到北京發展，所以他們又有了大動作：決定第二年舉家遷往北京。五十年代初的北京，一片和諧景象，夜不閉戶。我和弟弟到北京師範大學附屬第一小學學習。家裏在和平門內西舊簾子胡同 53 號置了一個四合院，也是為了我們上學方便，走十幾分鐘就到學校了。師大一附小就是台灣作家林海音的小說《城南舊事》裏敘述的那座小學。林海音住的新簾子胡同，就在我們舊簾子胡同隔壁。

師大一附小是一所有名的老學校，非常注重教學素質。課程都是有經驗的老師教授。高小一共八門課，培育學生全面發展。

語文課我上得最輕鬆，薄薄的教材不能滿足求知慾，我常到書店看書買書。閱讀促進寫作。寫起作文條理清晰，思路活躍，很少有錯別字和病句。到六年級三千常用字是必須掌握的，同學們都可以寫上千字的文章。老師在黑板上寫的字，就是我們的活字帖。算術也學得好，六年級的四則應用題，有"雞兔同籠"的題目，越來越難。班主任劉企琮老師教語文和算術，給我們打下好基礎。後來我們班有十來個人上了北大和清華。

歷史、地理也是我喜歡的課程。戴玉貞老師講歷史故事，聽得我們不願意下課。李明老師用粉筆在黑板上畫地圖，彎彎曲曲一筆就出來一個中國地圖的輪廓，讓我們五體投地。中國的歷史、地理常識，毫不誇張地說，小學就一清二楚了。自然課激起我無窮的興趣。自然教室兩邊的玻璃櫃裏有很多動植物標本、礦物標本。馮蕙英老師教我們做標本。我和同學到野外採摘花草，精心壓扁花瓣和葉子，待曬乾，縫在硬紙上；還到阜成門外的火車鐵軌上翻找石頭，辨別和尋找花崗岩。

音樂課上，喬淑靜老師彈鋼琴，教我們識簡譜，給我們排練大合唱，我們常出去演出。歡樂的歌曲，我現在還可以從頭唱到尾：“禮炮響，國旗升，少年兒童真精神！”站在演出的台子上，自信的感覺油然而生。體育課姜亦強老師花樣多。分隊打棒球，一棒打中，飛快跑向二壘、三壘，小隊獲勝的喜悅，增強了集體榮譽感。還有做體操、短跑、爬繩、爬竿、墊上運動。操場上的轉傘，轉起來飛上天，是我們的集體回憶。

我的缺門便是勞作。記得最清楚的一件事，是到期要交航空模型了，我一籌莫展。坐在我前排的男生閻辰同學航空模型做得特別好，他交完作業拿回那副模型，告訴我馬正貴老師給了他5分（滿分）。我靈機一動，說借我看看。後來我就拿着他的模型去交作業。馬老師深度近視，眼神不好。果然如我所料，他也給了我一個5分。我把模型還給閻辰同學時什麼都沒說，當時沒有人知道這件事，自己還得意了很久。這事我真對不住馬老師，我現在想對馬老師去坦白道歉，可已經沒有馬老師了。

輾轉三城上小學，給我最大的影響是開闊眼界。西安是古樸的歷史名城，西安人淳厚；上海是國際大都會，上海人精明；北京是新中國首都，北京人有修養。三座城市的文化滋養了我。我可中可西，可土可洋。凡是新人新事，我都以新奇的眼光觀察，都以火熱的心去擁抱。沒有北方南方的分別，不存東方西方的芥蒂。這影響了此後一生。我北京大學畢業，為了學習古代漢語，投考山東大學研究生；研究生畢業，國家分配我到福建，就毅然奔赴東海；再回北京發展，正值業務工作風生水起時，又舉家遷往陌生的香港。換個地方生活、學習和工作，對我不是難題，我沒有安土重遷的思想。

輾轉三城上小學，讓我具有開放的語言觀。我的國語在西安打下良好基礎，到上海繼續鞏固，在北京訓練得字正腔圓。說文雅的普通話，還是說地道的北京話，不同場合，應付自如。西安話是我的母方言，是家庭交流的語言，我說得自然流暢。上海話也曾說得很流利，後來到北京失去了語言環境，慢慢不會說，只會聽了。我認為，說國家標準語標誌你的文化修養，為你的發展創造條件；方言土語則是每個人的根，它和家鄉緊密相連，成了自我生命的一部分。

回憶童年，我感謝父母，有他們的努力奮鬥，我才有溫暖的家庭和幸福的童年。回憶童年，我感謝老師，有他們的悉心教導，我才能認識人間的真善美和分辨是非曲直。三城三校培養我具有良好的道德品質和學習習慣，有扎實的知識基礎和豐富的文化積累。小學畢業，由於成績優良，我順利保送至名校北京師大女附中，開始新的學習歷程，也開始了從少年到青年的過渡。

（刊於謝家浩主編《香港百人童年》[1] 上冊，香港：香港兒童文藝協會，2021年 12 月）

---

[1] 《香港百人童年》，於 2023 年獲得 "第四屆香港出版雙年獎" 社會科學類出版獎。

27

深沉的父子情
—— 邢福義著《寄父家書》讀後

我和邢福義先生相識 40 年左右，邢先生是我的良師益友。他的文章，他的著作，他的學術思想，給我很大的幫助和啟發。

當我收到邢福義先生親筆簽贈的《寄父家書》時，有些詫異，心裏想這要有多少封信才能成書啊！我迫不及待地翻看全書，那黃色的信紙一張張整整齊齊摞在那裏的照片，首先映入眼簾。這是怎樣的兒子，又是怎樣的父親！這張照片已經令我眼眶濕潤。

百事孝為先。邢福義先生是孝子。當邢老先生蒙冤多年，遠在黑龍江的時候，邢福義先生堅信自己的父親會有重見天日的一天，在那艱難的日子裏，他的信是父親對未來的憧憬，我們可以想像，父親盼信和收信的喜悅心情。後來，父親的事終於"水到渠成"，父親再回到家鄉，繼續工作，安度晚年。邢老先生享年 90 歲高壽，福壽全歸。有這樣孝順的兒子，邢老先生此生足矣！

父親愛兒子，但沒有能力給他榮華富貴的生活，沒有房子，沒有鈔票，卻最知道珍惜自己和兒子的骨肉情。37 年的 240 多封信，是兒子對他的真情傾訴，記錄着兒子的心路，記錄着兒子從青年到中年的成長。

父親把信一張張鋪平收集好，按年編排，寫上重點，最後作為禮物送給兒子。這樣的父親，沒有見過。父親在這 37 年裏，幾經多地輾轉，每每收拾行裝，這些信就是他最寶貴的財產。

兒子愛父親，但沒有機會侍候在側，不能天天敬茶端飯，卻最知道自己學習和工作的成績就是對父親最大的報答。儘管父親並不瞭解漢語語法研究的真諦，兒子就是要把自己所寫的內容告訴他。幾十年來，他對漢語研究的熱愛，對當一名教師的癡心，感染着父親；他把一篇篇文章題目報告給父親，就像父親是他的老師。當職稱破格提升了，父親完全明白這是兒子天道酬勤的結果。

這本《寄父家書》，它的意義遠在家書之外。它告訴人們，作父母的，作子女的，應該如何互相關愛，互相疼惜，應該如何互相鼓勵，互相扶持。這是人們最寶貴的精神財富。這說的似乎是家事，可家事又何曾與國事、天下事分開過呢！

（在北京商務印書館《寄父家書》出版座談會上的講話。刊於《中華讀書報》2018 年 11 月 21 日）

28

榜樣的力量鼓舞我們向前
—— 紀念邢福義先生

邢福義先生感染新冠病毒住院，我一直在擔心中，過年以前問過匡鵬飛先生，他回覆邢先生情況穩定，我說穩定就是好消息。想着疫情就要結束，醫學昌明，醫療條件好，他有毅力，怎麼也挺過這一關。但是，天還是不能隨人願，年後傳來了邢福義先生離世的消息，讓大家悲痛不已。同行們異口同聲說，這是我們語言學界的重大損失。

邢福義先生是我們這一代知識分子的卓越代表。他一輩子艱苦奮鬥，目標明確，絕不停歇。學術上，他精益求精，攀上語言研究的高峰；教學上，他孜孜不倦，帶出一支能打勝仗的隊伍。他尊孝道，父親蒙冤，他一封封家書支撐着父親直到平反；他盡夫道，妻子臥床十六年，他伺候在側直到送終。論道德論文章，他都是榜樣！他雖然走了，卻活在我們心裏，因為榜樣的力量是無窮的。

回憶起來，我和邢福義先生相識於上世紀八十年代，那時，我們正是年富力強的中年。"文革"影響了我們十年的正常生活和工作，當改革開放的春風吹來，我們好像天天都在朝氣蓬勃的春天裏，奔跑爭先。

從二十世紀八十年代到二十一世紀二十年代，四十年來，我和邢福義先生有很多聯繫，很多交往。

呂叔湘先生和朱德熙先生召集的中青年學者語法研討會，我們都在其列。中國語言學會年會、中國修辭學會年會、世界漢語教學會，還有各種的學術會議，我們都是常客。特別是 1981 年到 1982 年，張志公先生帶我們幾個年輕人，為中央廣播電視大學主講《現代漢語》課程，教材在武漢的印刷廠印刷，分上中下三冊，最後三校和看藍圖都要去武漢。那就少不了去打擾邢福義先生，邢先生每次都是熱情接待我們，還介紹我們認識他的學生團隊。記憶中，去武漢是那麼吸引我們。1985 年我定居香港以後，邢先生常來香港講學，和學術界、教育界頻繁交流，我也去華中師範大學拜訪。交往多了就成了互相瞭解的好朋友，跟着時間的流逝，友情的分量也隨之增加，正事閒事都可以隨便聊，沒有芥蒂。

四十年時間很長，我就說說這四十年的一頭一尾，和邢福義先生最初的合作和最後的合作，這兩次的合作都是團隊的合作，而且是大團隊的合作，那都是令人難忘的經歷。

一頭，就是最初的合作，讓我看到了邢先生對於制定教學語法系統工作的傾心投入，在修訂"暫擬漢語教學語法系統"（下文簡稱"暫擬系統"）和制定 "中學教學語法系統提要" 的工作中，邢先生發揮了骨幹的作用。那是 1980 年，中國語言學會成立大會在武漢召開，我當時在人民教育出版社工作，隨同張志公先生一起參加大會。會議期間，王力先生和呂叔湘先生提議，由張志公先生主持，邀請少數代表，開一個小會。小會的主題是醞釀修訂五十年代制定的 "暫擬系統"，隨即決定 1981 年夏天在哈爾濱召開 "全國語法和語法教學討論會"。籌備工作順利，會議在 7 月如期召開。會議代表 119 人，邢福義先生作為正式代表受邀與會。

會議圓滿成功。會後出版了《教學語法論集 —— 全國語法和語法教學討論會論文彙編》（人民教育出版社，1982 年），在這本書關於會議過程的敘述裏，有三處記錄着邢福義先生的工作情況。

一是全體與會人員分編為四個組。"第三組召集人：張靜、王維賢、邢福義。"

二是在會議經過分組反覆認真討論之後，取得修訂的共識，"首先，由唐啟運，徐樞，李裕德三位同志把會前許多代表提出的方案、建議等和會上大家發表的意見，按問題分門別類進行歸納整理，印發給與會同志參考。然後由李臨定、邢福義、許紹早、史錫堯、高更生、唐啟運、房玉清、吳啟主、李芳傑、劉月華、李裕德十一位同志分為四個專題組，研究了大家的意見，提出修訂意見第一稿，由張志公向全體與會同志作了詳細說明，交付討論。"

三是"修訂意見第一稿經分組討論後，由廖序東、張靜、張壽康、徐仲華、胡明揚、邢福義、王維賢七位同志集中研究了各組的意見，加以修改，提出修訂意見第二稿。"

由以上的敘述可以看出，邢先生在中年學者中名列前茅，經常與前輩學者一起擔當會議的重要工作。在這本《教學語法論集》中還收有他上萬字的論文《句子成分辨察》（273—295 頁）。

我是當年會議會務組的成員，參與安排會議的日程，十天的會議，工作安排得十分緊張，大家沒有休息的時間。討論會要集中大家意見，吸收三十年理論語法研究中成熟的成果，修改"暫擬系統"中存在的問題，最後便將共識總結為《"暫擬漢語教學語法系統"修訂說明和修訂要點》。這是上百人通力合作所取得的成果，為新教學語法體系的制訂打下了深厚基礎。而其中作為骨幹成員的一批老師，包括邢福義先生在內，功不可沒。沒有他們的學識，沒有他們為基礎教育獻身的熱情和精神，新教學體系是制訂不出來的。

會議能夠取得圓滿成功，也是因為在會前不到一年的時間裏，進行了充分的準備，很多學術問題，已經開始了熱烈的討論。這就不能不說到邢福義先生以華萍的筆名，在《中國語文》雜誌 1981 年第 2 期發表的文章

《評"暫擬漢語教學語法系統"》（轉載於《邢福義文集》第一卷，華中師範大學出版社，2018年，530—547頁）。這篇文章在當時引起很大的反響。邢先生從"科學性""一貫性""實用性"三個方面，對"暫擬系統"進行了評論，他是主張對教學語法體系要"造新屋"，而不是"打補丁"的。這種創新的心情比較急切，批評的言辭就比較直接。而"暫擬系統"是由前輩專家制訂的，在中小學教師和師範類各級學校的教師中，深深扎根三十年，大家教學上用得順手，用得習慣。在80年代初學術空氣剛開始活躍時，這批評的言辭尖銳，大家還不太習慣。所以這篇文章的內容便引起熱烈的討論，好像一石激起千層浪。

就以析句法為例來說，現在大家覺得這不是個什麼大問題，因為層次分析法已經為師生普遍接受，那時可不是的。"暫擬系統"分析句子為六大成分，"主謂賓定狀補"一次就分析出來了。多麼簡單易行！換個層次分析，一層一層畫樓梯，一個稍複雜的句子，要畫滿黑板。很難接受！所以，邢先生在析句法上的主張，可是個點火的說法。據傳說，有位老先生跺着拐杖問，誰是華萍？真有火藥味呢！論戰的雙方都有自己充分的理由。這種討論的場面，正是教學語法體系的主持者張志公先生樂於見到的，要知道五十年代制訂的"暫擬系統"就是張志公先生擔綱的，新教學語法體系就是要找出"暫擬系統"的不足之處啊！越是爭論得熱烈，越是對修訂有好處。（邢先生後來也反思，說華萍的文章，"個別地方語氣生硬"。時過境遷，我現在再讀，也不覺得有什麼不妥了。）

1984年1月，人民教育出版社中學語文室發佈了《中學教學語法系統提要（試用）》，這是在哈爾濱會議之後，在呂叔湘先生和張志公先生直接的領導下，中語室六易其稿完成的。其中，將語言單位分為語素、詞、短語、句子、句群五級，大大加強了關於短語的描寫，析句法也吸收了層次分析法。可以說，吸收了近三十年理論語法比較成熟的結論。邢先生的全情投入，也看到了成果。

上面說完了一頭，最初的合作；再說一尾，最後一次和邢先生的合作。

　　那是 2011 年 12 月，我從香港嶺南大學退休後的第二年。有一天接到華中師範大學語言研究所通知，邀請我到廣州暨南大學華文學院開會。要見邢先生了，我興致沖沖坐上直通車就到了廣州。會上人不多，見到邢福義先生、汪國勝先生，也見到老朋友李英哲先生、周清海先生，還有郭熙先生、徐傑先生。原來是個要領任務的重要會議。邢福義先生作為首席專家，他牽頭的國家社會科學基金重大項目"全球華語語法研究"已經獲批。根據"近遠佈局"的工作部署，首先在六個地區和國家進行調查。包括中國的台灣、香港、澳門，外國的新加坡、馬來西亞、美國（北部），分別找的負責人是李英哲、田小琳、徐傑、周清海、郭熙、陶紅印。當時只有陶紅印老師沒有到會。

　　這項任務很重要，是國家社科基金的重大項目。調查任務貼近當地的語言生活，需要調查的面很廣。大家都是摸着石頭過河，沒有現成的調查提綱。而我已經退休，沒有大學作為研究平台支持。但是，我沒有一絲一毫猶豫，就爽快接受了任務。就是因為邢福義先生一句話：小琳，香港就交給你了！這是老朋友的託付和信任，不能縮頭縮腦退卻，再難也要想辦法完成。汪國勝先生接着說，香港如何組團隊，由你全權決定；我們推薦石定栩先生、鄧思穎先生參加。我當時就說，那太好了！我回到香港以後，首先和石定栩、鄧思穎兩位聯絡，他們都表示參加，石先生那裏還有暨南大學趙春利先生在讀博士後，也是人才。再加上我們嶺南大學的馬毛朋博士、李斐博士，還有在香港浸會大學教書的秦嘉麗在讀博士。《香港卷》的七人團隊就組成了，還來自五所大學呢。那時石定栩先生是香港理工大學的中文系系主任，我們的討論會經常都是在他的會議室召開的。

　　期間我們團結一致，分工合作，每月召開會議，各自報告進展。有問題就請示邢福義先生。是邢先生的感召力，使我們香港團隊的調查工作進行順利。2012 年春天，我同小馬、小李和嘉麗，一起到武漢拜訪邢先生。確定了 "做異不做同" 的研究方向，確定了以 "港式中文" 為主要調查的對象。對一些細節問題，邢先生考慮很細緻。例如，我們提出，港式中文是和規範中文、標準中文做比較的。邢先生說，行文不要用 "規範中文" "標準中文"，那樣對地區流通的中文形式就不夠尊重，好像人家的就是不規範、不標準的。換一個說法吧，改為 "通用中文" 好了。後來我們全書對於規範中文、標準中文的說法，一律改用通用中文，聽起來舒服多了。這一詞之改，充分表現了邢先生的睿智。

2013 年 10 月，在新加坡南洋理工大學孔子學院召開了六卷負責人的第二次會議。邢福義先生到會，大家就前一階段工作成果進行了交流，也討論了共同遇到的問題。有邢福義先生在場，很多問題及時得到解決。2015 年 9 月，在美國夏威夷大學召開了第三次的結項會，再一次明確書稿撰稿要求。那次沒有見到邢先生，他因為年事已高不便遠行。在汪國勝先生的主持下，各卷主編彙報了工作情況。那時我們香港團隊已經完成了 30 萬字書稿的初稿，其他各卷工作也都基本完成，項目結項順利。到最後報社科基金結項，這個項目獲得優秀的成績。大家都說這功勞首先歸於邢福義先生。

2021 年 9 月，《全球華語語法·香港卷》在北京商務印書館出版。從 2011 年到 2021 年，真正是十年磨一劍。我們香港團隊都感到十分榮幸，衷心感謝邢福義先生的帶領和指導，感謝華中師範大學語言研究所老師的鼎力相助。邢先生帶領的這個項目，反映了世界華人學者的期望，而且適應國家發展需要，促進了華語社區之間的交流，增強了世界華人的凝聚力。邢先生是有大格局的人！

《全球華語語法·香港卷》出版以後，香港中華書局總編輯侯明女士覺得這本書一定要讓香港讀者看到，她迅速和北京商務印書館聯繫，並得到邢先生和華中師範大學語言研究所支持，於 2022 年 7 月，出版了《全球華語語法・香港卷》的繁體字版，更名為《港式中文語法研究》。繁體字版我及時寄給了邢福義先生。正在想，待疫情結束，帶着《全球華語語法・香港卷》的簡體版和繁體版兩個版本，去見邢先生請他簽字留念。我會對他說，您的任務我完成了。這一次的合作長達十年，我們都從七零後變成八零後了！我們還要向九零後進軍呢！

然而，他走了！

第一次的合作，制定教學語法體系，他是合作大團隊的中堅力量；第二次的合作，調查研究全球華語語法，他是合作大團隊的指揮官。

他的眼光從中國轉向了世界，他所服務的對象從中國的師生到世界的華人。他是我們的榜樣，榜樣的力量鼓舞我們向前！

向你致敬，邢福義先生！

（刊於《抬頭是山，路在腳下 ── 邢福義先生紀念文集》，北京：商務印書館，將於 2024 年 2 月出版。本文已刊於 2023 年《語言戰略研究》公眾號。）

29

提高全民語文能力的先行者
——郝銘鑒先生

在新冠肺炎全民大流行之際，傳來郝銘鑒先生離世的噩耗。不能開追悼會，不能送花圈，只有用這篇小文送郝銘鑒先生最後一程。

認識郝銘鑒先生是多年前的事情，因為北大同學高國平兄在上海文藝出版社工作，他是郝銘鑒先生的同事，我到上海出差，和郝銘鑒先生、高國平兄一起吃飯歡聚，交談時，我感到我們有共同的話題，共同的看法，思想十分投契。

誰是提高全民語文能力的先行者？我們的前輩裏有很多是這樣的先行者。新中國成立之後，1951 年，呂叔湘先生、朱德熙先生聯名在《人民日報》上連載《語法修辭講話》，引起讀者強烈反響，後結集出書，對語言文字的規範化起了積極作用。二十世紀五十年代，周恩來總理提出的文字改革的任務是"簡化漢字，推廣普通話，制定和推行《漢語拼音方案》"。三項任務在大師級學者的參與下逐一完成。1955 年的第一次全國文字改革會議，給"普通話"下了明確的定義，提出了大力推廣普通話的任務；1956 年公佈了《漢字簡化方案》；1958 年公佈了《漢語拼音方案》。五六十年代，這些語言學大師級人物有黎錦熙、羅常培、陳望道、林漢達、王力、呂叔湘、葉籲士、周祖謨、倪海曙、周有光、朱德熙、林燾、張志公等，他們都是提高全民語文能力的先行者。呂叔湘先生在為《倪海曙語文論集》寫序言時，最後說："他，倪海曙，是以殉道者的精神做他的工作的。他是我們學習的榜樣。"

為什麼我說郝銘鑒先生也是提高全民語文能力的先行者？是因為他秉承前輩先行者的精神，創辦了《咬文嚼字》雜誌。而《咬文嚼字》雜誌是中國出版界唯一一份糾正社會語言運用中錯誤的雜誌。所以他夠得上先行者的資格。《咬文嚼字》1995年創刊，已經風行25年。它對全國的報刊等出版物、電影電視字幕以及廣告標語中的語言文字進行查驗，咬嚼文字，訂正差錯，講解典故，並推出新詞新語、流行語，推介語言運用的亮點。每月一冊薄薄的小書，像是一個語文的小百寶箱，如果每篇都認真讀完，真像是聽了名家的一次講座，頓時長了知識。無怪乎，雜誌一出版就得到前輩呂叔湘先生的稱讚和支持。

提高全民的語文能力，出版界、教育界首先要擔起重任。郝銘鑒先生作為出版人擔當起了這個責任，他和他的同事們工作得非常出色。

《咬文嚼字》這本刊物，出版界的編輯們常常放在案頭作為參考資料，雜誌裏指出的多是出版物裏的差錯。書刊本來就是讀者學習語言文字表達的範本，裏面的差錯不糾正，以訛傳訛，影響面就很大。《咬文嚼字》讓做編輯工作的，要打起十二分精神，字斟句酌，嚴謹嚴肅嚴格，要具有工匠精神！

這本刊物，中小學語文教師也常常將它放在案頭，裏面豐富的談今論古的語料、生動活潑的故事，都在給教師的"一桶水"裏添加清泉。學生們愛用的網絡詞語、流行語怎麼用最好，成語典故的字面承載着怎樣的傳統哲理，用語法知識分析一下作家也會寫出的病句，還有名家的真知灼見，這些都是老師們上課可抖的包袱。我常把這本小書推薦給香港的老師們，他們都非常喜歡。

這本刊物還放在了很多喜歡語文刊物的讀者的案頭，各行各業，誰能離開語言文字的表達？誰不願意自己的表達受到別人的誇獎？能出口成章，能下筆成文，就會在工作中發揮更大的作用並受到重用。《咬文嚼字》深入淺出，通俗易懂，沒有“高大上”的面孔，看起來不費勁，是廣大讀者學習語文知識和提高語文能力的好讀物。

　　《咬文嚼字》雜誌，在提高全民語文能力方面發揮了積極的作用，被譽為“語林啄木鳥”，郝銘鑒先生功不可沒！

　　郝銘鑒先生坐言起行，一直開闢專欄，發表《咬嚼日記摘鈔》，為年輕編輯做出榜樣。在 2020 年第 1 期、第 3 期裏，我們還看到他的新專欄《百問百答》的文章，這就是說，他即使在病中也是預計要寫百篇的。現在，這專欄才寫了六期，只是個開端哪，怎麼說走就走了呢？天妒英才啊！他，郝銘鑒，也是以殉道者的精神做他的工作的。這讓我熱淚盈眶！這讓我肅然起敬！他是我們學習的榜樣。

（刊於《咬文嚼字》，上海：上海文藝出版總社，2020 年第 5 期）

30

生命禮讚
—— 紀念于根元兄

我曾在《咬文嚼字》雜誌上發表過一篇《生命慶祝會》的小文，裏面記敘香港城市大學一位外籍教授逝世後，他的家屬舉辦 "生命慶祝會" 的故事。我們收到家屬寄來的、不是追悼會的通知，而是一個 "生命慶祝會" 的通知。受邀的親朋好友如約到她家裏，通過一幅幅的照片，一起回憶逝者豐滿的一生，他的教學生涯，他對大學的貢獻。家屬為來賓準備了茶點，在音樂的背景下，大家輕聲交談。這個溫馨的生命慶祝會是對逝者的生命禮讚，是對生命的尊重。據說，在有的西方國家，對於一個生命的逝去，會抱這樣積極的態度去面對。

所以，我想說，我寫的這篇文章，是對于根元兄的生命禮讚。這本紀念于根元先生的文集，也是對他的生命禮讚，是大家一起讚揚他的一生，讚揚他為中國語言學的發展做出的貢獻。

很多朋友、很多學生一定會寫于根元兄在學術上的貢獻，我就說說和他的交往吧！

我和于根元兄相識於 1980 年，倏忽 40 年。那年中國語言學會在武漢舉行成立大會。"文革" 甫結束，知識分子歡天喜地，各界都在開創學術研究的新局面。中國社會科學院語言研究所肩負着將語言學界老中青隊伍迅速組織起來的任務。在老一輩語言學家王力先生、呂叔湘先生的帶領下，東南西北中的語言學工作者聚集在武漢，通過選舉，中國語言學會正式成立。當時中國語言學會的秘書處就設立在語言所。學會的成立對開展全方位的語言研究，進行全方位的學術交流，起了很大的促進作用。大會成立時，據說，會上最年輕的三人，分別是于根元和他來自南京大學的同學王希傑，還有我。我們三人是同齡人。于根元在語言所工作，本身就肩負會務工作；我當時在人民教育出版社工作。當我們在會上聆聽老一輩的語言學大家發言時，真是如沐春風。

　　從那次大會以後，我和于根元兄就在許多語言學的學術會議上見面。例如，中國語言學會每兩年一次的年會，我們都是積極的參加者，即便我1985年到香港定居後也仍然是參加的。還有呂叔湘先生和朱德熙先生召集的人數很少的中青年語法學者會，語言所舉辦的小型語法研討會，那都是點名邀請的。我現在還保留那時的合影，于根元兄大多在場。合影中，當時在場的一些朋友已經相繼離世了，有：劉堅、龔千炎、吳為章、何樂士、饒長溶、劉月華、王海棻等學長。後來于根元兄從語言所調到語用所，在一些語用所召集的會議，或者有關應用語言學的會議上，我們也能碰見，記得2000年在哈爾濱召開會議時，我們是一起從北京坐火車到哈爾濱的，一路上聊得很熱鬧。

　　由於我和于根元兄經常見面，大家熟悉了，就成了無所不談的好朋友。他有一陣子練習氣功，知道我腿疼，見面時還給我治療。他告訴我，到香港的公園裏，去找一棵你自己喜歡的大樹，然後抱着這棵大樹，它會給你自然的底氣，和自然融合，對身體很好。我覺得很有道理。在我心裏，于根元兄不僅是語言學家，還是個懂醫的雜家呢！

　　我們各自都主辦過一些論集或者刊物，彼此約稿是不在話下的。他早年主編的《語言漫話》《語言的故事》，都有幾篇我的文章。他在中國傳媒大學任教期間，於 2010 年為商務印書館主編電子刊物《中國語言生活》時，向我約稿，我很重視，花大力氣寫了三萬多字的《我和語文教學》，包括（一）受教篇；（二）施教篇（上／下），系統記敘了我幾十年的語文學習和教學研究工作，特別是介紹了"全國語法和語法教學討論會"召開的全過程。感謝他分三次給我刊登（2011 年第 2、3、4 期），後來他還向其他朋友推介我這篇文章。

我到香港後，主編《普通話》雜誌（1985 — 1997），推廣普通話。這是我們這一代人任何時候都義不容辭的工作，特別是在香港，這是我們的共識。因此，于根元先生也為《普通話》雜誌寫過文章。他寫過一篇《"鄉音無改"另解》，文章講了很多小故事，文字生動活潑，最後的結論是"當今我們所主張的正是不消滅方言，而推廣普通話，可以說方言的時候說方言，需要說普通話的場合說普通話，正如呂叔湘先生所說'你說話，我說話，會說方言，會說普通話'"。（《普通話》叢刊第四集，1986 年）這個觀點是十分適合我們國家多方言的情況的，同時消除了一些香港朋友害怕消滅方言的顧慮。在《普通話》季刊第三期（1987 年）上，于根元先生發表了《關於推廣普通話方針政策的一些認識》，講了大政方針的四個要點。其中特別談到，普及普通話的具體目標"就是本世紀內使普通話成為四種用語：教學用語，工作用語，宣傳用語，交際用語"。同時也介紹了當時對普通話分三級要求的設想："會說相當標準的普通話"，"會說比較標準的普通話"，"會說一般的普通話"。當年的這個設想後來成為 1995 年制定普通話水平測試的三級標準的基礎。我現在再翻閱二十幾年前的《普通話》雜誌，重溫于根元先生的文章，重溫眾多作者的文章，感慨萬千。感謝于根元先生和眾多作者，為香港推普所盡的力量。讓我深感安慰的是，這兩期刊物上有于根元先生的照片和作者簡介，我把于根元先生介紹給了香港的讀者。

于根元先生有一個階段對新詞新語的研究很感興趣，他編纂新詞新語詞典和網絡詞典，注意語言生活所發生的變化，充滿了與時俱進的精神。改革開放以後的四十來年中，詞彙的變化是最快的。大家都注意到這個變化，而于根元先生是不嫌繁瑣、踏踏實實做調查研究工作，並做出成果的。我到香港以後，也注意到有一批詞語是反映香港社會的特點，並在香港社會流通的。積累若干年的語料，經過深思熟慮之後，我於 1993 年 12 月香港教育署召開的一次語文國際研討會上，提出了"社區詞"的新概念，此後又發表系列文章不斷完善這個概念。語言學界很多學者對"社區詞"進行討論，提出問題，發表看法。我在等待于根元先生的看法。1999 年，于根元先生在《20 世紀的中國應用語言學研究》一文中寫道："田小琳多次提出'社區詞'的概念，並且進行了初步的研究，對整個詞彙研究會有重要影響。"話雖不多，卻有分量。這無疑對我有很大的鼓舞。

事實正如于根元先生所料。邵敬敏先生主編的《現代漢語通論》第一版（2001）就將"社區詞"概念帶入大學課堂，到最新的第三版，已經有上百所大學使用這本教材。2009 年，北京商務印書館出版了我的《香港社區詞詞典》。2010 年，北京商務印書館出版了李宇明主編的《全球華語詞典》。2011 年，"社區詞"詞條被全國科學技術名詞審定委員會公佈的《語言學名詞 2011》（北京商務印書館）收錄。進入 20 世紀的前 20 年，關於社區詞的研究已經打開了局面。于根元先生那句有分量的話靈驗了，我至今心裏記着，不能忘記他的支持。

我們各自在自己的崗位上工作，也不忘互相支持。這是我們這一代人友誼的體現，也是我們這一代人為人處世的作風。

根元兄走了，不勝唏噓！就寫此文紀念他，送他最後一程，禮讚他的生命歷程。

（刊於施春宏、趙俐主編《永遠的探礦者 —— 于根元先生紀念文集》，北京：語文出版社，2022 年 8 月）

31

敬仰章太先生推普的貢獻
—— 紀念陳章太先生

　　章太大哥，我喜歡這樣稱呼他。這是有緣由的。在"文革"結束後的上世紀八十年代，我形容為"文藝復興"的時候，那時"雙百"方針光芒照耀，大家都在興高采烈地擼起袖子大幹。人員流動也是那時的特點。我 1977 年從北京教育學院調到"全國教材編寫會議"，參加中學語文教材的編寫工作，那是以人民教育出版社人員為基礎的一支三百人的隊伍，聽命於小平同志的招呼，要在最短時間內編好中小學各科教材，撥亂反正！會議結束，任務完成，我就從北京市正式調到教育部直屬的人民教育出版社了。章太大哥那時在語言研究所主政《中國語文》雜誌，擔任副主編。他希望調我到《中國語文》雜誌社去工作。我當然想去了，本來我考研究生，就是想畢業後到語言研究所去工作的，陰差陽錯地十幾年也沒能去成。章太大哥親自到人民教育出版社去商調我，結果是人教社不放。組織的決定就是最後的決定，我們都是服從的。沒有當成章太大哥麾下的一兵，我十分遺憾。但是心存感激，叫一聲大哥是應該的。

　　最後一次和章太先生見面，是在疫情前不久，我到北京參加國慶活動。李行健夫婦特別安排了聚餐會，請了陳章太夫婦、傅永和夫婦。行健先生做東，菜餚自然豐富。雖然在座有兩位都曾是國家語委副主任的大官，但我們都是熟人，幾十年的交往讓我們無所不談。章太先生說話慈祥溫和，他對我們噓寒問暖，如同家人，讓人如沐春風。餐後，章太先生送我福建家鄉的好茶，他心細，知道我在福州教過書。那次，我是感到章太先生有一點老態了，但沒有說出來。想大嫂是醫生，照顧他會無微不至，不用擔心的。

時光還是不饒人，當我看到章太先生的訃告時，眼圈不禁紅了。想不到那次就是最後一面了，我為什麼沒有好好緊緊握住他的手告別呢？我們是說了下次再見的。

章太先生在語言學界廣泛受到大家的尊重。他離開大家走了，每個人都依依不捨，說明他對朋友、學生的關愛普照。現在，我們一起禮讚他的一生，他對國家的貢獻，告慰他在天之靈。

我從自己在香港參加國家級普通話水平測試工作的體會出發，來說說章太先生對推普的貢獻。

作為國家語委的領導人，推廣普通話是章太先生的責任所在。他同時作為學者，並不是把推普只當做一個行政工作來做，而是從規範的角度，做深入探究，為普通話釐訂了等級標準。有了這個等級標準，做不同工作的人，普通話達到自己工作要求的標準，就合格了。在推普工作中，每個人說普通話的水平等級可以做出測定，這是一個偉大的貢獻。

普通話早在 1955 年已經有了科學的定義，用三句話涵蓋了語音、詞彙、語法的內容。以北京音為語音標準，北京音是地點方言的語音，語音系統有準確描寫；以北方方言為基礎方言，北方方言是地域方言，顯示詞彙的標準範圍是比較寬的；以典範的現代白話文著作為語法規範，百年來的典範白話文著作裏，漢語各級語言單位組合的結構方式應有盡有，那就是規範的模樣。這個定義是科學的、規範的、標準的。

如果想進一步說，這個人的普通話說得標準還是不標準，那用這個普通話的定義是無法準確區分出來的。這就是章太先生考慮的普通話水平要有一個釐訂標準的問題，要能劃分出等級。這會有利於全民普通話水平的提高。

如何劃分出等級？章太先生早在 1982 年就開始考慮這個問題了。發表在《中國語文》1983 年第 6 期上的文章《略論漢語口語的規範》，被譽為是普通話水平測試研究的破題之作。在 1986 年全國語言文字工作會議的主題報告裏，採用了章太先生關於普通話水平分級的設想。而 1997 年發表的文章《論普通話水平測試等級標準》（刊於《語言文字應用》1997 年第 3 期），則集中反映了章太先生十幾年來，關於普通話水平測試研究的成果。真是十年磨一劍啊！這篇文章既有比較成熟的定論，又提出了需要研究的課題。文章全面闡述了普通話水平測試等級標準劃分的背景，分級的目的和意義，分級的原則和依據，各個等級的語音、詞彙、語法方面問題的描述。所提出需待解決的問題，在後來出版的《普通話水平測試實施綱要》中，都有了定論，得到了解決。由於章太先生前瞻性的考慮，令測試在實施中順暢進行。

1994 年，國家語委、國家教委和廣電部共同頒佈了“關於開展普通話水平測試工作的決定”，國家語委組建了普通話培訓測試中心，中心出版了劉照雄先生主編的《普通話水平測試大綱》（章太先生是學術委員會委員），其中包括所設定的“三級六等”的等級標準。普通話水平測試拉開了序幕。隨後，1996 年香港大學就開始籌備建立測試中心了。1997 年香港回歸在即，香港大學領導層很重視這個問題，具體落實在大學的教育學院執行。與國家語委合作建立中心的提議，也得到國家語委的支援。1996 年 9 月香港第一家普通話水平測試中心在港大成立，我作為港大教育學院的兼職教師協助成立中心的工作。2000 年我到嶺南大學任全職時，又協助嶺南大學成立中國語文教學和測試中心，並和中心主任李東輝博士一起在北京參加國家級測試員培訓班，細聽劉照雄先生等講解普通話水平測試大綱內容。那次，我獲得了國家級測試員的資格。

從 2000 年起，我參加過香港多所大學的普通話水平測試工作，23 年以來沒有間斷過。正是我有這樣的測試員的實踐經歷，我對普通話水平測試才有了更深入的認識，並且有了發言權。

可以說，國家級普通話水平測試大大促進了香港推普的進程。目前，香港有 14 個測試點，涵蓋所有大學。測試不僅服務於大學生，還向全體香港市民開放。現已有近 14 萬人參加測試，考生的測試成績逐年提高。據香港政府統計處報告（2021 年），香港 5 歲及以上人口，有超過半數（54.2%）能說普通話。在香港推普中，國家級普通話水平測試的功勞不可小覷。

章太先生參與制定 "普通話水平測試等級標準"，劃分普通話水平標準為三級六等，是經過實踐檢驗、經過理論探討的，因此這個標準的劃分十分準確。按章太先生的想法，普通話水平首先分為三級。一級是標準的普通話，二級是比較標準的普通話，三級是合格的普通話。他認為，制定普通話水平測試等級標準，應當遵循的主要原則是："1. 科學、合理、能夠恰當區分普通話實際水平的差別；2. 客觀、具體。有一定信度和量化，可以操作，可行性強；3. 分級合適，極差恰當，便於掌握和處理"（1997），等等。

我當測試員以來，確實體會到目前公佈的 "等級標準"，是符合章太先生上述原則的。特別是有量化標準，方便操作。在香港測試主要是面試（機測只有香港中文大學提供），考官有兩位，一位是內地老師（國家語委或其他省市的），一位是香港本地老師。考生最後的成績是兩位考官評分的平均值。當場得出成績，歸入等級。

普通話水平測試只設口試。口試內容包括普通話語音、詞彙、語法、語調，以及言語表達。共有五道大題：1. 讀單音節字詞（10 分）；2. 讀雙音節詞語 / 多音節詞語（20 分）；3. 選擇判斷（10 分）；4. 短文朗讀（30 分）；5. 命題說話（30 分）。每部分扣分的情況十分複雜，包括扣：0.05 分，0.1 分，0.2 分，0.25 分，0.5 分，1 分至 12 分不等。這樣細緻的分類量化，得出最後的成績分數，再歸到不同的等級裏：一級甲等（97 分起），一級乙等（92 分起）；二級甲等（87 分起），二級乙等（80 分起）；三級甲等（70 分起），三級乙等（60 分起）。由此看出，分數等級的差異，是越高等級，級差逐步縮小。很好地反映了各級普通話的實際水平。在級中設等，這也是章太先生的主張。

測試員在考試結束後的幾分鐘內要填好扣分十幾項的細目，給出總成績。這需要測試員集中精神，聽得仔細，扣分準確，計分正確。要耳聰目明，手腳麻利。說也奇怪，兩位有經驗的測試員，計算下來的分數，常常相差也就一兩分，兩三分，或者在一個等級裏。我上面列舉的那麼繁多的計分項目，竟然具有這樣的人工可操作性，真是太神奇了，可見這份試卷的分數細目經過多少信度效度的測量計算，試卷分數是在大量測試樣本的基礎上才能調整得出的。

一般來說，有經驗的測試員，聽考生多說幾句話，往往可以判斷出他的水平等級，這當然是不作數的，最後的評分成績才是"硬通貨"。可考生出來的成績和我們的估計也是八九不離十的。經驗的形成是對大量測試樣本的評審得出的，評測的樣本越多，測試員形成的對三級六等的框架認識越清晰，自然和最後的評分越接近。有這樣的驗證性，說明等級劃分的科學性和可操作性。香港有 100 多位持證上崗的國家級測試員，對於三級六等的劃分，大家均十分認可。

普通話水平測試在香港方興未艾，2022 年雖然還在疫情中，各測試點網站上一發佈測試報名消息，報名額很快就滿了。香港越來越多的學生和市民認同三級六等的國家級普通話水平測試，這也是對國家的認同。

章太先生在這一工作中貢獻良多。他是開拓者，又是參與者。飲水不忘掘井人，我們在香港開展普通話水平測試一路順暢，應該記得他的付出。

前面說到，我沒能去成《中國語文》雜誌社工作，沒能當成章太先生的幫手。可是在推普工作方面，章太先生是國家語委的領導，他參與制定的三級六等的普通話水平測試，在香港推行二十多年了，我是一名測試員，是具體工作的執行者，終究還是當成了他的幫手。這樣，我沒有了遺憾，只有榮幸和自豪。

我們紀念章太先生，敬仰他對推普工作的貢獻，他的貢獻普惠全國，包括港澳地區。這對國家的統一、民族的團結，都具有重大的意義。

（刊於《春風如沐　永不言別 —— 深切懷念陳章太先生》，北京：商務印書館，將於 2024 年出版）

32

永遠的老師
——紀念程祥徽先生

　　有一次，在澳門開學術研討會，大家在扎堆閒談。程祥徽先生故作嚴肅地叫我："小琳，過來。"我立即過去應答："老爺子，您有什麼吩咐？"他說："你應該叫我老師。"我馬上說："是！程老師！您當然是我的老師。"他聽罷高興地笑起來。一旁聽到的老師也都跟着一起笑了。他就是位愛說笑的幽默的人，特招人喜歡。我 1958 年進北京大學中文系唸書，程老師已經研究生畢業了，而且是王力教授的高足，那是名副其實的老師啊！

　　可是，現在再也聽不到他親切地叫我了，我大聲地叫程老師，他也聽不到了。文章還沒有寫，眼前已經模糊一片了。

　　我 1985 年到香港定居，在不同場合都能見到程老師，同校同系又同門，共同的話資太多了。程老師接地氣，總是希望我們能為香港的教學和研究做點什麼實際的事情。那時，香港三聯書店總經理蕭滋先生邀請程老師為大學撰寫《現代漢語》教材，因為香港本地缺少這本教材，而這是文科學生應該學習的基礎課程。程老師自身完全可以寫整本教材，他卻提議由我來和他一起完成。這種提挈，讓我一直心存感激。我們詳細討論教材提綱，這樣分工執筆：他負責文字、語音、修辭章節，我負責詞彙、語法章節。這種《現代漢語》教材的結構，是承續北大老師們搭起的框架。從 1989 年香港出版的第一版，到 1992 年台灣書林出版社買版權出版的第一版；再到 2013 年出版的修訂版，台灣書林出版社再買版權於 2015 年出版修訂版；再到 2018 年北京師範大學出版教材的簡體版，我們一做就是二十幾年。在這個合作過程中，程老師和我研究了許多問題，這包括創新的思路如何貫穿到整體的架構中，研究的新成果如何融匯到基礎的知識裏，理論的闡述如何用生動的語料補充，普通話的語音、詞彙、語法如何與粵語做比對等等，這些問題要一一落實，大大提高了我編寫教材的能力。我在人民教育出版社隨張志公先生編寫過兩套《現代漢語》教材，一套是中央廣播電視大學所用的教材，一套是人民教育出版社出版的供大學用的教材。到香港又有機會和程老師一起編《現代漢語》教材，教學對象不同，內容便有更新。這也為我開始在香港教學中文開闢了新路徑，可以少走很多彎路。

他一說起這本《現代漢語》教材，就很自豪。他說，這是唯一在中國大陸、香港、澳門、台灣四個地區都能夠流通的一本教材，而且有繁體版和簡體版兩種版本，海外學校選用也很方便。簡體版由北京師範大學出版社出版，這是我在 2016 年去桂林參加全國高等學校現代漢語教學研究會第十五屆學術研討會時，代表他介紹這本教材，獲北京師範大學出版社接納成事的。香港三聯書店也積極支持這一版權交易，認為這是教材交流的大好事。程老師和我教書都用這本自編的教材，在香港和澳門上課，可以直接聆聽學生對教材的反映。我曾經見到程老師自用的一本教材，每一頁紙已經翻閱得起了皺，許多空白的地方都寫上了密密麻麻的字，補充着他的想法。透過一本用舊的書，能看到程老師是怎樣認真備課的。

除了在編寫教材工作上的合作外，程老師在主持澳門東亞公開大學中文系工作時，還邀請我擔任“古代韻文”課程的主講老師，放心地把這門文學課程交給我這個學語言學的人。程老師指定用馮沅君、林庚先生合編的《中國歷代詩歌選》做教材，這是教育部指定的一套經典教材，是山東大學和北京大學的兩位大師合編的教材，我這個山大和北大的學生，教起來便胸有成竹了。從《詩經》到唐詩宋詞，再到明清詩詞，我帶領同學們遊歷了中國詩詞的長河，那真是中華文化美的享受。同時，程老師也邀請我先生許九星講授中國歷史課程，許九星畢業於北京大學歷史系，這下子有了用武之地。他還邀請了多位香港和澳門的知名老師，建立起完整的文科教師隊伍，建立起大學文科教學的完整架構。我們按照程老師的安排，根據教學大綱要求，認真備課，每月到澳門面授課程，嚴格要求學生完成平時作業，完成考試。五年的教學中，我們也和學生之間建立了親密的師生關係。在我們到香港定居不久時，能有這樣在大學教學的機會，真是非常難得，讓我們倍加珍惜。由此也看出了程老師對我們真誠的關心和幫助。

從程老師到澳門大學全職教學開始，他以大學為依靠，為平台，團結澳門的學者、教師，於 1994 年成立了非牟利性質的澳門語言學會，在澳門社會開展了全方位的語言文字工作。在尊重多語多言文化的基礎上，充分發揮中文在澳門社會的主導作用。1999 年 12 月澳門回歸祖國以後，語言學會為特區政府制定語言文字政策積極建言獻策，近三十年來，學會工作取得了豐碩的成果。

大家都說，沒有程祥徽老師，就沒有今天的澳門語言學。他是澳門語言學標誌性人物，是澳門語言學的豐碑。這是一個有胸懷有才情的人，才可以做到的。

程老師是從大處着眼來開展工作的。特別在澳門回歸之後，他擁護澳門《基本法》，遵從國家的語言文字工作政策，結合澳門社會的具體情況，積極推動多元化的"三文四語"政策。在貫徹國家語言文字政策的同時，又將澳門作為語言博物館的特點發揮到極致。對於政策拿捏的分寸很到位。這種既有原則性又有靈活性的工作方法，是程老師所具有的，也是他政治上和學術上均十分成熟的表現。

程老師身居澳門，放眼世界。他和黃翊博士、和澳門語言學會同仁舉辦的大大小小的國際學術研討會，不知有多少次了！各地學者到澳門聚會，商談語言文字方面的大事，似乎成了慣例。我也參加了多次，每次都是懷着歡愉的心情前去，滿載豐收和友誼而歸。現在回憶起來都感到滿滿的幸福。會後一年就會出版一本厚厚的文集，記載着歷史的腳步。

就拿 2013 年 10 月召開的"兩岸漢字使用情況學術研討會"舉例來說。會議召開以前，程老師希望先做調查研究。他招呼我和嶺南大學的馬毛朋、李斐博士、香港浸會大學的秦嘉麗老師四人先到澳門，討論黃翊老師列出的調查研究大綱，研究如何做問卷分析。因此在大會召開以前，在四地（中國內地、香港、澳門、台灣）都已經完成當地使用漢字情況的問卷分析。真是不打無準備的仗啊！我們香港組在會前完成了《兩岸四地漢字認知及使用狀況調查問卷分析（香港）》一文，四地代表都向大會報告了調查研究情況，為大會拉開了序幕。這次會議參加人數眾多，有一百多位代表來自四面八方。專家學者的主題發言高屋建瓴，會議討論氣氛熱烈。最後，大會的論文發表在《繁簡並用　相映成輝》的研討會論文集中。程老師題簽的書名就是大家的共識。像這次會議一樣，在澳門由程老師主持召開的多次學術會議，都取得了圓滿成功。

文短意長。程老師，您是我永遠的老師。這篇文章裏我叫了那麼多次程老師，相信您一定聽到了！因為我又聽到您開懷大笑的聲音。您永遠活在我和所有學生的心裏。

（刊於《澳門筆匯》第 85 期，2023 年 6 月）

33

黃河的兒子　黃河的精神
——記好友閻純德

　　我們北大同學上學時，習慣叫閻純德"小閻"，現在雖然都七老八十了，還是叫他小閻；這是青春的呼叫，什麼時候也不會改變。一叫小閻，眼前出現的就是那個在五四運動場跑步的健美的身影。

　　在北大五年，我和小閻從來沒有在一個班過，三年級開始時分專業，他是文學班，我是語言班。怎麼算得上是好友呢？就說一件事吧。

　　小閻和李楊成為夫妻，我是紅娘。在若干年後，小閻夫婦為兒子閻飆在香港舉辦婚禮，我是座上客。小閻把兒子領到我跟前說，這是田阿姨，沒有她，就沒有你們。看這話說的，讓我聽着多麼高興！北大畢業後，我們幾十年也沒有斷過聯繫。每年北大五四校慶，他們如果在北京，都會與北大西校門前的石獅子合影，那是我給他們指定的第一次約會的地方。我看過很多張合影，由一代變兩代再變成三代。說我們是好友，不為過吧！

　　但是，這篇文章我要說的不是當紅娘的過程，那濮陽的小夥子和長春的姑娘是怎樣千里姻緣一線牽的，那是秘密。我的文章主題已經在題目上了：黃河的兒子，黃河的精神，我要說說學術界和教育界的好漢閻純德。

　　小閻告訴我，家鄉濮陽習城就在黃河北岸。他是在黃河邊上長大的，名副其實是黃河的兒子。13歲時他要過黃河去上中學。一直到考上北大以前，來來往往，他沒有離開過黃河。黃河看着這個幼小的苗子在風吹雨淋日曬中長大的過程，黃河在他童年少年時期浸潤着他的生命，是黃河的乳汁養育了他。

黃河是我們中華民族的母親河，一說起黃河，耳邊響起的就是光未然作詞、冼星海作曲的《黃河大合唱》。我在中學時代參加過北京師大女附中和師大附中合唱團，我們演唱過完整的《黃河大合唱》。我熟悉裏面的每一首歌。那唱的就是黃河的精神，中華民族的精神！

黃河的精神內涵豐富，結合小閻的經歷，這裏只突出談兩點，一是吃苦耐勞開闢新天地，二是奮勇向前不停留。這兩點作為黃河的兒子，小閻都具備了。

黃河孕育了吃苦耐勞的中華民族。看着黃河濁流的浪花，似乎上面寫滿了"吃苦耐勞"四個大字。小閻是吃苦耐勞長大的。他不像大多數孩子那樣，有親生父母的呵護。可以說，他連吃飽穿暖都成問題。中學、大學都是靠國家的助學金生活的。上初一時他曾在寒冷的教室裏凍得大哭，那時，靠學校每月補助的7塊錢，顧了吃顧不上穿，還是老師想辦法才給他穿上了小棉襖。不可想像的是，這件棉襖從13歲一直穿到了24歲。就這一件事我們就可以知道小閻是多麼能吃苦又多麼堅強。大學五年，我們沒有看到過小閻愁眉苦臉，他總是笑呵呵的。我知道他拿助學金，生活不富裕，但不知道是那樣拮据。當時我們都在北大體育校隊，他是中長跑隊，我是投擲隊，吃飯經常碰到。一次吃飯時，我看他用的是一個小搪瓷碗，只能盛很少的飯。我後來就去給他買了一個大搪瓷缸子，淡黃色的，鑲着淺綠色的邊兒，用起來總算解決了問題。畢業以後，我知道楊楊生了寶寶，還是個小子，有一天，就去大學宿舍恭喜他們。讓我驚奇的是，在他家廚房桌子上，我看到了那個大搪瓷缸子，淡黃色的，鑲着淺綠色的邊兒。用舊了，有的地方搪瓷掉了，都還在用。我心裏一熱，小閻是這樣艱苦樸素，並沒有因為生活條件的改善，就改變自己的生活習慣。他們還從農村接來了養母幫助一起帶孩子，一家三代人其樂融融！

知識改變命運。小閻好學上進，一直受到國家精心栽培。北京大學中文系文學專業本科畢業，北京外國語大學法語系畢業，九年高等教育，他成為出類拔萃的漢語出國師資中的一員。雖然物質生活隨着在大學領的工資有所改變，可那也是有限的，誰都知道我們那時的大學畢業生，拿56元的工資，20年都沒有改變。小閻和楊楊把心全用在了培養孩子身上，一兒一女都到國外留學，學有所成，學有自己的事業，這就真正開闊了閻家的新天地。物質生活並非小閻的追求，精神生活豐滿才是他的嚮往。而那曾經的艱苦生活也成了他豐滿精神生活的前奏。

就是這個曾經跟着生母逃荒要飯、被買被賣的小閻！走出赤貧的養母之家，從初中、高中到大學，僅靠國家每月七八塊、十來塊的助學金，奮鬥到大學畢業。我推想，這在我讀過書的北京大學，雖不是僅有，但實在不會有幾個。

黃河奔流向東，她沒有過一時一刻的停留。帶着清流，裹着泥沙，跨過高原，流經平地，綿延萬里，進入東海的懷抱。小閻從開始工作，就毫不鬆懈。他珍惜時間，從不歇息，一幹就是65年。從教學到研究，從研究到教學；從北京到巴黎，從巴黎到北京，他追求的就是事業。不是小閻幸運，而是機會永遠留給有準備的人。他的視野逐漸從中國擴展到世界，思考各類問題有了更高的起點。"海龜"（海歸）就是有他獨特的地方，因為他見過大海。

我們只要看看小閻的教學經歷和研究成果，就會驚歎一個人怎麼會有這樣大的潛力。他是大學教授，又是作家、編輯家、出版家。他在北京師範大學執教七年，在北京語言大學執教54年，在法國四間大學執教七年，教學內容從漢語課程到各種文學和文化課程，橫跨語言、文學、文化三個專業。他出版散文集6本，詩集1本，散文集收入關於西方社會的藝術和生活 200 多篇。他主編《中國文學家辭典》（6 卷），收入海內外 3796 位作家詞目，由他撰寫 1035 篇。這部辭典在當時影響很大，體現了 "雙百" 政策的落實。其他由他主編的還有《二十世紀華夏女性文學經典文庫》（11 卷）、《大家書系》（10 卷）、《巴黎文叢》（10 卷）等。他創辦和主編了三個雜誌《中國文化研究》《漢學研究》《女作家學刊》。大家都知道辦雜誌的辛苦，而他寧願將自己創作的時間移後，也要在這些領域為研究者提供平台，促使這些領域的研究向前發展。

由於小閻在漢學研究中的突出成就，以及主編《列國漢學史書系》的成功，他獲得國際中國文化研究終身成就獎。這個獎項表彰他不失時機地宣導漢學研究，表彰他親歷親為發表幾十篇論文，讓讀者瞭解外國人對中國文化的研究成果，這是一個重要的領域而經常被忽略。其他散文創作等各類獎項不再一一列舉。小閻身上真是具有無限潛能，所有的成果記錄着他日夜兼程的腳步。黃河入東海，小閻的作品也匯入了當代中國文化著作的洪流中。

記得 2019 年國慶 70 週年時，我和小閻楊楊夫婦在北京相聚，我們約好年年見面，不想疫情一來就是三年。期盼北京再重逢，那見面時 "小閻" "小琳" 的互相呼叫，該有多麼親切！你知道嗎？那呼叫聲裏，沉澱着我們超過一個甲子的情誼。

黃河的兒子，黃河的精神！小閻，我為你驕傲！

2023 年 2 月 10 日於香港

（將刊於《歲月留痕》，文集將在 2024 年於北京出版）

34

中華民族魂魯迅

2023 年金秋，魯迅青少年文學獎在香港賽區舉行隆重的頒獎禮，我為香港的魯迅青少年文學獎的獲得者大聲喝彩！你們獲得的獎項被冠以魯迅大名，這是無上榮光！要知道在中國的近現代文學史上，魯迅是排名第一的作家，百年來，無人取代，無人超越！因為有魯迅，有魯迅作品，有魯迅精神，中國近現代文學史發出了燦爛的光芒！

我在北京師大女附中就讀初中時，就立下了學習中國文學的志向。語文老師王蔭桐先生鼓勵我說："去圖書館借本《魯迅傳》吧，希望你從認識魯迅開始。"王蔭桐先生曾是著名抗日將領傅作義將軍麾下的文職官員，閱歷豐富，知識淵博。這本《魯迅傳》有一寸厚，我便抱着一頁一頁認真讀起來了。

從此我就敬仰起魯迅先生，認識他越深，敬仰之情就越深。上中學時，魯迅先生的石膏半身像被我一直擺放在書架上，他嚴峻的神情、睿智的目光，就這樣刻在腦海中。他在我的心裏是神聖的。

魯迅先生對中國社會的認識很深刻，他深邃的思想認知，反映在他作品的人物身上。中學時期我讀了不少魯迅的小說。《一件小事》裏的人力車夫，《故鄉》裏的閏土，《祝福》裏的祥林嫂，《藥》裏面給孩子治病的華家夫婦，《孔乙己》裏窮酸的孔乙己，還有《傷逝》裏掙扎在貧困生活中的知識青年子君和涓生，這些栩栩如生的人物，最早讓我認識了積貧積弱的中國社會裏的底層人物，特別是底層的勞動大眾。而這些人物使我進一步形象地瞭解了中國社會和中國歷史，帶給我對人生的反思。

到我如願以償地進入北京大學中文系學習時，能夠在王瑤先生的課堂裏，系統聽到魯迅研究的課程，對《狂人日記》裏狂人的吶喊，對《阿Q正傳》的精神勝利法，則有了更深一層的認識。我驚異於魯迅先生對狂人形象的塑造是那麼脫俗，那麼天馬行空！他對舊社會的鞭笞，對麻木民眾的喚醒，是通過狂人的口實現的。作品充分反映了魯迅反封建的戰鬥精神。

再到我在人民教育出版社中學語文編輯室工作時，編選魯迅作品進入中學語文教材，就是我和同事們的工作任務之一。我的理念是，在中學時期，通過學習魯迅作品，使學生認識魯迅的偉大，學生不僅要學習魯迅犀利的文筆、務實的文風，而且要學習魯迅堅毅的品德、不屈的精神。魯迅作品有淺有深，有短有長，完全可以有序地有選擇地安排在十二冊的各冊教材裏。中國的學生必須認識魯迅，就和英國的學生必須認識莎士比亞一樣，這是中華民族的傳統教育，是不可或缺的。中學六年不做，何時再做？

魯迅於 1936 年 10 月 19 日逝世。當時上海民眾萬人空巷為魯迅先生送葬，一面大旗覆蓋在棺木上，上書“民族魂”三個大字，表達了全中國人民對魯迅的敬仰。魯迅先生曾經說過：“惟有民魂是值得寶貴的，惟有他發揚起來，中國才有真進步。”魯迅鍥而不捨的革新精神，就是中國精神。目前，我們正處在中華民族復興的偉大時代，魯迅先生、魯迅精神和我們同在！

最後，希望香港榮獲魯迅青少年文學獎的同學們，學習魯迅精神，發揚魯迅精神，為香港和祖國的未來而努力向前！

（刊於《青語：魯迅青少年文學獎（香港賽區）獲獎作品精選集 2021　2022　2023》，香港：大公報出版有限公司，2023 年 10 月）

35

百年老店　時代先鋒
——賀商務印書館一百二十五年誕辰

　　商務印書館是中國出版業中有深厚文化積澱的百年老店。一代代的商務人，一代代的作者，為建設商務添磚加瓦。現在，商務印書館已經成為125層的"摩天大廈"，傲視全球出版業。

　　我年輕時在北京大學、山東大學讀書，經典的語言學著作多是商務印書館出版的。擺在書架上，摞在書桌上，一本本讀過。在書上劃重點，做筆記，將點滴所得用小字寫在書頁窄小的天地上。商務印書館的 logo，像是位老朋友，那麼熟悉，天天見面。

　　到了二十一世紀初，輪到自己為商務印書館添磚加瓦了。吳為章教授和我合著的《漢語句群》作為雅俗共賞的知識性讀物，收入了商務印書館的"語文知識叢書"，這套叢書既體現出學術性，又兼顧到通俗性。《漢語句群》是上世紀八十年代新教學語法體系《中學教學語法系統提要》公佈後的產物。《語法提要》將語素、詞、短語、句子、句群列為五級語言單位，形成漢語語法分析的前提。順應這個新潮流，我們將句群列為最大的語法單位，最小的篇章單位；在語法和篇章之間架起了一座橋樑。我們還在動態中研究句群，人們只要開口說話，就要和句群打交道。句群作為"話語單位"，不僅在語法學、修辭學、文章學裏，就是在語義學、語用學、話語分析研究中都有了自己的位置和價值。二十年過去了，至今還有讀者和我探討書中的問題。而且，在對外漢語教學界中，有不少老師一直在關注句群和篇章的問題，這本書重印了四次，仍有參考的價值，這一定讓已經離開我們的吳為章教授感到安慰。

接下來，是我編著的一本《香港社區詞詞典》。該詞典收詞 2418 條，進入商務印書館的詞典系列。商務印書館是詞典"王國"，一本小詞典忝列其中，讓我又惶恐又榮幸。是商務印書館在出版界最早推出了"社區詞詞典"的新概念，介紹了詞彙學裏這個幼小的新事物。記得我在 2006 年交出詞典書稿，至 2009 年出版問世。這期間，有周洪波總編的熱心關照，還有兩位責任編輯余桂林和朱俊玄耐心和我一起打磨。我們在電腦上書來信往，討論詞條準確的釋義；詞典還開闢了知識窗，延伸詞語的釋義，使讀者更多地瞭解香港社會的實際情況。沒有想到，詞典很受海內外讀者歡迎，沒有幾年就售罄了。商務印書館將愛護新生事物視為己任，我親身感受到商務印書館給予我的真誠幫助。

2010 年，繼《香港社區詞詞典》出版後一年，收錄華語社區詞語的大詞典《全球華語詞典》，由商務印書館出版了。這部詞典影響很大，發起編寫詞典的周清海先生敦請了新加坡資政李光耀先生支持此事，李資政和中國領導人李瑞環擔任了榮譽顧問，李宇明擔任主編。我也被邀參與了《全球華語詞典》的編委工作。詞典的港澳編寫組由七人組成。我和姚德懷先生審訂，湯志祥主持，成員有張勵妍、曾子凡、鄧景濱、湯翠蘭等。就港澳詞條來說，選詞的角度寬，收詞的數量多，令我加深了對港澳社區詞的認識。《全球華語詞典》大大拓寬了社區詞的範圍，凡例裏說道："本詞典所說的華人社區主要包括中國大陸（內地）、中國港澳、中國台灣，新加坡、馬來西亞、泰國、印尼等東南亞地區，此外還有日本、澳大利亞、美國、加拿大等地區。"詞典共收各華人社區詞約一萬條，第一次展示了華人社區詞的大致面貌。

2011 年，商務印書館出版由全國科學技術名詞審定委員會公佈的《語言學名詞 2011》，詞彙學部分在 05.103 條收入"社區詞"詞條。定義為："某個社區使用的，並反映該社區政治、經濟、文化的特有詞語。例如，內地的'三講''菜籃子工程'，香港的'房奴''強積金'，台灣的'拜票''走路工'。"這個名詞術語的出現，已經有《香港社區詞詞典》《全球華語詞典》裏成千上萬條的語料支持，"社區詞"這個新概念終於得到了拍板肯定。

2016 年，商務印書館又再接再厲出版了《全球華語大詞典》，這是繼《全球華語詞典》問世後，華語詞彙研究的又一重大成果；是李光耀資政親自提議，李瑞環先生合議，促成又一部詞典出版的美事盛事。兩位領導人繼續擔任榮譽顧問，周清海、陸儉明、邢福義擔任學術顧問，李宇明繼續擔任主編，編寫團隊相當有規模。詞典收詞 88,400 條，是名副其實的大詞典。詞典除了收錄全球華人社區的通用詞語，也收入了華人社區的特有詞語。《全球華語大詞典》涉及的華人社區的範圍比《全球華語詞典》涉及的更廣泛。這無疑會促進各華語社區的交流，促進華語的整合優化，為學習和研究華語的人開創了廣闊的平台。我雖然只參加了這部詞典有關港澳詞語的審讀工作，卻受益匪淺。《全球華語詞典》和《全球華語大詞典》選用了不少香港社區詞，在香港社區詞的選詞釋義上，都給我新的啟迪。大量語料的積累存儲，必然會促進理論研究上的創新。這兩部詞典給華語詞彙理論研究提供了豐富的資源。

在華人社區的詞彙研究有了一定成果時，華語的語法研究、篇章研究就開始擺在了枱面上。2021 年，商務印書館出版了《全球華語語法‧香港卷》。我有幸受邀擔任《香港卷》的主編，這工作屬於邢福義先生牽頭領軍的國家社科重點項目。沒有總主編邢福義和副總主編汪國勝的策劃和指導，沒有李英哲、周清海、陸儉明、李宇明四位顧問的遠見卓識，沒有商務印書館的鼎力支持，就沒有《全球華語語法‧香港卷》的問世。全書 30 萬字，例句 3000 多條，呈現出香港獨有的社區語體港式中文的語法特色。

回想起來，2011 年我到廣州開會，從邢福義先生那裏領了任務，回到香港後，迅即組織了七人團隊，開始香港卷的編寫工作。七人來自不同院校，我和馬毛朋、李斐是嶺南大學，石定栩、趙春利是香港理工大學，鄧思穎是香港中文大學，秦嘉麗是香港浸會大學。我們討論框架，確定細目，積累大量語料，運用"普—方—古—外"的綜合比較研究方法，歸納整理，條分縷析，分工執筆，共同奮戰五年，按期交出了《香港卷》書稿。在最近的兩年裏，經過邢福義先生和汪國勝先生的審閱定稿，像接力賽跑交棒一樣，最後一棒交到了商務印書館手中。責任編輯劉建梅細心審稿，提出問題和我們討論，推敲文字，完善表達，勞苦功高。特別要一提的是《香港卷》的精美裝幀設計，封面用上了香港市花洋紫荊的顏色，顯眼奪目。算一下，從 2011 年受命，到 2021 年出版，還真應了"十年磨一劍"的老話。這本《全球華語語法・香港卷》，從內容到形式，都表現了學界和出版界天衣無縫的合作。

接着，商務印書館按計劃要出版《全球華語語法》的全套叢書，《馬來西亞卷》在新年伊始業已出版，還有澳門卷、台灣卷、新加坡卷、北美卷等也會陸續出版，展現出華語社區在語法、語篇方面的運用特色。這一套叢書的出版，能開闊讀者眼界，讓讀者對使用華語的不同社區的語言生活有更多的瞭解，這在資訊時代是特別重要的。當地球已經被形容為一個村子的時候，語言文字的交流，比任何時候都更顯出它的活力。《全球華語語法》六卷本，只是個開頭，這項工程的完成還需要更多人接棒努力。

商務印書館是百年老店，是語言學經典著作出版的重鎮。一排排的名家名作成行成列，記錄了中國語言學的成長、發展、壯大，令中國語言學自立於世界之林。這是人人皆知的。我要說的是，商務印書館又是時代先鋒，它不怕新事物的生命還是新鮮的、弱小的，它用巨擘呵護着新生命的誕生和成長。上述一系列表現華人社區語言特色的出版物，就是最好的例證；而我作為受益者，便是最好的見證人。

感謝商務出版人，不避為他人做嫁衣裳的辛苦，咬文嚼字，勤勉勞作。萬丈高樓從地起，一代代商務出版人讓這百年老店的血脈傳承延續不斷，成為時代先鋒。在商務印書館 125 年華誕之際，我們期盼商務印書館年年更上層樓，促進中國語言科學的大力發展。

（刊於《商務印書館一百二十五年（1897—2022）：我與商務印書館》，北京：商務印書館，2022 年 4 月）

書籍是人類進步的階梯
—— 慶祝香港聯合出版集團成立三十五週年

我在北京上中學時，高爾基的這句名言："書籍是人類進步的階梯"，就牢牢地記在心裏。現在到了耄耋之年，這句話仍然是人生信念的一部分，且閃閃發光。

香港聯合出版集團成立三十五年以來，以文化人，以書立社，正是以不斷出版新書，服務社會，搭建着人類進步的階梯。

我曾在北京任職人民教育出版社，到香港定居之後，仍然熱愛着編輯出版工作，和聯合出版集團的幾家出版社，有着不解之緣。見到出版人便有一份說不出的親切感。聯合出版集團旗下的三聯書店、中華書局、商務印書館，都是響噹噹的老字號出版社，是我首先想要親近的出版社。

先說說和三聯書店的緣分吧！蕭滋老前輩擔任總經理時，邀請程祥徽先生為香港的大學編寫《現代漢語》教材，這門課程在內地大學是文科的基礎課，但在香港卻沒有一本適合本地文科生學習的教材。程祥徽先生邀我一起編寫，我們同校同系同門，都是王力先生教出來的學生，很快編寫好了《現代漢語》教材，三聯書店於 1989 年出版第一版。語言學界泰斗呂叔湘先生親筆賜序，給予我們極大鼓勵。台灣也缺少同類教材。台灣書林出版社向三聯書店購買版權，於 1992 年出版，並且將這本書列入他們的文史叢書之中。香港和台灣兩家出版社在後來的十幾年中也多次印刷該書。

學術不斷進步，教學要求不斷提高。我們感到《現代漢語》教材到了該修訂的時候。經過三聯書店批准同意，我們在教材內容上做了不少更新，儘量做到與時俱進。到 2013 年，三聯書店出版《現代漢語》修訂版，裝幀設計大方養眼。台灣書林出版社繼續購買修訂版版權，於 2015 年出版。2016 年，在桂林召開的全國高等學校現代漢語教學研究會第十五屆學術研討會上，我有機會特別介紹了《現代漢語》修訂版的內容，即獲北京師範大學出版社青睞，他們很快與三聯書店完成版權交易，於 2018 年出版了《現代漢語》修訂版的簡體版。至此，由香港三聯書店發源的《現代漢語》教材，在二十年裏，先後與中國台灣、中國內地完成了三次版權交易，出版了簡體版和繁體版。這是唯一一本在中國內地、香港、澳門、台灣都流通的《現代漢語》教材，為大學文科教材建設做了貢獻。前幾年程祥徽先生到訪台灣輔仁大學時，得知輔仁大學也使用這本《現代漢語》教材，十分興奮地給我發來照片。令人悲痛的是程祥徽先生在今年四月駕鶴西去，他所編寫的《繁簡由之》，也是三聯書店出版的，他的這一有容乃大的科學主張，獲學界贊同，也在《現代漢語》教材的文字章節裏，得到充分闡述。

再說另一個故事。疫情三年，人人自危，任何工作都受到了很大的影響。而我卻和中華書局有了一次精彩的合作。當 808 頁裝幀精美、封面雅致的《漢字字形對比字典》於 2022 年 7 月的香港國際書展上亮相時，學界朋友都不相信這是一年半不到編寫出來、半年不到出版出來的。有人說，真是中國高鐵的速度呢！該書總策劃是中華書局總經理兼總編輯侯明女士，她有感於出版中遇到的字形問題，多年來都想編這樣一本字典，以地區之間傳承字／繁體字的字形差異為核心，收集字樣進行對比歸納，於教學、研究、出版工作，都有實用的價值。她將這個任務大膽地交給了我，而且說，限一年時間編好。我也就大膽接受了這個任務，先組建編寫團隊，加我一共六人：趙志峰、李黃萍、劉鍵三位博士和中華書局的兩位年輕編輯鍾昕恩、梁潔瑩。我們每星期開例會，一開就是六七個小時。那一年大家沒有節假日，連春節都在加班。怎麼搭建字典的框架呢？什麼方案最好呢？都是摸着石頭過河的。我們研究決定，這本字典以國家規範用字分三級為綱，以香港傳承字為字頭，與台灣傳承字、內地傳承字／繁體字（不涉簡化字），一一做字形比較。定下目標，分工合作，六個人不分你我。編寫中時時都有問題，我們不斷地提出問題、解決問題，就在討論的進程中，書稿進度也在每週、每月向前推進。一遍一遍研究字形差異如何做科學闡述，用什麼術語貼切；一遍一遍統一格式，翻來覆去檢查；一遍一遍查找資料，準確列出讀者學習用的知識點。科學、嚴謹、簡明，每一個字條都要做到。最後，字典出字頭 8229 個，表列內地、香港、台灣的標準宋體字樣，反映出現代漢字的地區面貌及差異規律。在 2022 年第六期的《辭書研究》刊物上，已經刊登了我們編寫者關於字典研究的長篇文章和學者書評。主持制定國家《通用規範漢字表》工作的王寧教授對我說，這是一本推動文化認同的字典，她予以肯定。

如果把這次編寫《漢字字形對比字典》的工作進程比喻為一個戰役，也毫不為過。編寫隊伍和編輯隊伍融為一體，互相幫助，互相支持，朝着一個目標前進。這二者的關係就是親密的戰友。我欣喜地看到中華書局的年輕編輯，工作細緻，態度認真，最後的排序檢索工作量很大，而且不能有一處疏忽，她們都能達到標準。

在祝賀聯合出版集團成立三十五週年的喜慶日子裏，我選擇了《現代漢語》教材版權轉讓和《漢字字形對比字典》編寫問世的兩個故事，來說明編寫和出版的密切關係，期望和讀者共同享受一本書、一本字典誕生的快樂。

最後，我要誠摯地感謝這三十五年來聯合出版集團的朋友們給予我的支持和信任。說到底，作者、編寫者、編輯、出版者，是一家人。我們精誠合作，在搭建人類進步的階梯中，盡自己的一份力量。

〔刊於《讀書雜誌》專號：《聯合出版集團成立三十五週年誌慶文集 1988—2023》，2023 年 7 月，香港：三聯書店（香港）有限公司〕

37

字典是相伴一生的老師
—— 慶祝人民教育出版社《新華字典》編寫出版七十年、《新編小學生字典》編寫出版四十年

各位領導、各位學者、各位同事：

作為曾經在人民教育出版社工作過的員工，非常高興有機會在"人教辭書編研出版七十週年座談會"上發言。我是 1977 年參加全國教材編寫會議，從北京市調到人民教育出版社的，1985 年到香港定居。雖然離開人教社很多年了，但是我始終認為自己是人教人，一直感恩人教社對我的栽培。

1950 年 12 月，人民教育出版社成立。70 年以來，人民教育出版社是國家級編寫出版中小學基礎教育各科教材的重要基地，也是編寫出版字典詞典各類辭書的重要基地。一代代人的傳承，使這個重要基地蘊藏着深厚的文化積澱，也培養出了一支能打勝仗的隊伍。

一個甲子過去了，人教社出版的辭書多達 50 種，真是碩果纍纍！

中文的字典詞典作為學習中文的案頭書，是每個人學習掌握運用中文的無聲老師，它陪伴我們一生。無論做什麼工作，字典詞典都是須臾不能離開的工具書。它對提高我們中華民族的文化素養有着非常積極的作用。

現在銷售量打破世界吉尼斯紀錄的《新華字典》，追本溯源，還是 50

年代在人教社管轄的新華辭書社編寫出版的。老一代卓越的中文大師、中文教育家葉聖陶先生、魏建功先生、呂叔湘先生、張中行先生等親自操刀，完成這本字典的編寫。人手一本《新華字典》，不僅是 14 億中國人的需要，也是世界上幾千萬中文學習者的需要。這本字典的框架搭好了，每個字的形音義都有了着落。現在更新到 12 版，也離不開當時創新的老一輩的身影。我有幸在人教社工作時，得到呂叔湘先生、葉立群先生、張中行先生、張志公先生、劉國正先生的指導，道德文章，受益終生。

《新編小學生字典》編寫出版時，我還在社裏。葉立群社長十分重視這本字典的工作，親自掛帥。我的中語室同事黃成穩兢兢業業，也曾完成了第三版的主編工作。當一本設計新穎、裝幀精美、圖文並茂的字典出爐時，大家都欣喜非常，覺得我們人教社為孩子們送上了最好的禮物。插圖又多又美，大大促進小學生學習中文的具象思維能力。從小培養孩子們具有真善美的品德，這本字典是個典範。

為讀者大眾特別是為孩子們編寫字典，是非常不容易的事情。文字要既精練又淺白，釋義要既嚴謹又好懂。淺白和艱澀相對，好懂和深奧相對。就這淺白和好懂是很難做到的，大手筆才做得好。人教社的同事們做到了。令人佩服！

現在看到人教社的辭典編寫隊伍，人才輩出，相信青出於藍而勝於藍，人教社的辭典工作一定會發揚光榮傳統，更上一層樓。

田小琳　謹賀

2023 年 8 月 24 日

38

從未名湖走向大千世界

藍天，白雲。綠樹，紅花。那年十八歲。穿着白襯衣、斜格子花裙，帶着北京女中學生的自信，走進了兩頭石獅守護着的北京大學的紅漆校門。現在想起那情那景，好像在欣賞一幅色彩明麗的水彩畫。

1958 年夏天，我在北京四合院的家裏收到北京大學的錄取通知書。那天是難忘的。當郵遞員把那個糙紙造的信封交到我手上，一眼看到的是信封右下角的 "北京大學" 四個字。赫赫的北京大學！還沒拆開信封，我就歡呼着，跳躍着，飛奔到北屋，和爸爸擁抱着。那種幸福的感覺，什麼時候想起來，都會在心裏蕩漾。當時雖然年輕，心裏卻明白，當北大的學生意味着人生美好幸福的開始。五十年快過去了，回想起來，當時的想法是有預見的，沒有北大，人生就沒有那麼多的美好和幸福。

走進北大如詩如畫的校園，首先認識的是未名湖。未名湖映到我的眼簾，是靜靜的，沒有漣漪的。在昆明湖和北海划夠船的我，不以為她大，也不以為她深，只是感到她的神秘。總覺得這靜靜的一方池水，照着塔影，映着柳枝，似乎飽含着歷史和專家學者賦予她的豐厚的內涵。她安然地躺在北京大學這片聖土上，不聲不響，和這片聖土，和聖土上的學者、學子融合為一體，成為北大不可分割的一部分，成為北大精神的象徵。站在她旁邊，你會感到自己的渺小。

中文系五年的學習生活，既充滿了五六十年代的戰鬥精神，也脫不了青年男女們在一起的詩情畫意。不論學工學農，從門頭溝煤礦半工半讀回來，還是到農村割麥子收白薯回來，最愜意的就是到未名湖散步談心。女孩子們，三三兩兩，喊喊喳喳，嘻嘻哈哈，忘我地舒心地笑着。最秘密的莫過於誰又收到了哪位男同學的求愛信，親密的女伴總會出主意，是跟他好，還是不跟他好，對來信者的品頭評足更不消說了。未名湖一定在羨慕我們的天真無邪，我們那個妙齡的年代，對未名湖是沒有秘密的。

五年的學習生活結束，我們的老師言傳身教，讓我明白了"道德文章"這四個字；也明白了未名湖為什麼是靜靜的，一聲不響的。未名湖沉澱了太多北大的文化，這積澱讓我們懂得什麼是深沉，什麼是膚淺。

學，然後知不足。在浩瀚的知識海洋裏，五年的時間只是航程的起始，剛剛揚帆而已。當我拿着山東大學古代漢語研究生的錄取通知書，去向未名湖告別時，我心裏充滿了對北大的感激。在北大，我受到殿堂級大師級教授學者的傳習，結識了來自全國四面八方以至世界各國的同學朋友，經受了五六十年代風風雨雨的洗禮。可以說，在未名湖畔，我見了大世面，開闊了心胸，陶冶了性情，那說不明道不清的北大精神從此就成了我生活工作的指導。

1963 年從北京大學的校門又踏進了山東大學的校門；1966 年夏天，正要踏出山東大學的校門時，"文化大革命"烽煙四起。1967 年我的分配方案下來，是福建省。我要從黃海之濱的山東，到東海之濱的福建。當我到福建省革命委員會報到時，又被指派到福清縣漁溪部隊農場勞動鍛煉。原來，1966 年、1967 年畢業的大學生、研究生都上了全國各地的兵團或部隊農場。我在福清的漁溪，才算是離開了校門，開始真正經受着磨練了。

"文化大革命"鼓吹的那些踐踏歷史、踐踏科學、踐踏文化以至踐踏人性的論調，現在看起來不堪一擊，然而當時卻是十幾億人生活工作學習的信條，這十年歷史悲劇所釀造的苦酒，足夠我們這個民族喝上幾十年。

我的編制在漁溪6588部隊潭邊農場三連十二班，全連有四名研究生，一百多名大學生。我們整天在圍海造田的一千多畝的水田裏種水稻。水田的水通常都沒過膝蓋，在北方農田幹過活兒的我，很快就適應了光着腳捲着褲管跳進水田。從插秧到鋤草到施肥到收割到打稻脫粒，也充滿着勞動的喜悅。記得有一次颳颱風，海浪滔天，我們真正要與天奮鬥了。圍海造田的海堤受到威脅，部隊命令我們到海堤上去築土加固堤壩，保衛農田。我們在堤上揮舞着鐵鍬，全身被大雨灌得精濕，後來人在堤上被大風颳得站不住了，連長下了收兵令。我和一位女同學相扶相抱着往回走，不然，一個人連走都走不動。我們終於回到了住宿地，脫離了險境。後來才聽說，同時在廣東沿海的一個部隊農場，有一次遇到狂風海嘯，戰士和大學生肩並肩手挽手跳入決堤的海中，去保衛海堤，最後不幸葬身大海了。那些大學生聽說很多是外語學院的。此事報告周恩來總理之後，總理大為憤怒，國家培養一個大學生要花多少心血，多少金錢，後來周總理下令各個沿海部隊農場不准再次發生類似事件。我作為北京大學的畢業生曾經在人民大會堂見過總理，聽過總理的報告，總理對我們寄託着厚望，他絕不會讓我們做捨身填海、違背科學、違背天理的事。

1970年春天，我再次從部隊農場分配了。我清楚地記得場部一位負責分配的張幹事對我說："你是研究生，我聯繫了廈門大學，但是廈大不要人，說自己學校的老師還不知道要上哪裏去。這樣吧，去福州的名額全連只有五個，你到福州去吧，再把你分配到福建山區，調回北京可就不容易了。"我能到福州教中學、教師範學校，三年後再調回北京，真要多謝這位張幹事。雖然我現在已經不記得他的名字，但是，他的模樣，他誠懇的富有人情味的話語，我至今記得清清楚楚。他與人為善，日後一定會有好報。

　　在福建的四五年，我一個北方姑娘到了人文、地理、語言差異那麼大的南方，可算得上離鄉背井。但是，我沒有流眼淚，我和別人一樣地勞動着，生活着，工作着。記得有一天，正值我休息，我拿着班上女同學換下的衣服到井台上去洗，為的是讓她們下工後有喘息的時刻。在大太陽底下沒有遮攔的井台上，我正搓着衣服，忽然見到近尺長的"大蠍虎子"。在陽光下，牠那金黃色和黑色相間的橫道背脊，閃爍着刺眼的光芒。我是最怕各種動物了，不過，牠的外衣真的漂亮啊！牠沒有理我，自己又不慌不忙地爬走了。後來農民阿嬸才告訴我，那是最毒的四腳蛇，咬了你就沒救了。天哪！我真是命大福大！

　　在遠離北京的地方，我堅強地堅持着，樂觀地堅持着，因為我是北大人。我來自未名湖，我不能服輸。我漸漸地愛上了福建，那山清水秀的地方，她留給我無數的回憶，還帶給我一大幫農場的戰友和一大群可愛的學生。至今很多朋友和學生還有聯絡。

　　1973 年，我終於時來運轉，又回到日思夜想的北京，全家團圓了，再不用坐 48 小時的硬座火車去福州了。從 1963 年到山東，到福建，轉眼就是十年。大亂後必有大治。1976 年"文化大革命"終於結束了！鄧小平又上台了！小平同志一上台就抓教育。面臨十年各省市亂編中小學教材、扭曲教材內容、教學素質下降的混亂局面，小平同志親自下令要組織人力抽調到中央，迅速編寫全國中小學統一使用的各科教材，將教材建設作為教育的一項重要工程提到議事日程上。當時以人民教育出版社的人員為主，從全國各地抽調人才，利用"全國教材會議"這樣一個特殊的機構急急上馬，幾百人住到了香山飯店，開始了日以繼夜、夜以繼日的工作。我有幸參加了這一工作的全過程。那是 1977 年 9 月 25 日，我們全體編寫人員和其他幾個重要會議（全國科學大會預備會議、全國高等學校招生工作會議、大學科研規劃會議）的人員一起，在人民大會堂受到中央領導的接見。我站在為合影搭建的一排排架子上，在明亮的燈光下，見到鄧小平同志走進來了，見到葉劍英、李先念、華國鋒等一眾中央領導同志走進來了，他們和大家揮手，會場響起經久不息的熱烈掌聲。"四人幫"倒台了！我們這個多災多難的國家、多災多難的民族，終於可以正常地運作了。這張中國照相館製作的長長的黑白照片是一個有歷史意義的留影，代表着一個新階段的開始。一排排站在台子上的都是"文革"中的"老九"們——知識分子、專家、學者。想想看，每一位"老九"在"文革"中都會有自己的一個故事，甚至一段遭遇，我的又算得了什麼。

在北京人民教育出版社工作的七八年間，我常常重返母校，時時可以探訪未名湖，拜謁老師。王力教授、周祖謨教授、朱德熙教授、林燾教授，他們都煥發了青春。王力先生說"還將餘勇寫千篇"，這正是老一輩學者北大精神的集中寫照。記得1985年夏季的一天，在未名湖畔的臨湖軒，栽在庭院的小竹林一片翠綠，學校舉行會議為王力教授慶祝八十五歲壽辰，那時山東教育出版社已經出版了《王力文集》十八卷。王力先生在會上宣佈，將全部稿費設立獎金鼓勵青年語言學家的研究。會議的規模不大，在廳堂裏圍坐了兩圈，我坐在老師們的旁邊，聽王瑤教授、朱德熙教授、周祖謨教授等等一一發言。大家在稱頌王力先生結合科研和教學為中國高等教育做出的貢獻。王力先生永遠是那麼謙虛地微笑着。我看着他們，耳邊似乎響起了校園中"文革"大喇叭的鼓噪聲，看到王力先生從批鬥場所往外走時在皮鞭的抽打下摔了跟頭，眼鏡甩到了一邊，朱德熙先生慌忙從後趕上，撿起眼鏡，扶起王先生，……曾幾何時，老師們又都上了教學和科研的第一線，不再去議論"文革"各派的得失。未名湖有靈有眼，該感受得到，該看得見，北大的學者們是有着怎樣的胸懷，中國的知識分子是多麼優秀的一群人！

"文革"後，老師們都在搶回失去的時間，我怎麼敢怠慢？我當時正值精力充沛的中年，跟着人民教育出版社的張志公、劉國正等先生，為制定大綱、編寫教材、修改教材，為制定教學語法系統走南闖北，到全國二十幾個省市，和教師、學生座談，聽教學觀摩課，開大大小小的研討會。渾身有使不完的勁兒！

1985 年，我又面臨一次南遷，全家四口隨我父母到香港定居。香港，對我來說，是一個比山東、福建的人文、地理、語言差異更大的地方。不同的是，到福建時我還是一個剛出校門的學生，而到香港時我已是一個成熟的中年人了。1984 年，中英兩國已經簽訂了《聯合聲明》，香港於 1997 年 7 月 1 日回歸祖國；當我 1985 年年底到香港時，香港未來的走向已經是一清二楚了。我在香港度過的幾十年，是我學習香港精神、學習融入香港社會的難忘歲月。雖然我曾經跟隨父親經商搞地產，但是在大學教書的這條線始終沒有斷過。1986 年初，我應香港大學語文研習所所長霍陳婉媛女士邀請，開始到香港大學兼職教學，後來在香港大學內的幾個部門任教，一教就是十三四年，圍繞古今漢語開過十幾門中文和普通話課程；同時還在香港中文大學、香港浸會大學、澳門東亞大學等其他大學任教，直到 2000 年我應聘到嶺南大學全職任教。

初到香港時，我曾請王力教授給我寫一封推薦信，王力先生用毛筆親筆寫了推薦信寄給我，還問我寫得行不行，不行可以再寫。我至今保存着這封信，這封信充滿了王力先生對我的期望，也融匯了未名湖和北大對我的期望。我特別感到榮幸的是，我服務的香港嶺南大學，與百年前廣州的嶺南大學一脈相承，王力先生上世紀四十年代曾在廣州的嶺南大學任文學院院長。沒承想我們師生的薪火相傳在嶺南大學的講台上實現了！

只要在香港居住超過七年，就可以成為香港的永久居民了。香港永久居民所拿的香港特別行政區護照，可以免簽到世界上一百多個國家。中國的香港人受到世界各地的歡迎。我從維多利亞海港出發，到過美國的西岸東岸，見到了太平洋和大西洋，在夏威夷群島領略了太平洋的風光，那樣湛藍湛藍的海，在其他地方都不曾見過。我從維多利亞海港出發，到過東歐、西歐十幾個國家，見過地中海、波羅的海。我又到過非洲，在北非的埃及，看到如詩如畫的紅海；在南非的好望角，見到大西洋和印度洋的匯合，那一排排帶着呼嘯聲的白色浪花沖擊着好望角的卵石灘。在浩瀚的大洋大海的旁邊，我又一次感到人的渺小。那感覺和未名湖給我的感覺是一樣的。雖然未名湖是那樣一方淺淺靜靜的池水，她早就教給了我，什麼是深沉，什麼是膚淺。當我從未名湖走到大洋大海之旁，當我從未名湖走向大千世界，我不斷驗證着，那說不清道不明的北大精神，就是我生命中的至寶啊！

　　（筆者註：這篇文章刊於北京大學西語系黃向明師兄主編的《夢縈未名湖》一書，這本書是北京大學四代校友挑戰應戰的懷舊文集，由我們的老師季羨林先生題簽。由香港文藝出版社於 2009 年出版。這篇是散文，沒有機會收入到我過去的語言學論文集中。而現在這本集子，第三部分是散文，散文的最後五篇列為"文化津樑"一欄，有關北京大學未名湖精神的文章，與這個小標題還算投契，所以也把它編排進來。我在 2020 年寫過三萬字的《我的故事》，刊於馬毛朋、李斐主編的《博學近思　知行兼舉》一書。這篇《從未名湖走向大千世界》，很像是《我的故事》的縮寫。就將本文作為書的末篇，請大家輕鬆看故事吧！）

疫情年出版記——代後記

　　2020 年的春節來得特別早，1 月 25 號就是正月初一了。我的兩個兒子許楊、許亮全家，從上海、西安提前回香港家來過年。祖孫三代團聚本來其樂無窮；不過，這次過年却蒙上了新冠疫情的陰影。

　　2019 年 12 月以來，武漢市已經發現了多起病毒性病例。2020 年 1 月 20 日，習近平總書記對疫情做出了重要指示。幾萬人馬從全國各地馳援武漢。1 月 23 日，農曆除夕前一天，武漢市封城，接着湖北省多地封城。1 月 27 日，李克強總理代表習近平主席到武漢考察並指導疫情和防疫工作。1 月 30 日晚，世界衛生組織（WHO）宣佈，將新型冠狀病毒列為國際關注的突發公共事件。

　　這年可怎麼過啊！大家最感興趣的春晚，都沒有好好看；餃子也吃得沒有了滋味。看着疫情的形勢越來越嚴峻，為了不耽誤上學和上班，孩子們就忙着訂返程的機票。沒到初八，就都走了。還好，都及時趕上飛機，安全回到住地，讓我放下心來。

　　真是始料不及啊，我們幾十年沒有遇到過戰爭，却遇到了瘟疫，而且是來勢洶洶的瘟疫。世界各國的各大城市開始每天報告染疫的人數、重症和離世的人數。這些數字無情地敲打着人們不安的心！從此，長達三年、超過千日的疫情在全球開始了大蔓延！

　　香港家裏就留下了我和印尼工人姐姐，我們二人相依為命，按照香港政府的指示，儘量少外出，出外戴口罩，回家嚴消毒。我們響應政府號召，自願去檢測核酸，得知陰性結果，心裏稍安。（疫情開始的時候，還沒有自測劑呢！）

到了六月初，我心裏盤算着，今年原定孩子們和北京的兄弟姐妹們在香港給我慶祝八十歲生日的計劃是肯定泡湯了。到處都在隔離，去也隔離，來也隔離。一隔離就是十天半月，誰受得了！那時香港風聲也緊，在外面聚餐的人數已經限定至 4 人，每張餐桌還要保持幾尺的距離。

誰知道天助人也！香港的疫情在六月中有所控制。香港政府宣佈，聚會人數可以放寬到 50 人，餐台不限定人數，餐桌也不必保持較遠距離。所以，在 6 月 22 日我八十歲生日那天，就有了一場 50 人參加的研討會和五桌的聚餐會。回看三年多的疫情，那幾天只是新冠病毒在香港休息的一剎那！過了那幾天，防疫的各項措施又重新收緊了。

這裏，我要特別感謝香港學界、推普界的許多好朋友，在疫情肆虐的時候，他們惦記着我，召開研討會，給我過生日。主辦機構是香港樹仁大學普通話培訓測試中心、香港普通話研習社、新市鎮文化教育協會，協辦機構是香港教育大學研討聯誼會。研討會嘉賓有香港教育大學中文系系主任施仲謀教授、香港樹仁大學中文系系主任黃君良博士、中聯辦教育科技部副部長劉建豐博士、香港普通話研習社理事會主席冼錦維先生、新市鎮文化教育協會戴洪芳校長等。會務統籌是新市鎮文化教育協會于星垣副主席。

6 月 22 日，當我進入研討會的會場時，會場裏已經坐滿了參會者，有許多是我熟悉的老朋友、舊學生。我們親熱地互相招呼着。

會議由樹仁大學普通話培訓測試中心主任畢宛嬰老師主持。會議正式開始，黃君良博士、施仲謀教授、冼錦維主席相繼致辭。他們三位熱情洋溢的話語，還有對我工作的充分肯定，令我十分感動。我在香港所做的工作，都是我作為一個教師應該做的。我年輕時受到國家栽培，理應為國家服務，為香港服務。大家的話語是對我的鼓勵，也是對所有教師的鼓勵。

研討會有四位主講發言：香港中文大學余京輝先生、香港大學專業進修學院梁衛春女士、香港普通話研習社李迅先生、香港教育大學李黃萍博士。每位老師都是精心準備，講的內容十分充實。他們的讚譽之詞，我不敢當；他們發揮的許多學術觀點，我非常受益。

　　會後，我們一起到一間大酒樓飲茶，一共五桌。朋友們做了十分周到的安排。豐盛的筵席上，有生日蛋糕，還有壽包和壽麵。香港的朋友們給予我勝似家人的火一般的熱情和舒心的溫暖，融化着我的心。一剎那間，我切切實實感到，我哪裏是北京人呢，我完全是香港人了！那八十歲的生日，那一幅幅的景象，那一張張的笑臉，那一聲聲的祝福，永遠定格在了我的腦海中。

　　…………

　　疫情在繼續，日子還是得照常過。這新冠病毒，你心理上越是怕它，心神不安，便直接會導致生理出現毛病。所以要心定下來，一步步按照香港政府的防疫指示做好。首先是打疫苗，規規矩矩去打科興，有了三針的針紙證明，就有了安全出行的許可，不管是大廈、商場、餐廳、醫院，都暢通無阻。其次，香港從來沒有封城封街道，自己沒事少外出，出外時時戴口罩（不戴口罩罰款五千）；帶着消毒液，隨時消毒雙手。回到家裏，清洗所有外出穿的衣服，用消毒紙巾擦拭鞋子的裏裏外外。最後，需要幾乎天天用自測劑自測，看看那橫槓是否只出現在 C 字旁。每個人都自覺自願做這些事情，慢慢養成了習慣。城市的衛生水平得到了提高，醫院裏上呼吸道感染的病症大量減少。

　　儘管什麼都做到了，但有時還是會被病毒抓住不放。我記得很清楚，那是 2022 年 10 月底，我有一天晚上和七八位朋友聚餐，餐廳房間冷氣凍人，我回到家裏就感到不舒服，開始咳嗽了。糊裏糊塗先睡覺，睡夢中有幾次被咳嗽弄醒，第二天早上起來自測，有條橫槓清清楚楚停在了 T 字旁。中招了！家人沒有一個在身邊，印尼工人姐姐不會廣東話，只有自己救自己了。九點多鐘，我找到政府設立的新冠診所電話，選擇了西環堅尼地的一家診所，電話打過去，馬上有人接。護士瞭解了我的情況，她說，我們今天的預約號已經滿了，因為你是長者，我們給你加號，你下午兩點準時來就診。接着，我又打通香港政府設立的免費的士服務電話，這些的士專門送感染者去新冠診所，免得擴大社區傳染。電話很快接通，我和工作人員約好中午一點半來接我。車費免費是香港患者的福利，是政府付費給司機的。此時，我就覺得有救了！心裏已經不恐慌了。

兩點準時應診。一位態度和藹的年輕女醫生給我做了仔細的檢查，特別聽了肺部。她說，你不發燒，36.5℃，喉嚨發炎，咳嗽，肺部沒有問題。她開了一盒輝瑞口服藥給我，五天量，早晚八點各一次，一次三粒。還有其他止咳藥和藥水，以及防備發燒的退燒藥。醫生還送給我一個測量血氧的小儀器，手指夾進去，就會顯示血氧和心跳次數。她囑咐我，血氧如果低於 94，要看醫生，低於 90，就要去急診。我都聽明白了，感謝和告別了醫生護士，安心離開了。連掛號費都沒有收。

回到家，按時服藥，完全休息。到第三天自我感覺就好多了，晚上自測，那在 T 上的一條線，已經很淺了。第四天早上完全轉陰。因為我已按規矩報告醫管局，我 "陽" 了。政府還派人給我送了一包防疫品。徹底休息了八天後，醫管局的檔案上，我是正常人了，可以全香港自由走動了。我 "陽" 了，還沒來得及害怕就好了。衷心感謝香港政府對長者的愛護，所有的措施是具體可行的，特別在醫藥上做了充分準備，沒有說空話。這一點大家從我上面就醫的情況就能看到了。

上面在講防疫的故事，好像和這本集子風馬牛不相及。其實是有緊密關係的，這是這本集子產生的社會背景啊！在這樣的疫情下，我們沒有屈服在病毒的淫威下，我們該幹什麼幹什麼。

…………

2023 年 2 月，春節過得痛快！全家七口人團聚在香港家裏了。內地疫情在春節前總體呈下降趨勢，長達三年的疫情結束了，全國各地交通全方位開放，人們可以自由走來走去了。至 2023 年 5 月 5 日，世界衛生組織總幹事譚德塞也宣佈，新冠疫情全球衛生緊急狀態結束。

三年疫情，大家再見面都長了三歲。長孫駿豪 2021 年考入上海外國語大學，次孫佳豪也進了西安的梁家灘國際學校。雖然上了不少時間的網課，學業基本沒有受影響，值得欣慰！孫子孝順，說奶奶你一個人在香港家受驚受苦了，我們經常在隔離狀態，不能來照顧你。我說，怎麼會呢，香港是個福地，疫情有香港政府把控，我們沒有恐懼心理。我一切照舊生活、工作，你們上學有收穫，我也豐收了！

我伸出手指說，猜一猜，三年我出版了幾本書？一共五本呢！還不算北京商務印書館重印的《香港社區詞詞典》和《漢語句群》，也不算長長短短的文章 30 篇。

五本書裏，我自己署名的書有一本，是 2020 年 9 月香港三聯書店出版的《香港語言文字面面觀》，那是疫情前幾年發表的論文合集。我擔任主編出版的有四本。按出版時間排列：《全球華語語法·香港卷》（北京商務印書館，2021 年 9 月）、《漢字字形對比字典》（香港中華書局，2022 年 5 月）、《港式中文語法研究》（香港中華書局，2022 年 7 月）、《金融行業普通話》（香港三聯書店，2022 年 10 月）。出版時間都是疫情年。

我都沒有想到，竟然有五本呢！當然，這主要靠的是團隊的力量，靠我自己可不行。可以說，一個一個團隊出擊，協調作戰，都獲得了勝利！

《全球華語語法·香港卷》是國家社會科學基金重大項目“全球華語語法研究”的其中一個成果。我們香港隊包括五所大學的七位老師，詳情在本文集前面的文章已經做了介紹。我這裏想說的是團隊精神的重要。這個項目有一個大團隊，以邢福義教授為總指揮，總指揮部設在華中師範大學語言研究所。汪國勝教授協助邢福義教授協調各個地區團隊的工作，其他總指揮部的成員也隨時根據需要支援各團隊。因此我們香港隊在工作時，感到有強大的後盾，工作有底氣。此外，這個項目有六個團隊在同時工作，中國的台灣隊、香港隊、澳門隊，還有馬來西亞隊、新加坡隊、北美隊。我們彼此之間也經常交流，互相通氣。在新加坡、中國澳門、夏威夷的交流會上，各自報告研究的方法和內容，毫無保留，同時吸取其他團隊的好方法、好建議。大家為一個目的努力，合作非常順暢。正因為有這種團隊精神，才有好的成績，最後結項成績評為優秀。現在這項研究已經結束了，我們都為能參加這個項目而感到驕傲，這個研究項目取得的成功，在促進華語社區交流、增強世界華人凝聚力方面，有積極的作用，也實現了世界華人學者的願望。邢福義先生生前已經看到了項目的成果，他一定是滿意的。

《港式中文語法研究》是《全球華語語法·香港卷》的繁體版。香港中華書局總經理兼總編輯侯明女士慧眼獨具，認為這本書可以填補香港在港式中文語法研究方面的空白。《全球華語語法·香港卷》甫在京出版，她迅即購買了在香港出版繁體版的版權，並多次更換封面設計，於2022年7月香港國際書展前幾天出版，正趕上了國際書展。也是為了趕書展，我們團隊7人和時間賽跑，分工校對繁體版，配合責任編輯楊安琪小姐的要求，再次核對資料出處，修改瑕疵，保證了出版品質。

《全球華語語法·香港卷》和《港式中文語法研究》的相繼出版，令處於疫情陰霾影響下的低迷情緒一掃而空；十年的辛苦耕耘結出了豐碩的成果，讓我們香港隊的成員喜笑顏開！大家在微信群裏紛紛曬出喜悅的表情，作為主編，我充分理解大家付出的"十年磨一劍"的辛勞。

另一本重量級的字典《漢字字形對比字典》，卻是在疫情年中開始編寫、疫情年中完成出版的。說它是重量級不是誇張，的確是又厚又重，多達 808 頁。這本字典是侯明女士策劃的,她一直想為香港的教育盡力,希望解決香港教師在文字教學上的一些疑惑,把繁體字不同的字形捋捋清楚。侯明女士在擔任香港三聯書店總編時,曾經委託我主持修訂《現代漢語學習詞典》(繁體版)的工作,我邀請趙志峰、李斐、馬毛朋三位博士一起,用三年完成了任務,口碑不錯。也許是這次詞典工作讓她覺得滿意,所以又將編寫《漢字字形對比字典》的工作交給了我。我說,我是大膽接了這項工作的,怎麼入手,如何在一年時間內編寫完畢,都還沒有定準呢!

2020 年底到 2021 年初,開始組建團隊。我邀請了北京的老搭檔趙志峰博士,還有香港的李黃萍博士、劉鍵博士,再加上中華書局的鍾昕恩和梁潔瑩兩位責任編輯。六個人的團隊立即上馬。我考慮,需要比較的字形來自內地、香港、台灣三個地區,而以《通用規範漢字表》涵蓋 8105 字的三級字表為順序排列,最為合適。楷體雖好,但字形不全。於是,我請中華書局立即向三地有關印刷的權威機構購買宋體字形,作為比較的基礎。

春節到來,開工也隨之到來。我們商定每星期三下午兩點開會,研究工作細節,研究每週分工。這週定下的任務,下週三完工。就這樣,長達快一年的每週三的沙龍雷打不動,每次開會都開到晚飯後九點十點。這部字典的工程從起步開始,就有條不紊地進行着。好像蓋一座樓,先打好了地基,再一層一層往上蓋。有時順利多蓋幾層,有時不順利就停工。團隊成員除了我,都是全職工作,那編寫的工作就佔滿了節假日,工作量實在太大,不敢隨便歇下來。稍一放鬆,一年的時間怎麼完成任務?大家做夢時都在想,這兩筆之間,是相交、相接?還是相離?這兩個偏旁的差異,是有古代文化的沉澱,還是現代社會社區的文化差別?這種筆畫的名稱,叫反捺,還是捺點?查資料,找根據,請教專家,都是時時要做的事情。在編寫和研究中,大家的知識在增長,分析判斷能力在提高。很多結論是我們自己定下的。

一年的時間過得很快，到 2022 年初，字典書稿已經看到全部的模樣了。在中華書局的責任編輯做全書索引的時候，我們同時對全書的行文再一次進行統整。又碰到了春節，我們繼續加班加點校訂。疫情中的春節以少走動為好，這倒讓我們更好地把握了時間。春節後我們全部發稿了，靜候中華書局安排出版。五月份，春花燦爛的時候，當裝幀精美的字典熱辣辣出爐時，當清新的淺綠色封面的硬皮字典，沉甸甸拿到手中時，我反而一句話都說不出來了！好像不相信我們已經完成了任務。

我感謝字典編寫團隊的每一位成員，如果我們沒有熱愛漢字的情懷，沒有徹底搞清楚三地字形差異的決心，以期促進漢字未來的趨同發展，就不會完成這麼巨大的任務。以我們六個人的微薄力量，限以一年多一點的時間，又沒有前車之鑒，我要說，這個任務是巨大的。李宇明先生和陳雙新先生在《辭書研究》（2022 年第 6 期）發表了關於字典的簡評，題為《為現行漢字畫像》，歸納出字典的特點，給予我們正面評價。我們在編寫過程中，也曾多次請教王寧先生。王寧教授誇獎這部字典是 "一部文化認同的字典"。她對我說，"字典別開生面，只從比較字異說，太淺了。" 感謝中國辭書學會會長李宇明教授和文字學家王寧教授對我們的鼓勵。

這部字典在編寫中所遇到的問題、提出的問題、解決的問題，在文集前面的文章裏已經詳細交代了。我和趙志峰、鍾昕恩共同署名的文章《漢字字形對比之研究》於字典出版同年在《辭書研究》（2022 年第 6 期）雜誌發表。大家有興趣可以一起討論文章裏面提到的問題。

6 月 20 日下午忽然傳來好消息！2023 年 "第四屆香港出版雙年獎" 評選結果公佈，《漢字字形對比字典》榮獲 "語文學習類出版獎"。大家歡欣雀躍，共同慶賀這本字典受到評委會的青睞，感謝專業評審、出版專家及讀者對我們的厚愛。辛勤勞動便有開花結果的時候，這一獎項是對團隊每位成員的莫大鼓勵！

前面我說，四本書都是團隊成員一起努力創造的成果。《全球華語語法·香港卷》《港式中文語法研究》是七人小團隊（田小琳、石定栩、鄧思穎、趙春利、馬毛朋、李斐、秦嘉麗）；《漢字字形對比字典》是六人小團隊（田小琳、趙志峰、李黃萍、劉鍵、鍾昕恩、梁潔瑩）；《金融行業普通話》只能說是兩人小分隊（田小琳、劉鍵）。人數都不多。這就應了一句古老的諺語：人心齊，泰山移！當然，我還有一個經驗，就是主編不虛設。主編同樣是普通一兵，必須和大家"同吃同住同勞動"。這樣，這個團隊才能成為一支能打勝仗的隊伍。

這篇後記裏，我用了不少戰爭詞語，也許大家覺得久違了。可不，編一本書，出一本書，就好像是一次戰鬥呢！

最後，我要感謝王寧、施仲謀、李黃萍、蔡一聰、趙志峰、鍾昕恩諸位同仁，我們共同署名發表的文章，收在了這本文集裏，令文集內容可靠充實。感謝老朋友汪惠迪先生惠賜序言，他具有在中國內地、中國香港及新加坡的長期工作經驗，眼界開闊，胸懷博大。感謝香港三聯書店葉佩珠總經理、周建華總編輯，及鄭海檳經理和責任編輯席若菲、美術編輯阿昆等出版同行。有學界、出版界眾多朋友支持和幫助，這本《香港語文研究文集》才能面世。

我還要感謝香港醫療界的醫生、護士對香港市民（包括我在內）的關懷，他們有效的工作保證了疫情下香港社會的平穩。感謝在我固守香港沒有家人在身邊時，我的朋友、學生對我無微不至地照顧和關心，他們幫助我平平安安度過三年疫情。如果說疫情三年我在工作中有些成果的話，這成果是屬於大家的。

田小琳

2023 年 6 月 22 日於香港